花言

姬中宪 著

南京大学出版社

目录

01 终身 / 1
02 仓皇 / 2
03 地理 / 4
04 封存 / 6
05 语惊 / 7
06 奇迹 / 8
07 厚爱 / 9
08 空张 / 11
09 隔世 / 12
10 失联 / 13
11 坐等 / 14
12 火烧 / 15
13 相爱 / 17
14 苦寻 / 19
15 路遇 / 21
16 策反 / 23
17 隔绝 / 25

18 预言 / 27
19 故地 / 29
20 音讯 / 32
21 情书 / 33
22 念念 / 39
23 回溯 / 42
24 满月 / 44
25 离合 / 46
26 相顾 / 48
27 饮泣 / 51
28 回炉 / 54
29 哭笑 / 57
30 长话 / 59
31 速递 / 64
32 折返 / 65
33 生离 / 68
34 相伴 / 69

35 放心 / 72	57 转身 / 139
36 目送 / 74	58 双喜 / 144
37 告别 / 76	59 临门 / 147
38 忙乱 / 77	60 日夜 / 151
39 手语 / 79	61 身体 / 156
40 吃饭 / 81	62 半生 / 182
41 重逢 / 84	63 默写 / 184
42 美苏 / 86	64 静走 / 185
43 追悔 / 87	65 人车 / 190
44 合影 / 88	66 酒狂 / 193
45 一生 / 91	67 陋巷 / 216
46 爱情 / 92	68 终局 / 222
47 虚惊 / 95	69 恒温 / 223
48 无家 / 98	70 小城 / 249
49 沙砾 / 101	71 红白 / 251
50 舍友 / 104	72 云梯 / 261
51 余恨 / 108	73 死婴 / 269
52 狼狈 / 110	74 试飞 / 283
53 动物 / 113	75 基因 / 290
54 相煎 / 130	76 拾遗 / 313
55 问答 / 135	77 死生 / 321
56 狭路 / 136	78 初见 / 332

我总是想你在的清早
你说我俩好比露骨的情书
抛向泪光闪闪的世道

——腰《情书》

01 终身

想起你在周城的长途汽车站等我。下了车,我在暮色中认出你,你像个男孩子一样跨坐在栏杆上,像是在为自己壮胆。在那之前,我们刚在电话和信里私订了终身,好像终身真能这样一举敲定似的。你坐在栏杆上等我,我向你走去……那样的时刻,一生能有几回?

02　仓皇

想起我和你最后一次通电话。那时还没有手机,磁卡电话都未普及,遍地仍是公用电话那种笨重的座机,听筒露在外面,键盘锁在一个木头盒子里,钥匙捏在老板手里。我在路边遇到一家,心想"就是它了"。此前我大概已经遇到了很多家,一次次没有勇气。我最后停在这部红色的电话旁,明知它不能给我带来好运,也只能是它了。它架在桌子上,桌子摆在路边,我举起听筒,感觉一整条街上的人都能听到。电话里,你的声音听起来那么远,但其实,我就在你家楼下不远处。你说的什么我就不重复了,只记得在那样的酷热天,你一句一句将我打入冷宫,我举着听筒站在太阳下,快要被你的声音冻住手脚。公用电话的老板娘看到我挂电话时的脸色,都不忍心问我收钱了,我递钱过去时,她满脸歉意地揉搓着手指,好像她应该为这场失败的爱情负一点责。(不要道歉,不要道歉,我说这些事时,一点委屈的意思都没有了。倒是要谢谢你,因为你让我知道了,在那个年纪,你还能伤到我。而现在,谁也伤不到我了……)挂掉电话后,我骑车离开,都不敢抬头看你家的阳台。正是七八月份，我身上出了汗，棉布裤子紧绷在腿上，因为蹬车用力，刺啦一声，大腿处竟然撕开一道口子。想想那时真是狼狈到家了，连亲生的裤子都落井下石——毕竟你只是一条裤子啊，犯得着这么应景吗？那时还差十几天我就要离开周城了，我就这样骑着自行车穿过我们的家乡，和每一条街道告别。大腿上露着肉，像临行前刚跟谁打了一架。（我后来一直留着那条咖啡色的直筒裤，咱妈把那道口子缝上，我又穿了很多年。大腿上一排针脚，像一道明晃晃的疤。）

03　地理

我们同一年出生，我大你五天。我们当年相恋，不知道是不是多少也受了这日期的蛊惑（年龄只差五天的两个人，总该发生点什么），后来我们还专门向各自家长求证，是否出生在同一家医院，睡过同一张产床。可惜不是。你我出生的医院相距46公里。后来我们上了同一所小学，我高你一级（我家着急用人，不惜托关系走后门，提前一年把我送入小学），你我的教室始终差着一层，你入校时在一层，我在二层，我毕业时在五层，你在四层（那时小学读五年，我们的小学就盖了一座五层楼，我们每升一级就往上搬一层，很形象）。初中我去了城北，你去了城南，你我相距7.6公里（如今我在卫星地图上一笔一笔计算我们的距离）。高中时我们又到了同一所中学，我仍然高你一级，教室却紧挨着，你我的座位相距不过10米，中间隔了一道墙。大学时我们去了不同的城市，距离空前地拉远了，其实也不过103公里。你来我所在的城市实习，你的实习单位离我的学校11公里，我们相恋。我们分手，我去了上海，你去了厦门（我直到今年才知道你去了厦门），距离1 016公里。我们再没有遇见过。我们都去了很多地方，最远的一次我们相隔近2万公里，已是这个星球上所能隔开的最远距离。我们后来还是在一起了，距离为0。

04 封存

我想把我们当年分手以后的事都告诉你。如果不是再遇见你,这些事我也就忘了,遇见了,这些事就一件一件醒过来,才发现并没忘,还原封不动存在那里。从前看别人的回忆录,总惊叹那些人的记性怎么这么好,能把陈年往事记得那样清,一字一句像刚发生过。现在才明白,每个人都有一座内存超大的记忆仓,那些往日的眼神和对白,早被压缩打包,分门别类地码在架子上,经年蒙尘,内核却一点没有坏。只等一个恰当的时刻,遇着一个对的人,那些封箱就被拆开,解压,一件件复原,因为多年未被打扰,连存放的次序都还保留原样。(每一次失落之后,我们总是迫切地宣布遗忘、远离、彻底、永不……好像只有这样的字眼才配得上眼前这场惨烈。现在看来,多少有些赌气和虚张声势,好像一位壮年的体育明星,一次次宣布要退役啦,要挂靴啦,却一分钟也不肯退下场来,瞅准机会就想再进一个球,直到最后被伤病击倒,被担架抬到场外……其实,青春哪有那么容易"散场"?爱情又岂肯放过我们?——才刚开始呢!)

05　语惊

晚饭后，咱妈总要待在桌前，对着一桌碗筷絮叨一番，无非是老生常谈，但是这一晚她说到最后，有一句话惊到了我（她血黏度偏高，饭后又胃充血脑缺氧，难免说些糊涂话，然而也因为解除了防御，心思转到温饱以外，所以每每能说出一些隐藏心底多年的真话）。她说："我从小是家里的老大，当家当惯了，一开始替我的弟弟妹妹们当家，后来又替你和你姐当家。现在想想，有些事做的也不对，有点后悔，当初应该让你自己做主了，可能比现在结果要好……那时候想，学生就该好好学习，别的都是不务正业，现在想想也不全对，不该拦着你，比如你上高中时和那个叫×××的……"二十多年来，我第一次听咱妈说起你的名字。这是上个月底的某一天，咱妈不知哪来的灵感，顺口预言了一场重逢。要知道，那一天距离我遇见你，还有一个多星期呢。

06 奇迹

"您已经添加了×××,现在可以开始聊天了。"

07　厚爱

今晚我是不是该试试戴着眼镜睡觉，免得梦里太黑，看不清你？其实这几天脑子里一直萦绕着一首歌，有几句，唱得我胸口颤巍巍的，心尖那里，有一种介于疼和痒之间的感觉（"如果真的能够相遇，哪怕梦中就一回，我要凝住你的脸……"唱到这一句时，我将歌词截图发给你，你却在截图中看到了我的酷狗音乐歌单，于是将那些歌一一搜来听——多半都不太合你胃口。我们疯狂地想获悉对方更多的信息，以恶补这十七年的音信全无）。这个年纪，早不该矫情了，可是又遇见了你，什么话都好意思说出口了。想叫你一声亲爱的，想把那年说过的和没来得及说的情话，再对你说一遍。（我生性木讷，小时候算命的说要遇到命相相合的人才能打开我的"话匣子"；而星座学断定，只有遇到让我无话不谈的人，才算遇到真爱，并给出了几对适合的星座组合……这样的封建迷信类似"同语反复"，不能让我信服，但我相信即使再口拙的人，心中也藏着十万情话——最多也就这些了，再多就掺了水——还好，还好，虽然已人近中年，我的那十万句话，多数还未说出口。你且等着吧。）中午我戴上耳机，把那首歌又听了一遍，大太阳底下，听得眼泪汪汪。现在再听这歌，有了新体会，歌里唱的是革命年代的儿女情长，听上去有点老土了，我们没遇上革命，也称不上什么倾城之恋，但那颗曾被爱惠顾、又被爱折磨的少年心，一点也不比他们差。那一句承诺，那一声道别，也是当成一生一世来说的……到底和平年代，天下互联，让我们又一次遇见，老天待我们算不薄，此生不再有遗憾。

08 空张

被咱妈叫醒前,我梦见我在一个大房子里,身前身后都是人,挤挤挨挨,像在看什么展览。桌上摊着一本影集,尺寸很大,很厚,翻开来,悲欢离合,是满满的一部人生。其中有女子,明艳娴静,是你。摸一摸你的脸颊,软软的有温度,触到眼角,发现眼睛部位竟然有凹凸,是立体的。手指探进去,凉凉的,全是泪。不断有人涌进来,我被挤到一边,挣扎着回来,再翻,还是暗影重重,沉沉一段记忆,却看不到你。本该有你的地方,只剩一页空白。来回翻,其他人都在,唯独没了你。指尖明明还沾着你的泪,却没了你。我想大哭,梦里发不出力,空张着嘴,哭出一张无声狰狞的脸。全世界的得而复失加在一起,不能和这一刻比。

09 隔世

咱妈敲门,说,起来吧,吃饭了。

10　失联

今晚没有你的消息，睡不着觉，怕一觉醒来，再没了音信，那种恐惧似曾相识。这几天光顾聊天了，后悔没问你要手机号、工作单位、家庭地址什么的，万一又失去联系，我怎么找你？很多不可抗力会让我们失联，比如地震了，你老公把我删了，或者腾讯今晚倒闭了……我的手机号码是13×××××××××，你一定要存好，如果我们不小心失联了，你一定要来找我，千万不要端着，光等着我找你。为了方便你找我，我以后的微信、微博、博客都用实名注册，我的所有言论都署我的真名，实在不行，你去百度我的名字，有十万八千多条搜索结果，每一个都是我。如果我被网络屏蔽了——让我们做好最坏的打算——你也能找到我，你到济南市泉城广场或解放桥的桥底下去找我，你到山大的小树林里去找我，到周城一中老校的操场上去找我，到实验小学我们第一次擦肩而过的地方去找我，我会在那里等你。你不来，我不走，你来了，我们就牵住手，今生今世，再不分开。

11 坐等

乘了几小时的长途汽车，进站时已经傍晚，车窗外人影攒动，我知道有一个会是你。这里是我的家乡周城，却从未有人这样等过我。车停好、我从车里走出来的功夫，天已经黑下来，你坐在站外的栏杆上，背对着我，等我。我猜你事先反复调试了方向，最终决定让我先看到你。我下了车，一眼就看到了你。你坐在半人高的栏杆上，栏杆很窄，你用脚蹬住下面一根横杆，手扶着上面一根横杆，等我。得需要多大的勇气和小心，才能维持你此刻内心的平衡？我一步步走向你，从未想到我们的未来会是这样。那一刻你在想什么？那么多人从车上下来，你只等我。你当时穿了什么衣服？有没有扎辫子？我是怎样叫你，又怎样开始我们相爱后第一句对白的？我想不起来了，我的记忆一直停在那几步路上，我一点点走近你，满怀着希望。如果时间停止在那一刻该多好，我还没叫你，你还没回头，我走向你，走了一年又一年，你还年轻，我还未老……

12　火烧

前天的晚饭，你给圆哥叫了他最爱吃的披萨。昨天晚上，你自己做了中国版披萨：馅火烧。两个馅火烧，一根擀面杖，外加几个草莓，被你摆成一张人脸，拍了照，发给我看，红嘴唇红鼻头，瞪着一对馅火烧似的大眼，活脱脱一副吃货的憨态。今天中午，你在单位吃午饭，是同事小美女去食堂帮你打的，土豆、芸豆、鱼香肉丝，外加辣酱，你饿了，忘了拍照……我们好像生活在一起，我知道你每天吃什么，每天做了什么，你仿佛就活在我眼前。白天，我们随时通报状态，每一条日常消息都像苦盼多年得来的一点音信，珍贵得看了又看；晚上，我们毫无保留，用灵魂交流，亲密得像贴在耳朵根子上说话，能感受到你的鼻息。（但是你我都知道，这不是真正的生活，真正的生活是视若无睹，欲言还休。）我们漫山遍野地聊起来，随便一个话头岔开去都是一部长篇小说。我们怀着高烧病人的热度，恨不能一夜说尽往事，还不是因为十七年和二十多年前的那两次恋爱？一次单恋，一次双恋，乘以十七年的音讯全无，才有了今天的山崩地裂……这就是为什么，你总是将眼前这次相遇定性为久别重逢,而我却将它定性为一场爱情。

13 相爱

我将眼前这次相遇定性为一场爱情。这些天,我频繁地提到这个字眼,心里怀着温暖,没有矫情和调侃,只有明明亮亮的感动。在过去的那些年里,我,你,还有很多人,可能都不太相信它了吧。但是爱情这东西啊,不管世人怎样嘲笑它,将它盖棺定论,只要有一次反例,我们立刻又信服了它,愿意全身心被它掌控。看看我们俩这些天的表现吧,除了爱情,还有什么能解释?我们像吸食毒品一样频繁地需要看到对方,像沙漠里两个干渴的人,靠嘴对嘴的呼吸来维持仅存的水分……我想知道关于你的一切,关心你所在城市的天气,想象你穿职业装的模样,想看到你晚饭后跳郑多燕瘦身操时傻傻的样子。你聊天时无意说起的某个人或事,不管过去几天,我都会向你问起,绝不让你的任何一句话落空。你晚上下楼去小区外办事,我会想象你家小区有多大,步行来回要多久,以此来估算你此时有没有回到家。我想在你身上装一个计步器和导航仪,监控你走的每一步路,每一次转弯和上下;我想在你身上安一个听诊器,不放过你的每一次心跳加快……想想吧,除了爱情，还有什么能让我如此巧舌如簧？我反复检视了我们重逢的每一个环节，没有任何证据表明，眼前的这场相遇与爱情无关。所谓相爱，不就是每时每刻都活在对方眼里？每一次细小的波动都能被对方捕捉到吗？

14　苦寻

有几年，反反复复，我在手机上编辑一条信息，想发给你。信息不长，所以字斟句酌，为每一个标点纠结。我需要一个手机号码、电子邮箱、QQ 号或是随便什么号，但是我没有。在我尚有机会问到你的联系方式时，我没有勇气，待我攒够了勇气，那机会又没了。那条信息存在手机里，握在手心里，删删改改，无处投递，快要憋出病来。尤其每年你生日那几天，我就更焦虑，那条信息像一件需要限时送出的大礼，年年砸在自己手里。我在网站上一次次输入你的名字，得到一长串信息，没有一个是你。我恨不能发明一个搜索引擎，专门搜索你。我的输入法里，mxq 或 oids 是一个固定组合，只能拼出你……可是又担心，真找到你，面对面了，怕只有羞愧难言。我们在各自的生活里，哭哭笑笑，再没有什么能将我们联系起来。我叫马哲，你叫米小奇，仅此而已。我比你大五天，我们在同一个地方出生和长大，可那又怎样？我还是把你丢得干干净净。有一年在西藏，我在一家青年旅店大堂的桌上看到一张纸条，压在玻璃板下面，说：我想你了，这是我现在的手机号码,如果你看到,请打给我好吗……到处都是失散的男男女女,我们算什么?那些压在玻璃板下面的纸条,那些保存在手机里的信息,只是痴心人的自我安慰,永远也不可能被该看到的人看到。也正因为安全,才把话说得这样露骨,这样不知自保吧。

15 路遇

从此,厦门是我记挂的一个城市,我订阅了厦门的天气预报,关心厦门的每一场风雨,留意厦门市委班子的每一次变动,只因为那里有你。我曾经两次去过厦门,两次都住在你家附近,你上下班走过的那条石板路,我好像也走过。(可那时我哪知道你就住在厦门。)很多次,我幻想在某个陌生的城市遇见你,你从我面前走过,没看到我,或者看到但没有认出我。我们的关系,终于退回到两个路人的关系,就像我最后一次见你一样。我最后一次见你是在济南,新世纪,刚落成的泉城广场,你从我面前走过,没有看到我。那个夏天,济南多热,人们在泉城广场看喷泉,谈论天气、爱情和未来,红男绿女,喜气洋洋。我坐在水池边上,像这场盛事的局外人。我的发小费马在旁边陪着我,千真万确,我们正谈到你,然后费马突然眼神移开,说:"快看快看……"他说了你的名字。我抬头看,你已经来到跟前,像是听到我们谈话才过来的。你穿着夏天穿的那种短裤,露着腿,向我们走过来,又走过去。你经过我们的时候,是一个标准的路人,眼里只有路。我们坐着,你高高地站着,像个巨人,明晃晃地走过去。这真像一个玩笑,我们已经分开了,我用尽各种办法想见你一面而不得,你却以这种方式昙花一现,给我最后一击。我像坐在广场一样辽阔的白日梦里,刚被一场暴雨击中,空张着手,放你走远,消失,从此再不相见。

16 策反

亲爱的，原谅我写这些话吧，我只有把它们写下来，才能真正把它们放下。你不要再自责，你该为我高兴，我正在一段一段地放下过去，我每写出一段话，心里的石头就又放下一块。我轻松了，你也就不要再那么沉重。我说过，少年情人，分分合合，再正常不过，这没有错，只有一些错失，也是双方的。而且我们之间也不是只有眼泪和分离啊，每一份苦涩的背后，其实都有一份对等的甜蜜，我只是从苦涩讲起，这样才能越来越甜蜜。我们有的是时间，把那些甜蜜一点点回想起来，记下来，那是我们最纯真的年纪，如今我满身泥沙，只能靠回忆澄清自己：我也曾是一个单纯热烈的少年，有过一场足以铭记一生的爱情。也庆幸是你，一直痴痴傻傻，在我的人生中隐现，每一次来去，都堪称恰到好处。我不会说什么"在你最好的年纪遇见你"一类的话，我每一次遇见你，你都在最好的年纪。如今我需要一个略识风霜的你，你便用十七年时间经历风霜，来到我面前。我需要那个傻乎乎的你，你便冲我笑出一口饱满健壮的牙，仍像当年一样不假思索，不知修饰，美得叫人怜惜……所以你仍然懂我，能捕捉我每一次细小的起伏。在微信上，我们经常同时打出同一句话，然后又同时笑：看看，看看，又想到一起去了……你从没有亏欠过谁，过去如此，今天也是。我觉察到你常有一颗歉疚的心，时时想着别人，怕负了谁，耽误了谁。当年我没太察觉，是我失职，现在我不能再放任你，所以我常鼓励你，活得更理直气壮一些，保护好自己，再考虑别人。虽然当年你"欺负"过我，我却不许有任何人欺负你。这些年我一直在扮演一个策反者，如果眼前的生活太过荒诞，我总是第一个跳出来，煽动人家造反。我见不得人受苦，任何人都不行，何况你？

17 隔绝

从此,济南是一个与你有关的城市。我远远地逃开了那个城市,去了南方。有好几年,即使要乘飞机,要转车,我也尽量绕着那里走。那个城市很热,很脏,很无情,是地图上的一块疤。泉城广场是一个笑话,我是那笑话的中心。但是造化弄人,几年以后,咱姐一家连同咱爸咱妈都搬去了济南,济南突然成了我的另一个家,一个我每年必须要去几次的地方。所幸他们一直住在济南的西南角,远离当年事发的东北角。西南角是很多部队的驻地,有千佛山和英雄山,没有你的痕迹,我在济南读书时,也只有清明节集体扫墓时去过那里几次。对我来说,那里像一座新城,一个也叫济南的陌生地。从此,济南分为东北和西南两座城,如同东西德或南北朝鲜,它们咫尺天涯,势不两立,我要去的是西南城,一个与你无关的城。我到了那个城,每日缩在咱姐家的沙发上,不肯去看看母校,也不愿见老同学,好像只要我不出家门,这个城市就继续与你无关。有一次还是出了门,和咱姐去办事,车子越开越远,隐约朝着东北的方向,我发现济南变得干净漂亮了,再不是记忆中那个城市，然后就开错了路。咱姐说我："你好歹也在济南上了四年学，怎么路还没我熟……"我成功地把那块区域忘了，像我从没去过一样。有时也跟着家人去泉城广场，沿咱姐家所在的舜耕路往北，一路下去就是。泉城广场旧了，大理石依然坚硬，像一座爱情的遗址。十七年前在那个广场，咱姐曾和你通过一次电话，那时我们刚闹翻，咱姐看我笨嘴笨舌，想帮帮我，就给你打了一个电话。我在旁边紧张地听着，像听两个法官在商量我的刑期。我听到手机里漏出你的一句话："姐姐也是为了我们好……""姐姐"，"我们"，多么温暖的字眼，却是成年人的语气。那一刻我觉得，你长大了，而我还那么幼稚……

18 预言

下午你打喷嚏了吗？我感觉你应该打了，如果没打也是暂时的，像你说的，是因为"路远"。下午大扫除，清理旧物，翻到一些老照片，有一张居然是高中时学校军乐队的合影，我给咱妈看，说："有几个你应该认识，看看能不能认出来？"咱妈戴上老花镜，一个个人头看下去："嗯，赵磊。"赵磊是我的好哥们儿，他父母和我家咱爸一个单位的，所以咱妈认得。"嗯，小任。"小任是仁恒民，也是铁哥们儿，这熊孩子，当年老跟着我，搞得我们全家都认识他，连我们家亲戚都知道他。"这是毛娟吗？""哪有毛娟？毛娟是我小学同学，高中时早就不在一个学校了。""哦，这是陈老师，这是赵主任，这是夏校长……"看她说不出来了，我开始引导她："林斌呢，你不认识林斌吗？""林斌我没见过，我只认识林斌他妈。""尚为杰呢？尚为杰小学也是我同学，和我特别好，你应该见过。""噢，记得他，当年他爸离婚了我还给你三姨介绍过。""还有认识的吗？""好像没有了。""再看看，真的没了？""没了。"好吧，我指着前排左侧的你，说："这个，……"

我说出你的名字，咱妈一下站起来。"啊，这个是……"她说，"我真没见过她，我得拿到明处去看看。"她站到窗前，照片举到眼下面，就着光，看了你半天。"嗯，个子不高，长得挺秀气。""她是敲小军鼓的，每次都站最前排。""哦……"她又看了一会儿，把照片还给我，没再说话。那天一个下午她都没怎么说话。

19 故地

故地重游的唯一办法是，身边有了一个新的女人。2009年我越过济南的对角线，从西南角到了东北角，去了山大老校，身边是我的未婚妻。那是我私人的历史性时刻，如同当年柏林墙被拆，或者未来朝鲜半岛统一了。这样一个大时刻，我没有人可说。我用重访母校的名义带她回去，看了我当年上课的教室，踢球的球场，去了我的506宿舍。这片记忆该腾空了，由新人填充。去宿舍的路上，在那个小桥上拍了一张照片。那是2009年的秋天，日光流转，又一个十年就要过去，我用手撑在小桥护栏上，笑对着手持相机的她。那一刻，距离上一次在同一地点用同一姿势拍照已经九年，距离我大一出早操时一脚踏空掉进这条河里已经十三年。当然会想到你，但那一天我是幸福的，所以敢回去，将那条路重走一遍，走得那样招摇。我们从校门进去，穿过法律学院和一片小树林，越过桥，走过海报栏，来到宿舍楼和食堂。一个学生社团的男生在路边弹吉他，我们还切磋了一阵。那一刻的我是轻松的，甚至是骄傲的。从那一天起，往前数九年，也就是2000年，我曾沿着相反的方向，从宿舍楼出发，走过海报栏，越过桥，穿过一片小树林和法律学院，走向校门。喇叭轰鸣，整个校园里正回荡着一首雄壮的大合唱，我走在那和声里，跌跌撞撞，单薄虚弱得快要倒下去。几分钟前，我刚在宿舍楼下的公用电话上和你通过话。宿舍里有电话，但我不敢在宿舍里听你的声音，怕室友看到我挂完电话的样子。挂掉那个电话后，我腿脚僵硬，不知道往哪里去，只是由着惯性往前，想找一个没人的地方。校园里到处是人，我失神地躲闪着，深一脚浅一脚地走。广播里音乐高亢，我永远也忘不了那首歌，是郭峰张罗众星合唱的《有你，有我》，那样一首团结和励志的主旋律歌，被我听成了悲歌。（"有你，有我，这世界不会再有痛苦，有你的爱和我一起同在，明天的未来属于你我……"）歌声像从天外传来，漫过树梢和楼顶，整个校园沐浴在一片祥音中，年轻的人们在歌声中来来去去，脸上带着明亮的笑，只有我，落魄得那样突兀，像是与全世界走散的那个人，逆着人流向外。从此，这世界有你，没我，或者有我，没你。（多年以后，听周云蓬唱"我们最后一次收割对方，从此仇深似海"就是那样的感觉。可那哪里是仇恨？仇恨太简单，太容易报了，仇恨只是一个说辞，那比仇恨要复杂难应付得多。）那一天我没有流泪，流泪也太简单，太容易了，我只是一直那样走着，想把自己走丢……十七年后想起那一天，还会情绪失控，那一天没有流的泪，全留给今天了。

20 音讯

十年封锁，十年信息不畅，十年生死两茫茫……直到最近，你寄来一座邮局，在街对面，已装修完毕。

21　情书

我们分手后的第十年,在上海,我家小区斜对面,新建了一家邮局。这凭空而来的深绿色建筑,让我想到了你——可能也不是你,没有那么具体,只是巨大的、寻觅已久的一个事物,如今主动找上门来了。这古老的邮政系统,想当年我们可没少和它打交道,如今它变成一间仍有部分使用价值的博物馆,一座朝九晚五的废墟。在我们分手的这些年里,人类的通信系统发生了飞跃式的变化,我们不再需要邮局了,仅凭一个微信号,相隔十七年的两颗心又点对点连接起来。在此之前,我们虽然沿着同一条弯曲的海岸线,面对着同一片太平洋,却是人海中两座孤岛,水陆不通,生死茫茫。今天,你是我手心一块光洁的贵重金属,我随时能看到你,你的头像是一个手绘的女孩侧脸,头发凌乱,眼望着左边,印在泛黄的底版上。你的签名与一个著名的商家雷同,遍寻你的朋友圈也看不到几张私人照片,我甚至至今未听到你的一句语音,仅仅靠着几句书面聊天,几段往事,我们互相指认了对方,从此密码般契合起来,几乎又要私订终身。那几天,无师自通一般,我发现了微信朋友圈的这项功能：原来可以把你单独分类，在朋友圈发一条只有你能看到的消息。从那一天起，我开始给你写情书，每天一封，用今天的语气（眼下你正在看的是第21封）。遥想当年，我们相爱的时候，马云刚在他家小区里创办了阿里；QQ还叫OICQ；信，盖邮戳的那种实体信，还未从世上绝迹。那大概是人类通信史上最后一个使用信纸的时代了吧。每天每天，盼你的来信，真有点"家书抵万金"的意思。（那时的男生们还不炫车和爹，我们比的是信。我们宿舍老五，每次收到女生的信都像接到神谕，整个人都庄重起来，展开信，从教室到宿舍，一路捧读，好像要让全校师生都看到。第二天上课，从宿舍到教室，他还要重读一遍，好让昨天错过这一幕的同学补上。那写着娟秀字体的粉色信封，要轮番摆在教室和宿舍的课桌上，摆一到两星期，直到下一封信到来。那信封看似很随意地放在桌上，其实从位置到角度都有用心，奇怪的是不管桌上东西多多、多乱，信封永远盖在最上面。我们一面鄙视他，一面数着日子，想自己啥时也能收到信，好杀杀他的气焰。）你的信来了，那是当月最大的喜讯，之前之后的几天都连带着不同寻常起来。它总比预想的要迟几天，但它来了，所有的等待就都值得。接过来时就知道是你的，上面的字写得认认真真，信封糊得规规矩矩，右下角落一个M，像我们的暗号。可是连负责拿信的人都知道了,说:"喏,你的'麦当劳'又来信了。"(1999年,济南市第一家麦当劳入驻齐鲁大厦一层。)我接过来,脸上绷着,心里却是欢喜加急迫,又舍不得马上拆开,要拿在手里,反复掂它的分量,猜它有几页纸,开头怎样称呼,最后怎么落款,中间写了什么……写了什么,现在真不记得了,只记得那些等待,那些惊喜,那些小小的失落。我反复揣摩某个字句的深意,而你往往并没有深意,只是一些字面上的往来。知道你我仍维持着微弱的联系,也仅仅是联系。读这些信的时候,我不像老五那样大张旗鼓,我喜欢躲起来,一个人悄悄地读,生怕被外界干扰,错过了你的某个信息。那小心剪开的信封,一定要捏得鼓起来,看看它的内壁和折缝,万一你像间谍一样,把最重要那句话写在里面了呢——从来没有过,我反复检查了你寄来的每一个字,每一个字都很安全,干净得可以公开发表。但即使如此,你的来信也能让我甜蜜很多天,让身边那些无信可收的人羡慕很久。接下来,轮到我给你写信了,像所有情窦初开或初学写作的人一样,我总是把信写得很长很长,每一次都要打破原来的纪录。在这个环节,我总算稍占了上风,让老五也自叹不如。(老五写信也喜欢公开,常把写了一半的信摊在桌上,然后就去打饭,打很久才回来,留给我们足够的偷看时间。我们就不偷看,就不让他得逞——但是偶尔瞥一眼,也能看到他的信写得一笔一画，像描字帖。因此他写得极慢，常常伏案一星期才拿出两三页，精致得能裱起来挂墙上，不像我，一晚上就十几页，哗啦啦写下去，也不知哪来那么多话。但是寄出之前，我还会仔细誊抄一遍，抄的时候突发灵感，又要多出几页。）那样的文字，或许会让今天的我看了脸红吧，但是千真万确，我再也写不出那样的信了。你，那些文字的唯一读者，是不是也曾有过小小的期待和惊喜，并有过一瞬间的心动？还是只把它们当成一份书法和文学习作？（现在我知道了，几年以后的一天，你曾像中了邪一样，满屋子翻找这些信，找到之后又不敢打开，最后深锁进橱子，"心里细细密密写下对不起"。又过一些年，你已经去了厦门，这些尘封的信意外迎来了它的第二位读者——你家咱妈，趁你不在，以打老鼠灭四害的名义将这些信翻拣出来，读了个遍，最后说："嗯，字写得还不错。"）至于你写给我的信——毕业离校的前一个下午，五楼的水房里，积水的白色地面砖上，一把火，烧了。连同你寄给我的两张小照，一张扎着两根辫子的少女照，黑白的；一张是你读大学时拍的，你站在地上，笑得身子都略有些扭曲了，像现在的微信表情包里，最夸张的那种笑。老五曾见过那张照片，然后，以他特有的刻薄语气说："你的M真不错，笑成这样，都没露牙床。"他是夸你天生丽质，镜头前不做作，经得起笑，也经得起拍，相信我，这在他的修辞里，已经是最高级别的称赞——但是都被我烧了。那时节，校园里兵荒马乱，是大撤退前的那种狼藉，我一个人躲在水房里，心想大势已去。在我四年来洗脸洗衣服的地方，我生起一把火，一封一封，一字一字，烧到无。那些信如此易燃，我用手翻炒着一堆纸和火，仿佛在烧我的十指，而十指连心。其中有一封信——我怎么可能忘了它？正是从那一封信起，你悄悄地换了信纸，从那种公文式的横条纹纸，换成了粉红底色的，边角上印着卡通小人和花花草草的信纸，捧到跟前，隐约还有少女的体香。那封信写了什么，我不记得了，反正那也不重要，重要的是，你悄悄地，却又如此直白地更换了表情和语气，密探一般灵敏的我，怎么可能错过这样重要的信息？正是从那一封来信起，我们一步步走近，从写信到通电话，到相拥在一起时喃喃耳语……但是都被我烧了。有首歌叫《那个下午我在旧居烧信》，因为是粤语歌，我从来没听懂，但是不用听，只要看这歌名就明白了。那个下午我在破旧的五楼水房里烧你的信，像烧起一场弥天大火，从此，世间所有的相爱和离别都与我无关……我离开学校，只身去了南方。水房和宿舍被又一群火气正旺的半大小子们占领，继续上演着属于他们的水与火的故事。(老五回到东北，在那年的晚些时候娶了那姑娘，从此一直带在身边。十七年了，从东北到华

· 37 ·

北,再到华南,再到非洲到美国,跨过大半个地球,一直带在身边。就像当年,从教室到宿舍,一直把她的信带在身边一样。)

22 念念

今天晚上你将从我的上空飞过……也不知道大连有什么珍稀物种，要让你带着圆哥和另一对疯妈亲子组合飞越两千公里和两个季节，只为了去一趟森林动物园，看一眼狮子大象和长着黄毛绿尾巴的鸟。昨晚才到，今晚就要走，因为周一你还要上班，周三圆哥还要参加儿童合唱团赴京演出的选拔……漂洋过海去看它们，那些老虎斑马该有多感动，因此昨晚和今晚你两次飞过我的领空，来不及经停。白天时我抬头看过，你飞过的天空已经恢复了平静，云雾铺排，看不到你来过的痕迹。如果有一种 GPS，十七年前就植入你我体内，贴身记录我们各自的行踪，如今我们可以画出一张为期十七年的身体位移图，一定像机场航线一样密集和繁忙。其中有多少次交错？多少次渐行渐远？多少次擦肩而过？我们在各自的生活里，是两团乱麻中的两个线头。我们曾经拧成一股，又硬生生扯开。昨晚你刚到大连时问我，现在我们是不是离得更近一些了。你地理不太好，其实你只是从我的这一端飞到另一端，我们并没有更近。但这有什么关系，不管你飞得多远，你都不会离我更远了，昨晚我们不是照例聊到很晚吗？和平时有什么区别？我惦记你的行程，怕你被机场出租车司机骗，担心你入住宾馆的消防安全，提醒你睡前将安全锁锁上，好像一整天我们都在一起，那么远，这么近。我嘱你多拍点照，好发给我看。你发了，多数是圆哥和那些鸟的，只有一张有你，像被误拍进去的。你还那样笑，那样不太熟练地对着镜头。我注意到圆哥的发型和衣服都很漂亮，一定花了你不少心思吧，但你却还是当年的发型，随便扎一把大马尾，抹净额头的发丝，空出一张白净的脸。你争辩说你也有变化，至少也是先烫了再扎的，并不惜打开头发，自拍证明给我看。自拍照里，你瘦了，一双大眼睛，欲言又止，有了风霜的味道，但仍是当年教室里，曾和我对视过的那双眼，隔着桌椅和人影晃动，勇敢地接住我的视线。此后我再不能和任何人对视那么长时间，总是稍有触碰就相互躲开，再没有那份胆量……今晚没有人陪我聊天，我一个人絮絮叨叨地想你。此时你们可能正飞过我的头顶吧，不知道圆哥有没有闹觉。来时的飞机上，他因为未征得同意就摸了同行小姐姐的手表，被小姐姐嫌弃了一路，害得他偷偷抹眼泪，不知道现在他们和好了没，有没有手拉着手一起睡着。多么好的年纪啊，所有人都乐于促成他们手牵手。在比他们稍大几岁的年纪，在周城小学，我和你，可能已经有了第一次交集，你的邻居兼发小和我同班,你常常登上一层楼,到我班里找她,隔着教室窗户叫她。可那时正是男女生水火不相容的年纪,所以你这么大一个漂亮妞啊,我竟然错过了,这让我们的第一次牵手一下推迟到十几年以后……今晚你从我所在的城市上空飞过,没有人陪我说话,我会一直不睡,等你落地的消息。

23 回溯

你开始一条一条看我，沿着微信、微博、博客、论坛……从现在起，一年一年往回翻，想把我们分开后发生的事，一一补上。你看到一年前的我在台上弹琴唱歌，眉眼低垂，满面尘霜，高音处，脖子和手背爆出青筋，已不是当年模样，面对着台下热烈的人群，我唱起一支苦涩的歌，像是人群的中心，又像游离在众人之外。你看到五年前我在西藏，牵住身后一个娇小女子的手，红男绿女，摇晃晃走在水面凸起的石头上，远景是白云和群山，你赞叹这画面太美，却不知前方水深，我们正一步步走向无路。你看到七年前我的婚礼，看到摆拍出来的婚纱照，看到我的新娘被头花、腮红和定制礼服塑出完美的模样，却不知在婚礼之前和之后，这对新人曾为仪式和礼金起过争执，这场赌，从一开场就埋下了败笔。你看到三十岁生日的那天，我一个人买盒饭回家，就着电视里的体育新闻下饭，却在随后的电话里对父母谎称很多人为我庆生。你看到我在震后的灾区，穿浅色的 T 恤，斜挎着包，骑着一辆电动三轮车，车上装着救援的物资，那是我最后一个自由的夏天，仍会为很多事感动落泪的一年。你看到我背着旅行包，穿着工装裤，在你定居的城市做一个游客，那曾吹过你面颊的海风，正吹起我的头发，我双手紧握住船舷，仍有一张年轻和坦白的脸。你看到 2000 年我乘火车离开济南来到上海，转地铁再转公交车，在南北方和新旧世纪的交界处，只有你知道，这次长途迁徙还有一个与你有关的背景，那是一个故事的结尾和另一段故事的开始，只有你知道其中的关联……你就这样一条一条地往回翻看，就像那几年，我把你的名字输入网站，一条一条找你一样。你看着我，一年年退到最初的地方，变回那个羞涩浅笑的少年。你为那个在杭州宿醉的我后怕，你感谢又感叹那个为了我穿上婚纱的女人，你想在三十岁生日那天陪陪我。你想穿越到我们分手那天，抱抱那天的我，顺便揪出那天的你，狠狠地，狠狠地，教训她一顿……但是你救不了我，不管过去还是现在。我们在各自的麻烦里，那些曾在别人身上发生的事，终于还是落在了你我头上。如今，我们都曾在深夜痛哭过，我们是不是终于有了资格，可以稍稍谈论一下人生了？

24 满月

今晚没和你聊天就睡了,好像少了点什么。"明天要上班,今晚不聊了吧,放你睡个好觉。"其实说完就有点后悔了。你倒挺痛快:"好的,你也早点休息。"也没客气一句。现在你正睡着,我还醒着。最近一个月,这种情况很少见呢,最近一个月我们差不多总是一起睡(我是说时间,不是地点)。数据显示,那一天下午4点20分,我收到一条系统信息:"……现在可以开始聊天了。"听听,说得多么轻巧,多么官方,"现在我们可以开始聊天了",系统怎么可能明白,重逢是另一套更复杂和高难的系统。那是我们重逢的时刻,距离上一次见面足足十七年。我们总共才多大?在一起总共才几天?可是一分就分了十七年。我要记住这个时刻,你给我发了一个动态图——一个汉堡脱帽致意,我向你发了一个笑脸,然后,足有好几秒钟,我们都不知道说什么了。要知道这几秒钟在我们的对话史上绝对称得上漫长,后来的我们总是抢着说话,话赶着话,哪有过哪怕一秒钟的冷场。这一天是个好日子,这一天我收到了21世纪以来最重要的一条消息。十七年不长,我原准备等一个世纪的。今晚是我们重逢一整月，我们的相遇满月了，这大喜的日子里，我决定给你放个月假，让你睡个囫囵觉。现在你睡了，我醒着，我想趁机做点坏事，给你发一点平时不好意思说的、尺度大点的情话，做点你没法反抗的事，又怕手机一直震动，吵醒了你。亲爱的，今晚我感谢我们的重逢，为了这重逢，眼前的一切遭遇都值得，十七年的隔绝也值得，十七年前的分手也不那么叫人伤心了。

25 离合

咱妈去睡了,我自己在客厅,和律师通了最后一个电话。挂掉电话,我又理了一遍思路,拣出最紧要的几条,写在本子上,预备明天庭上用。七年的婚姻,最后就剩下这冷冰冰几个条目。想起七年前,婚礼前夜,也是相似的情形:她在娘家,赶来参加婚礼的咱家爸妈也睡了,我自己在客厅,站在门口鞋柜旁边——就是此刻我站的这个位置——和司仪通了最后一个电话,确认第二天的流程和细节。挂掉电话,我又理了一下思路,想了想明天在台上要说的话。要准备的事情太多,好像总也准备不完,但是,也只能准备到这样了。人生在世,总有一些事情要亲自上场,有一些角色要亲自扮演,比如新郎,比如被告。七年前的婚礼上,我表现不错,笑和哭,都恰到好处,司仪让我对着新娘说话时,我忘了前晚打好的腹稿,脱口说出了那一刻我最想说的话,说到哽咽,引得台下女士们都抹眼泪。轮到她说时,她试图模仿我的语气,第一句就引来了笑场……我想这和演技无关,这是因为我心里有爱,而她可能没有。明天,又是一个重要的场合,我和她又是男女主角,此时我们靠在各自的床头上,分头做着最后的准备。我猜这一次她会演得更好些……就这样吧,人生在世总有一些事要开始和结束,所幸直到此时我心里仍有爱。好吧,睡吧,睡吧,亲人、爱人,还有仇人们,明天见。

26　相顾

梦见我们在教室，明亮的太阳下，密谋一次放学后的约会。你我都是成人模样，却还有少年的羞涩。我说："要不在酸奶店的对面？"你说："那里人太多吧。"梦里没有色彩，一般也没有亮光，但那一晚的梦境阳光充沛，到处白茫茫的，我们的衣服也被照得看不清底色，只有毛茸茸一层光。然后不知道为什么，我手里拿一只梨，你要我切成四块，我就先去了皮，很小心地放在手心里切。刀很重，很锋利，想切开梨又不切到手，并不容易。这是预示我们的分离吗？这是在演练未来那些两难与惨烈吗？可为什么要切成四块？我们站在教室的大方块玻璃窗前，同学们从我们身前走过，因为背光，每个人的轮廓都镶了一圈亮光，看不太清脸，但我知道他们是谁，有高中同学，也有初中、小学甚至幼儿园的同学，都混在一起，大大小小。正是课间，他们在课桌间走来走去，或是凑作一团。以前我经常梦到这种返校题材的梦，大意就是我们都成年了，因为教育部的一道强令或是心底的某些遗憾，我们又被统一召回，接受再教育。还是当年的教室和老师，却打乱了年级和班级，所以各个时期的同学都能碰到。课程从小学一年级开始，语文数学，一节不落地上。这种梦经常是连续剧，上一次梦到初中毕业，这一次就从高一开始，一晚一晚，要把学生生涯重过一遍。偶尔也会出戏，想我不是已经长大了吗？生了一张成人的脸，毕业也这么多年了，还有必要这样一节一节地重上一遍吗？这样下去什么时候是个头？但是台上老师讲话了，是我的小学班主任，她还是三十出头的样子，留着齐耳短发，比我还年轻。她说，马上考试了，请同学们翻到书的第几页——焦虑和紧张又被唤醒，我只有听话，放下所有成年人的非分之想，从头学起；一边宽慰自己，人生就是这样一遍一遍，来来回回吧……场景又切换到放学路上，所有人都沿着一条街，朝一个方向走。我走得不轻松，因为总要张望，在人群中找你。有时你一个人，埋头走在前面，穿着蓝色校服，后背印着白色的字和图案。我在后面追你，总有人挡我，我腿脚也不利索，明明就在眼前，却总追不上。有时你和女同学一起，三三两两，走走停停，这时我在前面，故意走得拖沓，等你们赶上来，却找不到单独面对你的机会。也有那么几次，不知道是怎样的机缘，我们默默走到了一起，我看不清你，但知道是你，我们无声地并排走，像是经历过很多事情，什么都不用说了，又像是什么都没开始，各自寻思着该怎样开口。那样的时刻，我好像既是当年的我，又是成年后的我，我将两副身心并在一起，走在你身旁，却不敢把头稍稍转过去，看你一眼。那一刻的万分感慨，万般无奈，醒来后再没有语言能形容……有时我们对坐在桌前，上面垂下一盏灯，照亮我们之间的一小方桌面，我们半低着头，仍是无话。我想我可能做错了什么，在很多很多年前，却不知道该怎么道歉或挽回。你不看我，就那样坐着，不喜不怒，不给一点提示。有时我突然开了窍，意识到这样面对面的机会有多难得，该问你要一个现在的联系方式，哪怕你只透露给我一个数字，一次一次地，也能慢慢凑成一个电话号码。但是你从没有开过口，你沉默不言的样子让我不敢再问，我想我可能触犯了梦的禁令，问了不该问的问题，惩罚是，让我醒，让我忘掉梦见的一切……我醒了，拼命抓住一点梦的发梢。张开手，少之又少。

27　饮泣

如今，我们都曾在深夜里痛哭过，是不是有资格谈论一下人生了？就在昨晚，我给你写上一段话，写到我们默默相对时，我又没忍住泪。悲伤像伏在暗处的匪徒，总能将我突然扳倒。我不喜欢这个画面：一个成年男人，深夜里独自掉泪，一声不出地任由泪腺分泌，鼻涕横飞，把纸巾堆满桌面，那是一种什么情形？最近几个月，我频繁地动感情，似乎与我的年岁不太相称，这些年痛哭的次数加在一起，也不过这些。我还记得，二十七岁那年我哭过一次，为着理想和现实对我的拉扯，在熄掉灯的房间里，在床上，我把枕巾哭湿了一大片。那时我多年轻，年轻到敢于哭出声来，那时我体内水分充足，能哭湿一整个枕头。我一边哭，一边说："看看……我到底能不能吃这碗饭……"那是我人生中最初的气馁时刻，听着像要缴械，其实心里一万个不服……三十二岁那年我又有过一次大哭，又是在深夜，床上，熄灯的房间里。那时我大婚在即，却在双方父母第一次见面吃饭时遇到尴尬事，那些只在电视剧里看过的烂俗情节，当真在我身上上演了。（饭桌上岳父突然

发问：为什么不把她的名字加到房产证上？）我忍到吃完饭，送双方父母歇息，然后回到卧室，上床熄灯，终于忍不住。那是一次泄洪般的恸哭，因为委屈，因为世俗嘴脸的狰狞可怖。二十七岁那场哭，看似与全世界对抗，其实是自己跟自己较劲；三十二岁那场哭，只感到一个趔趄，就被猛然推到一个巨大、陌生的对立物前，身后人冷冷宣布：这是你的终生大敌，今天是第一回合……两场哭，身边躺着两个女人，她们都曾在黑暗中向我伸出手，抹去我脸上的泪。第一次的手更超脱和客观一些，因此能稍稍抚平我，即使有不能抚平的地方，那也是因为全世界都没有人能抚平那地方；第二次的手却复杂难解得多，我能感觉到那只手的多重身份，那是一只安慰和同情的手，也是一只对手……又过五年，我三十七岁——我是一个每隔五年就痛哭一场的人吗？可是三十七岁这一年，我哭了不止一场。杭州宿醉那一夜，我在酒吧的舞台上，抱着一把琴，当着那么多陌生人，眼泪哗哗地流。我可以把那场哭解释为喝醉了，唱歌太投入了，同学相聚太激动了，都可以，都足以让那些酒客们信服。我的同学多少明白一些，那晚剩下的时间，他一直搂着我的肩膀，笨手笨脚地给我擦泪，叫着我大学时的外号，说："不要难过，我知道，我知道……"他知道吗？（那晚我本来去安慰他的，不想我哭得比他还厉害。）三十七岁这一年，再没有一张安定的床供我哭，我因此常常不分场合，随地大哭。有一次我看电影，看到离别的场面，心里突然就失守，我摁住鼻子和嘴，一口一口，把哭声吞进肚子里，泪还是流了满脸。在黑暗的影院，我像一个不明反光体，把银幕的闪耀反射成一片泪光。还有一次，甚至还没有天黑，我在大白天开着车，想到我在这世界上还有一个女儿，眼眶就一阵酸胀，胸口像要爆开，不得不停在路边，关紧车窗，像忍受剧痛的人，靠大口喘气和撕裂的表情来抵御一场哭……三十七岁这一年我环顾四周，找不到敌手在哪里，我哭了多次，却再也不能哭出声来，只有一张大哭将至的脸。这样的哭不接受抚慰。世上可还有一只素手，能将这样的哭脸抹净？

28 回　炉

昨晚，你也做了一个"回炉"题材的梦，梦里的你我被混编进同一个班参加考试，考的是政治，我考了八十多，你不及格。全班只有四个同学不及格，有你，56.1分。也不知道老师怎么算的，0.1分都能算出来。你郁闷了一整晚，觉得应该及格的，就去找老师查卷子，找的居然是语文老师，一位爱用土话朗读课文的可爱老头儿——考虑到梦境的拼贴与反逻辑，这一点倒也可以理解。不知道老师怎么说的，反正最后还是维持原判，56.1分。这个有零有整的耻辱标记让你抬不起头，连梦里都呼吸不畅。梦中的你也是合体，那个已经成年的你告诉自己：这只是个梦，况且多几分少几分又能怎样？可是另一个你，当年的你，被这个56.1分牢牢钉在墙上，像是对你一生的宣判。现在的你和当年的你，最后达成一个共识：那藏在心底的自卑感，怕是一生再难甩掉……不得不说，我们的教育——且不说别的功效——在教人如何自卑方面，真是很有一手。我猜老师们最怕遇到比自己还懂的人，所以TA要把所有人都洗干净，洗成不懂。所谓洗脑，关键不在灌输和强加，关键在清洗。可那么多孩子怎么一一清洗？又怎能清洗得干净？只有一个办法：让你自卑，然后你就会自我清洗，洗成一张白纸，谦卑的白纸，随时准备接受任何涂画。这样一想，"一张白纸可以画最美的图画"是一句多么恐怖的话。各个科目的老师们，用各自的专业语言在这张白纸上写写画画，翻译过来都是同一个词：自卑。这个词一经写下，余生再难擦掉。何况他们还会反复写，即使我们毕业了，远离学校了，老师们还会一遍遍托梦给我们，让我们时时温习自卑，巩固尴尬，为下一次如大考般的羞辱做足功课。（当然老师们也无辜，换一个场合，他们同样是一群被羞辱的群体。）"活了这些年，只活出了尴尬和自卑。"所以我明白了你为什么说这句话，尴尬和自卑，这些词定义了你和世界的关系，在工作中，在婚姻里，也包括十七年前你我的那场分手。那场分手就像一个系列考试的最后一场，我们被一条及格线分出上下，从此南北相隔。父母的言论，周围人的眼光，以及你我间的只言片语，都发生在这一个大背景下。而我，当年的所谓"好学生"，对此却浑然不觉。老师们在给多数人的白纸上写满自卑时，也给少数幸运孩子的纸上写上了自信。在那样的年纪，后者很难顾及前者的想法吧。今天，虽然我在焦虑的时候也会梦到考试，但学校生活给我的总体印记仍是明亮和向上的，我们一起回炉的那个"炉"，对很多人来说是炙烤，对我则更多是取暖。我也早已自知：我最辉煌的时代也仅限于学生时期，但那短暂辉煌所造就的人生底色，还是一直受用到今天。可是十七或二十年前我不认为这是问题，以为爱可以解决一切。"爱"这个字眼，被那样的少年说出口，显得多么单薄可疑。可是爱，像这世上所有美好的事物一样，原本就是最脆弱和易损的，经不起那样的大考……十七年前的那场分手，如同历史上那些著名的战败，总会被人拿来各种解释，上面的话，算是一种。虽然这解释多少显得有些官方，像一次社会学意义上的、牺牲个性的解读，但不管怎样，这是一种说法。十七年间，我像一个顽固的上访户，扯起一面质询的大旗，走遍记忆的角角落落，希望获得一个说法。一直到前几个晚上，你才无意间透出一些真相。那真相不能被证实，也无法被证伪，它让我震惊，也多少让我释怀。我像米涅·渥特丝笔下某位年迈的业余侦探，对多年前一场旧案揪住不放，苦心搜罗证据，重构案发现场，对着某个似是而非的真凶判决。其实，不过是念旧。

29 哭笑

又让你在公共场合哭了。许多次，在单位的午休室里，在车上，你抱着试一试的心态点开我的朋友圈，看到我单为你发的一条消息，点开来，密密匝匝，不分段的文字，才读几句，眼泪就落下来，光天化日下，来不及避开人。我总把这样的文字悄悄发到朋友圈里，设为"唯一可见"，不提醒你，等你自己看到。你因此多了惊喜，却也时常在毫无防备的情况下掉进一场哭里。带着"这一次，该轮到我来受伤"的预设，你来到我们的这一次相遇里，像是终于有机会偿还当年的亏欠。有时我也想，就让你哭吧，就让你笑——让你当年欺负我。但其实，我们的相遇并不是一轮又一轮的账目往来，需要不断地拆东墙补西墙。在每一轮里，我们都是大体持平的，并没有什么情感的盈余或赤字。每一次的过程都是我们共同走过的，每一种结局都是你我应得的，与天时地利无关。再遇见你，我明白了为什么会有"待你如初恋"这样的说法，也更明白了《在劫难逃》《虎口脱险》这些歌的歌名。实在是因为初恋为大，很少有人（尤其是男人吧，因为对男人而言，初恋不仅是一段感情，还涉及他初为男人的尊严、面子——世界上再没有比这更可怕更不可冒犯的东西了）能真正逃脱，我总要使出浑身解数，让你哭，让你笑，让住在你心里的那个少女永生不老。所以我为你写下这些文字，在那些不用哭的段落里，我知道你也在笑。能哭，能笑，健康生活的两项指标，这枚取名叫"爱"的硬币的两面。这就是为什么，不管这一次结局怎样，我都将眼前这场相遇定性为一出喜剧……只是有时会笑出泪来。

30 长话

想起那时给你打电话,在宿舍里,要背着人打。可是通话时间太长,其间总有人进出,这时就先说一些不那么肉麻的,嘴里支吾着,眼角瞥着室友,盼他快些出门,好把下一句情话说给你听。那年代住房紧张,抒情总被打断,欲说还休,也多了些甜蜜的周折。时间久了,你也能听出来,听到话锋不对就问:"你那边是不是来人了?你室友是不是回来了?"或者故意在这种时候问些要命的问题,逼我回答,等我答不出,你好笑我。(这方面,老五总是能有创新,大概他的通话尺度更大,逼他想出对策。有一天我们进宿舍,看他趴在窗台上,整个上半身探出去,一动不动,不知道的还以为他在看风景,抒发惆怅。可是我们宿舍对面是厕所,平时关窗不迭,他倒把鼻脸伸向那边,图个啥?走到近前才发现,这家伙正打电话呢,因为听筒的线不够长,他把电话机也端出窗外,电话线也扯出窗外,半个身子悬在窗外,硬是在厕所对面、五楼高空,给自己辟出一块私密空间。那段时间,如果五楼的男生上厕所,很容易看到窗外一个男生倒挂在窗台上,一手端着电话，一手握着听筒，在如此高难度的动作下，脸上还能做出幸福的笑。如果有人大便，因为隔间离窗更近，几乎能听到他的通话内容。想象一下吧，五楼的男生多有福，上厕所还能收听到隔壁的情话。但是老五不管，避开室友就是成功，所幸对面厕所的气味传不进听筒，电话另一端，东北某地的一间闺房里，那位姑娘的耳朵里只有甜蜜……我们虽然鄙视他，但是轮到自己的电话来了，也学他的样子，去窗外接听。连老二这样的人——全校都知道他没有女朋友，而且他讲客家话，就是在你耳朵边一字一句讲，你也听不懂——竟然也偶尔伸头出去，说些神秘的话题……）可是我们那时到底说了什么？一晚一晚，把电话费打光，真的有什么不可告人的话吗？我能记起的尺度最大的话，一次是我腻腻歪歪，也是鼓足了勇气，要求在电话里"抱抱你"，你倒也不扭捏，直接说："那你现在出门。"我说："出门干吗？"你说："门外有棵树，抱吧！"还有一次，深夜，我们聊到了睡觉，聊到了床，话题一点点暧昧起来，终于讨论到"等我们在一起，我们该怎么睡"的问题。秉着纯洁、务实的原则，我们最后的结论是：上下铺，一个睡上铺，一个睡下铺。（后来，我和老五专门探讨过一次，希望从他那里听到些更露骨的说法，结果我刚把话题引过来，他就说："你们是不是也商量过怎么睡觉？最后是不是也说——上下铺？"）你放假了，回到周城的家里，我就把电话打到你家里。为此我提前问了你的意见，你挺有经验地说："就叫米叔吧。"——那个多年后我称之为"咱爸"的人，当年还叫"米叔"。米叔四十多岁，眼前一个二十出头的漂亮女儿，一天天长起来，个子蹿得快赶上他高，尚未婚嫁，米叔的心里，该是怎样的焦虑与惶恐？仿佛手心里一星火，一直暖暖地捂着，火却慢慢灼烫起来，终有捂不住的一天。一天他接到一个电话，一个小男生怯生生说："米叔您好，小奇在吗？我是她的同学……"米叔是见过世面的人，他一定不是第一次接到这样的电话了，尤其近两年。于是他也挺有经验地说："噢，你等等。"然后电话就交到了你手里。每个爸爸都有这样一天吧，手递手将小男生的电话交到女儿手里，看他们说悄悄话，听也不是，不听也不是，一个人悄悄退到另一个房间。在全家人共用一个固定电话的时代，这样的交接过于明目张胆了（多年以后，我和米叔尚有一次奇特的通话机缘，此处暂且不表）。我从没去过你的那个家，不知道你们家客厅的布局怎样，电话机放在哪里，你是倚在窗台上，还是坐在沙发扶手上接我的电话？你应该是在自己的卧室，用分机接听吧，因为我记得有一次深夜，我们正聊得起劲，你突然停下来，说："别出声，我出去看看电话机有没有挂好。"你担心咱妈在外间用主机偷听我们通话，踮着脚尖出去，在黑暗中辨认，我被撂在电话另一头，心里一阵阵后怕……还好，并没有。那个多年后被称为"咱妈"的人，当年我喊她"米姨"。对你的私密事，米姨一直比米叔兴趣更浓厚，我写给你的情书几年后全落到她手里就是明证。电话里，米姨的声音比米叔更热情些，米叔声音低沉，不苟言笑，米姨则欢快得多，好像我的每一次电话都让她惊喜："哦！是马哲啊！"然后就很热切地等我说，想从我话里套出更多信息的那种感觉。而我往往只有一句："小奇在吗？"我觉得米姨当年还挺中意我的，你却很快就无情地指出："她觉得谁都不错。"我和你们家的最后一次通信发生在我和她之间。分手半年以后，冬天，我从上海的宿舍里往你家打了一个电话，那是我做过的最有勇气的事情之一，而你并没有让我的侥幸得逞，你不在。米姨接电话："哦，是马哲啊。"好像我昨天才打过电话。她没有告诉我你去了哪里，有没有新男友，我那点可怜的勇气也早用光，不敢再追问半句。那是我最后一次给你们家打电话。电话机放在宿舍一进门的橱子上，我站着，面对着墙，挂掉那个电话，像是亲手摁灭了最后一星火光。又想你家电话有没有来电显示？米姨会不会记下我的号码，等你回来后告诉你……没有，什么都没有，就这样永别了。半年前其实就永别了，半年后我又多此一举地确认了一次……不管怎样，感谢当年的米叔和米姨，一次次帮我转接电话，我却从不敢和他们多寒暄几句。多年之后，我只能凭着模糊的声音记忆来想象他们。当年我没能娶走他们的女儿，我和你甚至从未发展到要见父母的地步，我因此从没有从线上来到线下，从没见过他们。几年后你们家搬走了，电话号码换了。那串曾被我牢记在心的数字，也在某个不被察觉的瞬间，忘了。

31 速递

"亲,你有上海来的特大快件即将发货,请注意查收!"

32 折返

昨晚,我在朋友圈发出一条南下的消息,集齐一百五十个赞,准备动身。临行前我细细收拾行李,像在筛选十七年的记忆,哪些放下,哪些带走,一件件取舍。我用了一个大行李箱,其实要带的东西很少,一些随身的必需品,给你的小礼物,早饭,就这些。拉起拉链,行李箱空出一大半。昨晚我发布的是一条假消息,整个朋友圈都注视我南下广州,只有你知道,我将在北纬 24 度附近转头东进,驶向你的城市。为了这一趟远行,昨晚我早早睡下,今天我黎明即起,来不及洒扫庭院,洗漱一下就跳上一辆出租车,赶 5 点 21 分的首班地铁。现在我在高铁上,以 350 公里的时速飞向你。你也早早醒过来,在被窝里给我发信息,问我到了哪里。我们简单说几句就停住,害怕高兴得太早。昨晚到现在,心情意外地平静了,你所说的"不真实感",正一点点真实起来,但也只是真实。取出车票后,你要看看,我拍了照发给你,你看了,也像是要进一步确认真实。这是一班从上海出发终点到厦门的列车,它不多不少,将我带到你面前,我坐在 5 车 12C,我们的重逢板上钉钉，已是定局。你靠在床头，你吃早饭，你坐在办公室电脑前，而我一刻不停地逼近你，你的心轰隆轰隆地运转，有一种酥麻无力的感觉，像被大力吸进一个黑洞，两手不由得握紧手边的东西，然而什么都没用，那力量大到吞噬一切。我们为什么需要这次线下的重逢？五天前我临时接到出差的通知，第一时间就给你发了消息，说顺道去看你（其实并不太顺道）。你说："好啊。"我开始调整日程，像复杂的数学运算一样，从那些一环扣一环的计划中抠出一天一夜，又像挪用公款的人，尽力将那缺口修补得没有痕迹。我花一个上午时间在网上规划线路，抢票，订酒店，惊心动魄。现在，这一切都被确定下来，就像那张官方打印的车票，每一个信息和数据都确凿无疑。我将去到你的城市，在你家附近的一个房间住一天一夜；我将见到你，如果来得及，我还想沿着你每天上下班的石板路走一走，在上坡的某棵树底下歇一歇，想象你走过的样子，想想我们的事。我们需要这次见面，它不能更早，也不能更迟了，现在是我们重逢的第三个月，我们需要一次真实的拥抱来验明正身。上海至厦门，这算不上一次多么长途的奔徙，只是地图上一条短斜线。十七年却是一个天文距离，只有你我知道，这距离远到没办法测量，所以我需要一次冲动，需要你脱口说出的那一句"好啊"。现在，火车驶过华东平原，窗外是大块大块的绿色和黄色，远处的矮山缓缓转动，近前的蓝色移动板房被一间一间快速抽掉，我听到一个个城市的名字掠过，心里的地图一米一米收紧，杭州，义乌，上饶，福州……十七年来，我们第一次越来越近，好像一个人年轻时出门，要转遍全世界，发誓有多远走多远，有一天他终于越过那个折返点，开始回家了……广播里说：亲爱的旅客朋友们，厦门，就要到了。

33 生离

你不让我送你,坚持自己下楼,我还是悄悄跟了出去。昏暗的过道里,你边走边打电话。"喂,哦,刚才没听到,刚才我在……"我赶紧退回房间里,关上门。你走了,回到自己的生活里。我在桌前坐下,整个房间里都是你。你无色无味,但我满眼满脑子都是你。按一下手机,屏幕跳出来我们刚才的合影,背景就是我身旁的墙。刚才你的手机响,我看到屏幕上的来电显示,"老公"……两个字太刺眼,像一道强令,将你从我们的梦里拉走。我来到窗前,天黑了,我们一起注视过的那片夕阳已经不在,我拉起窗帘,看到我们并排坐过的床沿上两个清晰的折痕,悲从中来。

34 相伴

早晨我出来,沿一条起伏的小巷,走进一场海风里。导航引着我,朝着那个方向。泰山路,局口街,这些路名好像在故意提醒我。但是用不着多余的提醒,这里已经满满的都是你,那些在骑楼下走路的人,每一个都像你。因为你,这些陌生的街道有了故地的味道。我走过一个天主教堂,多年前我曾以游客身份在那里拍过照片,不知道你当时就近在咫尺。我走过一簇红红绿绿的小房子,一群中年男女拥在门前,每人手里捏一张五彩泛光的铜版纸,朝门里张望,原来是一所学校,周末的培训班,人人在谈论考试和学区房。我走过一处较开阔的路口,看到对面两条路纽结在一起,一条高高翘起来,一条重重沉下去,像是被某种巨力生生拧出来的。因为过于倾斜,上面的车不得不横着停放,交警正慢悠悠在其中穿行,一点也不怕它们跑掉似的,认真地为每一辆车贴上罚单。我绕过他们往前走,经过一条条石板街,一幢幢象牙色的骑楼,带防风垛口的女儿墙,漆着暗红色油漆的木阁楼,条石搭起的台阶,露天的变电站,包着绿色石棉、总是贴着墙成双成对出现的粗笨的燃气管道，贴满房屋租售信息的矮墙，打着海鲜大酒楼招牌的小店，斑驳的树影，穿着红线衣在店门口踩缝纫机的大妈，骑着电动车，车把、脚垫和后座满是鼓鼓囊囊环保袋的谢顶大叔，手推重型载货自行车，头、肩、两臂斜顶进货厢里，像被自行车挟持而行的生意人，落单的背包客……你曾无数次走在这样的路上，一个人，背着双肩包，绕过地上黄黑相间的 M 形隔离带和随处停放的车。你在这条路上往返了十年，仍是个过客，你不会讲本地话，不爱吃海鲜沙茶面，受不了这里的湿气，你的棒球帽伸出长长帽檐，好挡开紫外线和海风的联手侵袭，即使在五月的艳阳天，你的身上也缠着毛茸茸的护带，以保护你受伤的腰。你不是这里的人，因为一些阴差阳错流落此地，心里始终有一个离开的念头。即使你已经结婚生子，定居十年，这里仍不能让你安定。你家咱爸咱妈受不了这边的气候，最多住不过一周，你的发小和闺密四散在外，只能借出差和旅游偶尔碰面，你的婆婆和老公以本地人自居，用他们顽固到可笑的价值观评判你，排挤你，你和你的老公，"再不能相互取暖"……想这十年，你过得多孤立，家到单位，三四十分钟的脚程，只有这三四十分钟里，你多少能自由一些吧，一个人，一个包，在角色切换的短暂间隙，你放下所有束缚，只是走路。就像当年，从家到学校，不到二十分钟的路程吧，你穿着校服，一个人笨笨地走。那么多人暗中注视你，给你写纸条，为你发狠、斗殴，也不能把你从孤单中救出来。我能做什么呢？我能做的，也只是尾随你半天，才鼓足勇气骑车上去，然后慢下来，陪你走一段。一路不敢和你说话，不敢看你。就像今天，我能做什么呢？我能做的，也只是在你每日往返的这条路上走一走，在想象中陪一陪你，像是尽一个老友的责任。我想象你在我左边或是右边，两手叠在身前，谦恭地走。阳光照在我们身上，我们不说话，只是远远近近地相伴……这样的时刻，一生可否有一回？

35 放心

这是当地一家政府派出机构,周末也不休息,门口许多人进进出出,只有我把这里当景点吧。这里是什么部门并不重要,这里是你工作的单位,我一大早顺着导航路线走来,只为了看一眼你上班的地方。因为你,那些米色的壁砖、肃杀的标识,现在都多了份亲切。你好像知道我会来似的,多年前就在这里埋下一处地基,如今它长成举世瞩目的景区,人们拖家带口来这里排队,填表,签字,领一份许可,换一张神符,却没人能真正理解它。只有我,来这里赴一场私人的约见,你被俗务缠身,不能来会我,这里的一草一木都遵照你的旨意,发出你的气息……但是一个穿灰色制服的人走过去,我醒过来,现实毫无美感:你啊,终于还是被你家咱妈手把手塑成了一个财会人员,一个你很讨厌的角色。这些年你做得算不错,却从没有一刻喜欢过它,只是被各种蛮力推拉着,一步步走进这身灰衣里。放在当年,我怎么也想不到你会做财务,现在我知道,这些年,为了给周围人一个交代,你费了多少力气,去学你并不擅长的专业,去忍受成教老师的冷眼,去考研，去研究那些数字和图表……人生在世，百般周折，不过求一个位置，一身行装，如今你都有了，不管怎样，为你高兴。在主楼对面，单位大门口，门卫室旁边，一个石阶上，我坐了一会儿。歇一歇，也是想多留一会儿，试着从你的角度，再看一眼那些人群和街景。"放心"二字，始终也不敢就这么说出来，但是，也只能这样说了。

36 目送

大门？还是旁边的侧门？我揣测你下班回家的路线，留意"注意落杆，请走人行道"的门口标识。眼前是一条缓缓抬升的路，地上铺着规则的赭红色长方砖，榕树的树冠遮满天，一截白灰墙，连着一截青石墙，墙头趴一蓬藤蔓，墙后是依坡建起的房子，隐约可见白色的镂花栏杆……我猜这是你回家的路——那我就假设你现在下班了，我在门口接到你，陪你一起走回家吧——一大早，怀着这样的执念，我偷工减料地试图模拟你的一天。可是我的火车上午10点20分就出发，还要回酒店取行李退房，留给我的时间不多了，方向却正相反，是陪你往前走？还是自己往后走？这一刻，你好像成了我的女儿，我是你的小爸爸，眼前摆着两条路，两个方向的拉扯，那种不舍和不甘，是面对至亲才有的纠结……我最终还是决定送你一段。计算着时间，能送多远算多远吧，毕竟走了这么远来到你的城市，不敢掉头就走。我这样下定决心，倒轻松了，步子也大起来，沿着这条长长的上坡，我一步步往前走，怀着慢慢接近一座山的心情。此时你正在家，陪圆哥洗漱吃饭，筹备周末的亲友来访吧。其实我们又何须这次线下的会面？这原本是一个普通的周末，我原本可以做一个普通的游客，悄悄地来，经过但不惊动你，远远地看一眼就离开，会不会更好？现在你在客厅擦桌子，在厨房清洗碗筷，突然就拉过一把椅子坐下，靠着墙，流下大颗的眼泪。一个上午，你关起门来，把眉毛都哭红。同一个上午，我在这条路上徒劳地奔走，为着心中一个可笑的假定。走着走着，眼泪还是没能忍住。到底不是一个普通的游客，避开所有景点，为一条不知名的小路落泪……9点一刻，我站在时间允许我能走到的最远的那个点上，望着眼前一条幽暗的街，向着右前方转弯，不见。在一根裸露着粗制外表的线杆边上，我站了一会儿，像是等你慢慢转过那个弯，被一排石墙挡住，心里叫着你的名字……前面不远处，绿树掩映下的红顶房子，就是你的家了，亲爱的，就送到这里吧。

37 告别

一路下坡,出租车像顺水漂下,总共也没费几滴油。挡风玻璃前放着一叠报纸,车一停,司机就习惯性地摸报纸。看来这也是一个经常堵车的城市,以至于司机都养成了停车看报的习惯。但是今天还好,毕竟不是工作日,车子穿街走巷,开得无牵无挂,大概连一个新闻的标题都没看完,司机就把我送到了酒店。下了车,等找钱的时候,我回头看了一眼身后的路。司机隔着车窗说,再见。

38 忙乱

酒店如巨型蜂巢，有着繁复、雷同的内部结构。中间挑空的天井像大峡谷，人像鸟一样住在峭壁上，对面的走道是挂壁公路，只要探一下头，处在这结构中任一位置的人都能看到庞大建筑的全貌。我出了电梯，绕着环形走廊走，像走在一枚火箭的内部，心里始终有一个倒计时。在这样的地方和你重逢，多少有点科幻的味道。人只在快要离开的时候，才有勇气回忆重逢的种种细节吧。昨天，我刚到这里时，很费了一番周折，先是网上预订的房间出了问题，被商家无故取消，接下来又险些把自己的行李箱丢掉——我进了房间，已经换了拖鞋，才发现只带了随身小包，大行李箱不见了。我惊起一身冷汗，连同刚才忙乱时出的一身热汗，整个人泡在湿热的水汽中。我拼命回忆，想起在前台办理入住手续时拉杆还在手上，于是穿着拖鞋就冲出房间。电梯久等不来，我才想起该先打一个电话，又发现忘带房卡，着急四顾，瞥见电梯旁就挂着一个电话，打过去，前台说："没看到啊，什么颜色的？"电梯来了，我挂掉电话，从二十四楼下到一楼，出电梯第一眼就看到总台前面干干净净，连人都没有，心里一声叹：闹出这样的笑话，该怎么对你交代。服务员掀开桌板，将一个黑色行李箱缓缓移出来，说："是这个吗？"（很多年没这么慌乱过了，我上一次差点丢行李箱还是刚工作时，去南昌出差，光顾着和同事吹牛，把箱子落在出租车后备厢，动用了当地政法部门的关系才找回来。）观光电梯一节一节把我送回这巨型蜂巢的顶端，往下看一眼，腿肚子发软。我一手捏着前台补办的房卡，一手紧攥着拉杆，告诫自己要淡定，淡定，这只是一次见面。十七年，失而复得……不要去想这些宏大的字眼，这是一次再普通不过的见面，在一枚再普通不过的火箭内部，我是一个退役又返聘的老宇航员，丢三落四地上了岗，发射前几秒才想起忘带干粮，茫茫宇宙没有便利店，于是紧急叫停，熄火，下去带上包裹，重新点火，重新倒计时，就是这样……我回到房间，洗把脸，在床沿上坐二十分钟，你来了。

39 手语

下楼去买茶叶时,你来了。此前,关于这次重逢的具体场景,你也设想过多次了吧,有没有想到是这样?楼前停车场,收费岗亭旁,你正迈过一条黄黑相间的限速带,背着双肩包,戴着白色棒球帽,像照片上那样,直直地走过来。我只往那边看了一眼,就看到了你。确定是你,不会错。你也看到了我,也一眼就确定是我。此前你刚确认了这家酒店的名称,那时门前没人,等你低头走过限速带,再抬头,门前就多了一个人。只能是我。我向你招手,你有点不好意思吧,猛笑一下,笑弯了腰,又没处躲,跌跌撞撞向我过来。(还记得吗?整整二十年前,我也曾向你招过一次手,那时我上大二,你上大一,我去你的学校找你,你在教室里,应该是上午的最后一堂课吧,老师在拖堂,一屋的同学正焦躁,我下了火车,单肩背着一个挎包,满怀着一个初次旅行者夸张的自豪与漂泊感,悄悄走近了教室的窗口。你在教室中间排,稍靠前的位置,透过玻璃窗正好能看到你,你埋着头,手握住笔,正专注于听课或走神。我向你举起右手,几乎在同时,你转了下头,像有感应一样,看到了我。或者只是因为一个大型物体挡住了窗,你注意到室内光影变化,下意识扭头看了一眼,结果看到了我吧。不知道那一刻你有没有很惊悚?想高中都毕业了,换了学校和城市,怎么这人又追到这里来了……我向你招手,不是摇晃手掌那种招手,而是手停在原处,五指开合,冲你空抓几下。那是我第一次那样招手,无师自通一样。你也向我招了下手,偷偷地,躲在前排同学后背下,三三两两地抖一抖手指,像手语里的悄悄话,带着性别,带着俏皮、亲昵和私密。我们都微微笑着,看着对方,用指尖对话。其实总共也不过一两秒吧,却能与二十年时光流逝对抗,至今历历在目。惊叹这五指,隔空表达微妙难传的意思,一点不亚于语言。)二十年后的今天,我在酒店门前看到二十年后的你,向你招手,像一个水手向另一个水手发出旗语。因为距离远,不适合小动作,我只能高高挥起胳膊,大臂带动小臂,小臂摇动手掌,是大海中,孤岛上,朝向救援船只挥手。然后我放下手,等你过来,像是终于到了稳操胜券的那一刻。出于礼节,我不盯着你看,免得这段路你走得不自在。你过来了,真真地站在我面前,我们都有点紧张,不敢正眼看对方,但是那一刻,眼里还能看到什么?只有彼此巨大的存在……这是进入21世纪后十七年来我们的第一次相见,你长高了。

40 吃饭

那天中午,我是说,二十年前那天中午,我等到了放学的你。我们被第三个人带着,去学校附近一家小饭馆吃饭。这第三个人是位男生,是你的高中同班同学,上大学后继续和你同学,高中时我和他不算熟,但互相都知道对方,我在窗口向你招手时,后排好几个同学都看到了我,也包括他。于是放学后,我们三人从人群中分离出来,去校外寻一个吃饭的地方,好像这样做再自然不过。这是一次突然的到访,在没有手机和网络,通讯必须依赖邮局的年代,我不告而来,将你堵在教室里。忘了你走出来后我和你说了什么,估计也只是讪笑一下,不会有什么漂亮的开场白。我们在手语中的短暂默契很快就过去了,现实中我们仍旧陌生。那男生,个头不高,留着潦草的短发,一张圆圆脸上,天生是陪笑的样子,在我们这些同学校友当中,算是比较成人化的一位,虽然高中时我和他不熟,但此时他一眼就看出了你我间的不寻常处,主动扮演起一个张罗和撮合者。于是我跟着他,你跟着我,乖乖地走;又或者,你我跟随着一个共同的、似是而非的约定,走向一处未知的餐馆。你和我，这半生，总共也没有一起吃过几次饭，那是第一次。可以想象我们有多紧张和不适。那一天我们十九岁，高中的余温犹在，两年半后的相恋尚远，我们正处在青黄不接的空档期，我的心里只有谦卑的试探。借着一位共同相识的引荐，我们分坐在一张餐桌的两侧，面对着面，像一场漫长情感官司中的正反双方，在休庭期间的私下约谈。在座三人，你、我、他，都知道这场聚餐的性质，明白三人的主次与对应关系，却又不够熟练，因此吃得拘束、躲闪，充满多余的客套和欲盖弥彰的轻松。也多亏了他吧，那个不知名的男生，他日后该是一个场面上的人物，此时他全力演好一个多余的人，却是现场最忙碌和话痨的一个。我多数时间把头偏向左边，和他应酬几句，偶尔偏向右边，看看你。你我之间，并没有几句成形的话，你多数时间只是半低着头，和盘子对视。心里大概也不服，想不通为什么平白无故被提来，吃一顿文不对题的饭。想想那几年，我号称时时留意你，其实留意的不过是我在你眼里的形象，对于你，反倒了解的少得很。我始终没能力引你多说几句话，我们所有的交谈加起来，不及今天的一通电话。那男生即使没有恋爱经验，也早凭着察言观色的天赋看懂了我们，他的眼睛在你我间快速切换，捕捉我们每一次细微的交错，以发起下一个合适的话题。我们则像是初次约会的男女，被突然闯进来的媒人乱了节奏。那天饭后,男生埋了单,我和他稍争了一下,就放他去买。三人中,他大概早掂量了形势:不可能让你买,我远道而来,算客人,也不便买,于是只能他买。想想也够委屈的,当灯泡不说,还要赔上饭钱,不知道图什么。(我与他日后尚有一段交集,此处暂且不表。)几年后,宿舍老五向我传授恋爱心得时说:给女生写再多信,打再多电话,比不上吃一顿饭。按他的说法,我真是不合格,人生中第一次和你吃饭,就那样胡乱开场,草草收场了。那一次之后,我们此生第二次第三次一起吃饭,要再过两年;第四次第五次吃饭,要二十年。

41 重逢

你好像长高了,这是我的第一印象。电梯间里,你顶天立地,我,连同一起挤进来的其他陌生住客们,不得不仰望你。你戴白色的棒球帽,马尾辫从帽子后面掏出来,黑框眼镜,眉眼冷俏,是一种陌生而秘密的惊艳。因为瘦,嘴角笑出轻微的法令纹,是十七年来新添的印记。电梯走走停停,让我多一点时间来消化眼前的你:几乎是一个新人,却不知从哪里——也许是全身——散发出故人的气息。我们以普通话对话,一点都不别扭,可上一次我们面对面时,讲的还是乡音。不断有人进出电梯,我们不断调整着彼此的距离和角度,本该是一个千言万语的时刻,偏偏被关进一个不便说话的密闭空间。人还没从惊慌中出来,也只能胡乱看你几眼。你穿浅蓝色的拉链连帽衫,黑色棉麻九分裤,露一截脚踝,并列一对长腿,脚上一双小白鞋,白得突然。我们站在一起的样子,映在电梯银色的门板与古铜色的镜面中,又古老,又新异。这电梯里曾上演过多少场久别重逢?有没有哪一对人能和我们比?二十四层到了,我带你出电梯,穿过道,你跟着我,一步一步，像躲开路面的积水，又像在浅溪中寻找落脚的石头。蜂巢楼通体寂静，我们不说话，径直走进房间。风一下吹胀窗帘，又一下放松，远处喇叭争鸣，一整个城市的车马都在努力上坡。我关上门，拥你入怀。

42 美苏

出发前一晚,我们靠在各自的床头上,对一对表,商定一下第二天碰面的细节。这不是一次特务碰头,我们并没有太精确的流程,很快我就拓展开去,向你讲了美国宇航员和苏联宇航员的故事。说是冷战期间,美苏两国太空竞赛,苏联一度领先,美国紧追不舍,终于率先把一个大活人送上了月亮。多年互掐让他们精疲力尽,这之后,两国又开始转向合作,酝酿搞一场太空互访,要在全地球人头顶上秀一场恩爱。但是,在互访的具体环节上,两国又较起劲来:到底是苏联人去拜访美国人,还是美国人去苏联人家里串门?事关国家面子,双方争执不下,最后,到底美国人底气更足一些,双方谈定剧本:苏联宇航员在飞船里待着(准备点伏特加什么的),美国宇航员离开飞船,经太空行走后来到苏联飞船门前,敲门。苏联人问:谁?美国人回答:我,自己人。然后苏联开门,美国进去,带上门,美苏拥抱……我在门内,你在门外,对一句简单的暗号,然后我开门,在整个地球的仰望下,上演一场世纪拥抱,这就是我们设想的第二天见面的情景。然而并不是。

43　追悔

马上就要离开厦门了，收拾东西时才看到行李箱里几个大苹果，然后就一直摇头叹气：你在的时候，怎么就忘了拿给你吃。说好了泡杯茶等你，房间里没有茶，问了前台也没有，出去买的时候你就来了。你说你包里带了茶，可最后也没有泡，就烧了白开水，一杯一杯地喝。整个下午，我们靠在一面墙上，你一杯我一杯，寡淡地喝水，好像就为了凑够你说的"一天八杯水"。心里却是油盐酱醋，五味杂陈。发誓下一次见到你，一定早早买好几样水果，流水洗净，鲜鲜亮亮摆在托盘里，等你吃……那一年，没来得及对你好，再遇见你，心里就只有怜惜，想使出浑身力气对你好，却也只能倚着墙，看看你。

44 合 影

就是这样的相遇,被我们命名为"我们的第一次见面",好像我们之前从没见过面似的。是啊,如今你我都是新人,有了新的纪元,十七年前的往事都被归入了史前,我们把它捆扎好,放进档案袋,一袋一袋码在书架最顶或最底端,踮起脚或弯下腰,仍能看到它们,但是书架正中,最舒服的位置,现在都腾出空来,预备放入新的回忆。如今我们已经有了新的回忆,虽然少得很,但正因为少,所以更加珍稀,恨不能每一秒都记下来。临走的时候,忘记是谁的提议,"我们拍个照吧",于是愉快地把手机设成延时自拍,架在桌子上。我们退到墙边,依偎着,手牵着手,等待5秒的自拍倒计时,眼中满是虔诚。在此之前,你我都不是擅长面对镜头的人,十七或二十年前,我们也从未有过一张合照,但是现在,在我们重逢的这一年,人类发明了自拍,在一个没有第三者在场的房间里,面对着镜头,我们落落大方,身体默契地倾向对方,表情出奇地恬静,像一对二十年的夫妻,在一个最普通的周末下午,一次最普通的抓拍。我们好像正在厨房忙碌,预备周末的聚餐，朋友们在外间嬉闹，有人提议"我们拍个照吧"，又或者有人喊："喂，你们俩，回个头！"于是我们放下手里的碗碟或刀叉，回过身，你靠住我，我揽住你，微笑，微笑……不管相机有多慢，等待的时间有多长，我们的微笑都不会僵硬，五，四，三，二，一，我们面对着一个五秒钟的镜头，像面对一个长达五十年的余生，一点都不着急，不后悔，带着生生世世的从容。在其中一张照片里，我们站在墙角，各自顶住一面墙，甚至没有身体接触，好像我们已经不屑于在外人和孩子面前展示恩爱。然而事实上正相反呢，我们刚刚才迎来这场等待了十七年的拥抱，那混合了陌生与熟悉体味的拥抱，带着轻微抵抗与报复的拥抱，如同两截新柴摩擦生热，酝酿一场久违的烈火的拥抱。我们并不是一对熟练到麻木的老夫老妻，有多少个人生第一次正在和将要发生，每一分每一秒我们都在创造历史。撇开那张高中军乐队集体照不算，这其实是你我第一次被纳入同一个画框啊，所幸我们还年轻，画面里，庄重或俏皮，都还上镜。我们穿着你事前买好的情侣衫，前胸各印着一个大眼镜，好像正背着我们眉来眼去。我们都生着瘦削的身形，兄妹般相像的眉眼，还有无可挑剔的身高差，站在一起，不管怎么看，我们都是如此般配。然而老天却让我们分开，现在又叫我们重逢，老天还能怎么样呢？它倾尽全力，也不能把"我们如此般配"这一事实改变一点点。照片为证：这是一场混合了初见与重逢的奇妙相遇，我们手挽手，进入了我们自己的"公元后"。

45 一生

我们站成一排,笑着,眼含着悲戚,就这样一直站着,像一对古人,眼望着未来,等待照相术的发明。

46 爱情

我总是一次次回到周城的长途汽车站。你坐在栏杆上等我的背影，渐渐凝练成一个 logo，同那些史上著名的背影（如《阿甘正传》那个长椅上的背影）一样，成为一段记忆的标志。可是我居然记不得那天的具体日期（那时谁知道它那么重要呢），只能根据另一些相邻的史实来大致推断，那应该是在 2000 年的一月份，新世纪的第一个月。现在看起来这个日期无比陈旧，像一个公元前的年份。那一天我刚刚结束了考研，未来尚未确定，在这样一个新旧交接的时刻，两场风暴间的短暂平静期，我们通了一个电话，约定了一生。那该是一个多么草率的约定啊，连面都没见（距离上一次见面已经两年半了）。我们像里通外国的两国高官，仅靠着之前几封信函建立起的好感就匆忙决定了两个大国的联姻。可是看看历史吧，那些改变人类进程的大事件，不就是在极少数人的口舌间被轻快地决定了吗？这样的私订终身之后，我们才想起要见一面，好像那个约定是最重要的，见面、实质性地在一起反倒是次要的，附加的。我沉浸在大考过后的虚脱与振奋中，这时候爱情顺利接手了我，让我无间断地进入到另一种振奋与虚脱中。这是我人生中第一场得到双方首肯的爱情，我惊讶于之前那些传闻原来所言非虚，世上竟真有这样一个人，肯为这等羞耻而美好的事与我夜夜对谈。如果墙上挂着日历，我该为那几天画上重重的红叉以示警醒，那是被无数医生和过来人反复提醒过的危险期，我体会到了心跳过快所带来的那种濒临衰竭感，其中既有爱情的震撼，也有初次独立决策所带来的强悍与前途莫测感，世上竟也真有这样一件事，不需要征求父母、老师和书本上无数先贤的意见，只要两个人点头就算全票通过。与此同时我也忧心忡忡，挂掉电话就有点后怕，想就这样和盘托出，是不是冒失了些，人像站在高空的透明悬廊上，明明脚踩着实物，却像随时要跌进万丈深渊。我还记得我是在越过学校的小桥，走到新落成的三教门前时，心里突然升起一股庄重的责任感，想从此以后我是一个不一样的人了。具体来说，我是一个有女朋友（这个词即使想一想都觉得难为情）的人了，眼前来往的男女将与我无关，或者至少要重新调整和他们的关系，我将成为一个全职的男朋友，为一个女孩的未来负全责。或许是眼前雄伟的三教大厅给了我暗示吧，我感觉自己就要双手托起这座庞大的混凝土建筑，而我文弱得很，空有一个大个子，其实营养不良，手无缚鸡之力……那早被前人写尽的爱情，我并不能给出更多更新的说法，只能将一个男孩具体而微的心思交给你，让你知道，那天你在家乡的长途汽车站坐了很久，等来的并不是一个身心空空的人。他行囊沉重，携带巨大的心事走向你，却拼命装出轻松的样子，希望与你有一个电影中那样俏皮的开场。属于她和他的快乐时光并不长，这一刻，应该算是其中之一。我愿意你永远坐在那几分钟里，将背影交给身后那个未知的人，他将爱你或是负你，你我都无法决定，他只是全身心地走向你。此刻你什么都不要想，只需再多等一会儿，就能听到他走过来，站住，深吸一口气，轻轻地，叫出你的名字。

47　虚惊

有一晚你和你家咱爸通过一个电话后,我们的关系进入了冷冻期。那晚你借着出差,在广西高地某个隐秘的茶园,与远在北方的老父通了一个电话。只有隔开这样远的距离,你们才敢稍稍放开手脚,大胆预测一下关于你的婚姻的几种结局。那些平时只在头脑间闪现的荒唐念头,如今都可以公开谈一谈了。你大概提到了我,也许没有。我将我们关系由热转冷归罪于这通电话,兴许是病急乱投医。我猜在咱爸这代人的眼光里,这样的不伦之恋没有地位,注定不会被祝福,纵使你眼前的婚姻有万般不如意,我也不会被提上议事日程。又或者,你们只是单纯地讨论了你和你老公当前这种不正常的"舍友"关系,那时咱爸正计划去厦门看看你们,你们之间的种种反常,老人应该早就有所察觉,甚至比当事人更早发现。这就像篮球场上吹走步,裁判不需要经过太理性的判断和严格的论证,只要看到球员带球动作别扭,不舒服,就足以认定犯规,事后回看录像,十有八九不是误判。区别在于,咱爸不能当场鸣哨制止,只有看在眼里,急在心里。现在他在周城,你在广西，父女俩从不同的方向，共同审视了那个远在厦门的家。那个家经不起这样的审视啊，一定漏洞百出，老丈人看女婿的眼光，并不比婆婆看儿媳的更宽容。更何况，没有哪个爸爸能容忍女儿的委屈，你只要在电话里稍露颓丧，咱爸的心里就一定软下一块，又硬起一块。经过了这样一次长谈后，很多事情难免要被重新考量，这考量短期内不会有结果，我的角色也就空前地尴尬起来……总之那晚之后我们不那么热络了，我发给你的消息，你总是迟迟不回，要回也是简单几个字，不置可否，没有表情包。每天晚上你都早早地睡去，像躲避同床者的亲热，慢慢在一张床上建立起了坚定的时差。我们从最热的峰值，一下跌到接近冰点。我做了最坏的打算：我可能要第二次失去你。那时距离我们第一次见面还有些时日，距离我们网上重逢则已经两个月，莫非我们真应了有关专家的预测？爱情只是一场双人的高烧，最多可持续两个月，吃药打针无效，六十天后自动痊愈？只是退烧容易，大病过后的后遗症难好，在这一次重逢之初，我曾断言"再没有人能伤我"，现在看来这话说得有些早，有些大了。能伤我的人，总能伤我，与次数无关。在确认了你的冷漠后，我大概在微信里表达了些许愤慨，但严格限定在礼数允许的范围内，自认为并不太过分。我意识到你我的交往仍有社交的成分，即使在最狂热忘形的那些时刻，我们仍谨遵着尊重甚至客气的原则，留给对方的，永远是经过剪辑的最完美一面。恋爱原本带有社交的成分，何况异地恋，旧情复燃的恋。这是时空两种距离造就的美感，也是恋爱与婚姻的本质区别。我想到了最坏的结局：也许我们已经不需要一次线下的会面了。在那一天到来前，我们已默契地将短信数量一天天缩减下去，终于有了连续 24 小时不见音信的第一天。据说气象学上将连续三天 35℃称为高温天气，那么连续三天失联大概可以认定为一次分手。我默默忍受着这样的预期，如同忍受某种经年不治的慢性病，我慢慢闻到了复发的味道，着手准备汤药和手术刀。然而现在你我都知道了，这并没有发生，我们的故事才刚开始。我多虑了。

48 无家

我家的窗前，站着一架立式蒸气熨斗，银亮的立柱，粉红色的软管，黑色的肩头圆润宽阔。从前它站在卧室和客厅的转角处，时常披一件衣服，有时是我的，有时是她的。进门第一眼就看到它，让人觉得挺温暖，有时也会吓我一跳（比如晚上没有开灯，或者它刚换了一件新衣服时）。它像个忠勇的家庭门卫，一直站在自己的岗位上，但是现在它被挪到窗前角落里，被餐桌和冰箱挡住，身上没了衣服，光秃秃像一具风干的骨骸，偶尔看到它的时候，再也想不到什么。不单是它，家里很多摆设都换了位置，大到餐桌、书桌、沙发，小到台灯、相框、暖水瓶。渐渐适应了它们的新格局，觉得也未尝不可，家具家电们也接受了这种摆布，一天一天，在地板或台面上压出新的印子。这也是一个家的样子吧。我在心里这样想，再看它们，就真有了一些家的模样。晚上起夜，我仍能熟练绕开它们，准确地站到便池前。以前听人说，不要随便改变家具的位置，尤其是床，可能影响夫妻感情。现在这传言已被证实为一个笑话，夫妻感情好坏，自有其内在的强大逻辑，不是几件家具能左右的。至于床头方向，更像是某些变故引发的一个结果而不是原因。有时我会站在卧室门前凭空规划：如果那架庞大的连体床能在狭小的卧室转开身的话，我可能也早换了床的方向，把卧室改造得面目全非。（我试着向你说起我的家庭，发现并不容易，企图从一架最简单的蒸汽熨斗说起，却很快掉进一片家具中。这就是婚姻吧，所有的东西都相互牵连着，互为因果，没有一个公认的源头可供追溯或声讨，但是随便挑出一根线头，都能顺藤摸瓜，进入它黑暗难缠的最深处。）我坐在这一片家具家电中，像坐在一座历史遗迹中，如今它们待价而沽，被一场官司瓜分，哪件是我的，哪件是她的，被一份法定的清单划定。法律术语叫"切割"——多么准确而冷酷的词。这是家具们最后一段比邻而居的日子了，总有一天它们将天南海北，此生再不相见。可怜这些家具，当初它们被精挑细选回来，如今它们像一群早熟而识趣的孩子，中立地站着，随时准备被我或她牵走，然后带到一个新房间里，与一群陌生桌椅为伍，此后再难摆脱突兀的后来者形象。或者干脆被低价处理掉，然后被肢解，被锯断，被研磨成粉，重回原子状态，再也记不起自己曾是一个舒适的靠背，一个掌管万物的橱柜。这些家具连同家电，它们来的时候，哪一个不曾被八抬大轿隆重地迎接？在这个被称作"家"的四壁内，它们都曾被视作不可缺少的一员，有一个共同的姓氏叫作"家"。如今却要狼狈四散,"家"的善变与不可靠,大概没有人比它们体会得更早,更真切。刚分居的时候,我尽可能让家具们离开原位,以制造一种新家的假象,也曾像清理作案现场一样将她的痕迹清空,恨不能连指纹都擦掉……其间只有过一次例外:有一天,很偶然地,我准备烫一件衬衫时,意外发现了玄机——原来蒸汽熨斗底部的蓄水漕盖子不用拧开,里面有一截弹簧,连着漕内一个砖红色的皮塞,需要注水进去时,只需对准水龙头,将弹簧压下去即可。从前,这一直是我们婚姻中一桩小烦恼,因为那个盖子很紧,又借不上力,每次为了拧开它,我们都要呼朋唤友,轮番上阵,试尽各种蛮力。那天我才明白,原来它本身就包含了解决问题的精妙办法。那一瞬间,我急于分享这新发现,居然忘记所有恩怨,想把这个小机关告诉她,像男孩用小聪明博得妈妈的赞赏一样,去博得她一句美言,那种夫妻间半真半假、混合着奚落与调侃的赞美——这是我从这些家具家电身上还能获得的唯一一点温暖的线索,也只有恍惚一瞬。此外,只有冰冷。

49 沙砾

八年前的那个冬天,再没有什么能阻止一个男人和一个女人的结合,他和她选定了日子,要去领回一对证书,将他们的结合昭告天下。她的户口簿却在当天上午找不到了,原因是户口簿由她妈存放,而她妈被临时叫去排练舞蹈,以迎接一次重大的社区跨年演出。这像是这场失败婚姻的第一个伏笔,第一场彩排,主要人物都出场了。他们颇费了番周折,还是拿到了户口簿。老天好像不看好这次仓促的领证,又拗不过他们,阻挠一下,也就放他们去了。一路上他都有些不好意思,生怕撞上熟人,问你们干吗去,该怎么回答?说假话显然太不庄重,说真话又会让事情变得太隆重,他一路纠结这问题,在最后一条斑马线上真撞上了一位熟人,那人像一座山(他身材雄伟,而且名字里真有一个"山"字)挡在通往婚姻登记处的必经之路上,像是老天派来的最后一位劝退的使者。然而并没有用,那人像所有的胖子一样和善得很,他和他客气地互笑一下便擦肩而过,他拉着她的手,轻易地翻过了这座山,走进了那个有求必应、错误百出的册封之地。在那里,他的一位内部朋友自告奋勇，帮他们事先选好了一个号，他们一进去，朋友便不无得意地向他展示那号码：末尾有三个8，印在大红证书的右下角。他讨厌这艳俗的号码，要知道他们并不是来领取一个车牌或者一家商铺的电话号码，然而这情绪不便流露，反过来还要谢谢朋友。轮到拍照时他尴尬得要死，在那么多人一脸坏笑的环视下，拍一张用途明确的合照，没有比这更傻的事了，他浑身肌肉僵直，让摄影师都难下手。然而这一切都没有用，即使有人把结婚照拍成身份证那种被当场活捉的表情，也一点不影响这照片的法律效力，他们还是顺利地被引入下一个流程。宣读结婚誓词这一关算容易，但宣读结束，领读人员示意他们下台时，他们犯了大忌：他们是一左一右，从证婚台两侧分开下来的。脚一抬起，那分离就成定局，他和她都意识到了不妥，身体却已不可逆地倒向了相反一侧，像两座星球一样遥遥远去，再没有什么能扭转这不祥的局面。他托付的那位内部朋友，自始至终都以一位业务主管兼过来人的身份指挥和欣赏着这一切，此时也张着手，嘴巴惊讶地开了一下，立刻就明智地闭上，假装没看到一样，将笑脸迎向他们。当天晚上并没有特别的庆祝，他带她去听一个讲座，主办方也是他的朋友，开场前他向朋友介绍她：这是我……那个词他酝酿很久，真说出口时还是无比的不适，虽然那称呼刚获得了法定的认可，他却像介绍一个不法分子一样，一点自信都没有（很难想象没过几个月他们就将那称呼叫得滚瓜烂熟）。去听讲座的路上，他打了一个电话，向父母宣布了这则好消息。父母自然是祝贺。现在回想，可能从他们挂断电话那一刻起，一种不便明说的担忧便在暗中滋长，此后再没有中断过。（如今他以一个"离婚者"——他也没有适应这个词——的身份来回想那一天，难免让一切都带上悲观的论调，如果此时他们幸福美满，那天的事就会有另一个欢快的版本。有时他会把自己想象成那位名字里有山的朋友，站在那天的最后一个路口，看一对青年无忧无虑走来，然后像最后一名守城的将士一般，悲壮地用身躯阻挡一场错误。然而这一切都没有用，他和她像所有的适龄男女一样，不可逆地走向一场婚姻，如同海滩上一对沙砾，一点一点被潮水吃进，继而沉向深海，从此再也回不了岸。）

50 舍友

你是一个有语言天赋的人,你形容自己的夫妻关系,只用了一个词:舍友。(百度上输入"舍友",铺天盖地是大学生们上网吐槽求助,然后收到一堆稀奇古怪的建议。好像每个宿舍里都至少有一个扰民的舍友,毕业多年还能充当谈资。当年为人所不齿,却在多年后充当了增强班级凝聚力的角色,一谈到TA,往事就蜂拥而来,寝室就空前地团结一致,同仇敌忾起来。至于"舍友不杀之恩",更说出了同室关系的微妙与一触即发。)用这样一个词来形容夫妻,我大概就能想象你们的日常相处:无非是同在一个家门进出,共用一张餐桌吃饭,本质上则各行其是,每一次合作共事都隐含着交换与抵扣;万事不能倚靠,慢慢变成一个徒有其名的男人,似乎只为证明你不是一个独身女人而来;甚至不同床,晚上各进各的房间,早晨在卫生间门前打招呼,像合租;周末节假日,也搭乘同一辆车去郊游,或是与共同的朋友聚餐,会在人前展示恩爱,却因为一点小事原形毕露,等不及回家就当众翻脸。(世上为什么要有夫妻这种组织?为了搭伙过日子,节省生活成本,维护社会稳定，还是为了完成一些非得男女搭档才能完成的事情？孩子，对，还有孩子，这一组合同关系中唯一的血亲，像某种精密计划的结果，又像是计划外的变数，天真地望着自己的爸爸妈妈，还以为他们天生一对，还以为大手小手三人一组，世界本该如此。该怎样向孩子们解释这其中的暗黑真相？在我们生活的年代，眼睁睁看到天下那么多有情人终成舍友，还有很多人比如我，尚未坚持到舍友阶段就散了伙，发誓再不踏进宿舍半步。）你的微信朋友圈里没有一丁点关于舍友的信息，干净得像一位单身女性的朋友圈。我曾一年一年地翻看你的相册，想看看你到底嫁给了谁，那人有没有三头六臂，与我曾无数次猜想又推翻的那个形象是否一致——然而什么都没有，他像是一个标准的舍友，只在关起门来时存在，绝不出现在你的公共生活里——毕竟很少有"舍友"关系会好到每天出现在彼此的朋友圈里。有一晚你老伤复发，腰疼得厉害，不能做任何前倾的动作，你问舍友，今晚能不能他给儿子洗澡，舍友说，不。他的回答像一个标准的舍友型回答，似乎这求助过于私人，超出了舍友互助的范畴，又或者他本可以出手相助，但你刚刚得罪过他，欠他很大一个人情尚未偿清，他因此断然拒绝你。你原本在床上躺着，此时也不得不直着腰下床，艰难地蹲在浴室的地面砖上，一手撑着后腰，一手为圆哥洗澡。（圆哥问："妈妈，为什么爸爸不给我洗澡?"你想了想,说:"因为你长大了,爸爸希望你自己洗澡吧。"圆哥说:"我不要自己洗,我要妈妈一直帮我洗。"你说:"你是男生,妈妈是女生,妈妈不能一直帮你洗澡,你要长大了。"圆哥不说话了。过一会儿,他眼神定定地说:"我刚才和爸爸说了,我自己会洗澡,就是洗头发还不太行,只要爸爸站在我边上拿着水龙头指挥一下就行了。"水从儿子的头发和脸上流下,不知道有没有泪。)有一天你们从外面开车回家,一路无话,舍友将音响开得很响,循环播放一些男人的歌,就是那种"男人哭吧哭吧不是罪""做个好男人真的很辛苦,走南闯北只为家人的幸福,强颜欢笑做个大丈夫,却把哀愁留在灵魂最深处……"那些句句押韵、带着明确讨好意图的声调让你突然很恶心,甚至晕车,真想一巴掌拍在按钮上,让那些男人闭嘴,他们看似一腔委屈,其实字字都是男人视角,连一个标点符号都不肯从女性角度出发。而舍友呢,他正沉浸在音乐中,鼻翼和眼角甚至有轻微的酸胀,好像终于有一群实力唱将为他代言。(这世上的男女啊,永远不可沟通的两个物种,却非要强行关进一辆车,一间房里,按同一套规则,一生一世地斗下去。)又一天,就在我们第二次见面期间,很意外地,我居然见到了舍友本人。这不在我的计划内,我对他的实体形象已没有兴趣,然而他出现了,我就顺便看了一眼。他穿竖条纹T恤,留那种浑圆的、上下等长的短发，全身上下没有一点意外，他拉开路边一辆车的车门，坐进去。只一眼，我就在心里建立起他的形象，似乎在一切方面都是我的反义词（我坚决抵制竖条纹）。但在骨子里，我不知道我和他之间是否也有一些身为男人的相通处？我希望没有，然而很可能有。这就是那个让我凭空恨了十几年的男人啊，如今我们狭路相逢，却激不起我半点恨意，我和他隔着一条马路，看着他乘车离去，像看这条街上任何一个已婚已育的男人。我意识到我只是在和一个抽象的性别过不去，你却要每天面对一个如此具体的异性。那一刻我们分隔在路两侧，你和他在同一侧，我看着你紧跟在他后面，拉开车门进去，车子启动，汇入车流，消失。满街发动机轰鸣。

51 余恨

有一天我午睡醒来,在桌前沉吟一下,就径直走回床上,赤脚踏上床头,将墙上巨幅婚纱照摘下来,斜倚在墙根,一脚踩碎了它。书房和另一间卧室里还有几张尺寸略小的婚纱照,我也一一摘下来,支在墙角,分几脚踩碎了它们。其中有一张是她的单人照,因为画板是较小的正方形,受力面积相对较平均,怎么也踩不碎,我就用指甲嵌进表面的涂层,将整个照片揭下来。那照片一寸一寸,细腻、均匀地与底板分离,并发出嘶嘶嘶的声音,像揭人皮。我这样做的时候,心里没有一点暴戾,甚至还带着午睡未尽兴的迟钝与懒散,好像只是尽一个工匠的责任,去完成一件本该早就完成的事,只在万不得已时才用到一些暴力。我妈听到第一声踩脚时就被惊醒,披着衣服从阁楼下来,满脸疑惧,以为地震了。待看清事情原委后,她没有出声,只是俯身帮我收拾第一张照片的残骸,这时后续的踩碎声又接连传来,她张手四顾,好像要捂住那些刺耳的声音。那天一整个下午我们都没有说话,晚饭的时候她突然说:"今天又想起什么了?又生气了吧。"我愣一下，说："没有啊。"当晚睡前，抬头看到床头上巨大的四边形印痕，我着实想了一阵，才想起怎么回事。印痕上方还留了一个挂钩，空空的，闲置了好几天，直到有一晚我回家，发现上面新挂了一个中国结，红红的有些突兀。那个正方形的小画板则被我妈仔细清理过，再敷上一层崭新的A4纸，作了面板。包水饺的时候，那面板上整整齐齐站一个水饺方阵，横八排纵八排，可供一家两口饱食一顿。平时它就竖在厨房台面上，两把刀的旁边，清清白白，再也看不出曾印在上面的那张人脸。

52 狼狈

但是我强烈建议新人一定要拍婚纱照,因为那是婚姻的预演(比一起去旅游要来得更快捷更直观),它几乎具备了婚姻的所有重要特征:比如周期长强度大,从早拍到晚;备受摆布与折磨,其中既有来自摄影师和道具师的摆布,也有相互的折磨;虽然如此,脸上还要微笑,符合前人示范与众人期待的那种标准款式的微笑,还要摆出符合家庭权力结构与角色分工的各种姿势;习惯脸上的浓妆,且终日不卸妆,让喜怒哀乐没有机会展露;认同化妆师的审美标准——将丑人化成美人,将美人化成一样——因为化妆师眼里没有具体的男女,只有符号化的丈夫和妻子。一句话,婚纱摄影概括了婚姻的表演性,是一次精确的彩排。一天约等于一生,能胜任和享受这一天,才敢想象后面的一生。(这让我想起紫禁城里的清帝,在末代皇帝宣布逊位后,他们家仍住在皇宫里,每日维持着皇族的繁文缛节,百官仍装模作样上朝,山呼万岁,假装统治着整个帝国,无视皇城以外大片河山早已改朝换代这一事实。那大概是最早的清宫戏吧,全部实景拍摄,真人出演——皇帝本人扮演皇帝，皇后本人扮演皇后，两人兢兢业业，把这出戏又演了十几年。更早些时候，颐和园企图将万国景观微缩集中在园内，以营造一种普天之下莫非王土的假象。其中有一条苏州街，也叫买卖街，模拟江南商业购物区，皇上和太监宫女们各自装扮成商贩和顾客，过家家一样，玩得不亦乐乎……这并不完全是自欺欺人，而是因为类似权力、婚姻这样的缔结关系，本身具有极强的表演性，演得好，就是真的好。后来是因为一个不懂艺术的军阀武夫实在看不下去了，强行将皇上两口子赶出片场；那些离婚的人则是因为脸面薄，再也入不了戏，在一个铁一样又冷又黑的事实面前，他们无法假装看不见，因此出戏，卸妆，回归本色，甚至不惜违约。我因此鄙视那些不离婚的人，不离婚的人，就是一辈子演戏，一个演狼，一个演狈。）回头说他和她，领证那天他虽然满身别扭，他们大概还是有一些表演的天分，因为没过多久他们就接到一个电话，大意是市里正在推广新式婚姻登记，他们所在的区被选为试点，因此急于树立一对典型——居然想到了他和她。于是选了一个吉日，他们被重新召回婚姻登记处（让人想到车辆返修），这次换了一个更气派的场地，更多更专业的编导人员，他和她盛装而来，将领证、宣读誓词甚至走红毯的流程又走了一遍。在众多眼睛与摄像机的注视下，那原本就带有表演性的仪式被添油加醋地重演了一遍，如同一场戏中戏，能被电影学院的教授解读出多重含义。他和她再次显示了过人的天赋，多数场景都一次通过，没有NG。（后来那视频被送去市里评比，还得了一个什么奖。）再说他和她拍婚纱照那一天，他们早晨5点就起床赶赴影棚，拍到晚上10点多，中午躲在保姆车里吃面包，像真正的演员那样敬业。那一天，他脸上的每一块肌肉都被摄影师反复拿捏过，快要重组成另一张脸了。虽然辛苦，总体上还是非常顺利，那个号称首席摄影的长发艺术家十分满意他今天的作品，事后也曾致电他们，希望留一组作为工作室的宣传照，因为当事人不想张扬才作罢。唯一的意外出现在外景地拍的最后一张照片，严格说那一张属于计划外的临时起意，当时他们正准备离开那个影视基地，车还没来，他和她随机瘫坐在一块石头上歇息，人快要被粉底或发胶凝固住，摄影师突然说："这个地方挺有意思，再给你们拍一张吧。"他俩顺着摄影师视线回头一看，身后居然有两个卡通头像，一个是猫，一个是鼠，一对天敌笑得眼睛眉毛弯弯，好像前嫌尽释，亲如兄妹。那一刻他又觉出不祥，像被一道临时加考的题目试出马脚。然而摄影师已调整好机位，他和她被一个相框框住，如同被一支枪指住，动弹不得。咔嚓，他听到射击声，他内心里那个素颜的自己，应声倒下。

53 动物

很多重大的事情都发生在午睡后。汶川大地震发生在下午14时28分,正是该从午睡中醒来的时刻,那些没醒来的人被砸进深渊(据统计87 150人死亡或失踪;另一项略为可疑的数据则显示,截至震前一小时,至少有六倍于上述数字的老鼠提前逃窜。想想看,那是一场多么壮观的迁徙)。而逃脱的人又有多么痛!像被强行逐出家门的人,从此对每一场午睡都心悸,害怕一睁开眼,眼前站着一场新的灾难或阴谋,比黑夜里的魔鬼更可怕,因为黑夜原本可怕,现在如果连大白天也不可靠,人们就只能一直睁着眼(很多灾后幸存者终生不敢再睡午觉)。对他这样的年轻人而言,午睡不算是常规的睡眠,不像办公室里等退休的那些半老的人,将午睡公然纳入工作一环,每天午饭后就把网购来的躺椅摊开,睡得大张旗鼓。然而正是在某一天,一场计划外的午睡之后,他领悟到这场婚姻的另一层本质。现在看来,他的前妻(他要慢慢适应这文雅的字眼)很早就在布局,本着"你的都是我的,我的还是我的"这一流行观点,她从婚后第一天就收走他所有的银行卡，并勒令他将所有现金收入及时上缴。有一次他仅仅因为将一个装有现金的信封忘在包里，包被扔在桌子底下几天没拿出来，就被她抓住罪证反复盘问。她像一个普法教育者一样一遍遍重申那些婚内条例，末了还话锋一转，很体贴地问他："你是不是偷偷欠了赌债之类的要还？"赌债，亏她想得出，这两个字里的任何一个字都与他无缘，何况两个组合在一起。她也知道这不可能，只是她觉得有义务排除所有可能，从而将结论归结为她理想的那一点。就像去医院挂号一样，医生一眼就看穿你的病灶，然而还是给你开出一连串检查，让你从 B 超、CT、肠镜胃镜、核磁共振里走一圈，然后才排除所有杂念，一心接受医生的结论。总之，自这一次的惩戒之后，他有钱必交，慢慢将这作为讨好她也省去自身麻烦的伎俩，也算调节夫妻关系的缓冲剂，屡试不爽。有时，他甚至会涉险将那种印着各式落款的信封（他们亲切地称之为"小红包"——他从一个小红包入手，摸索出导致决堤的那个最初的蚁穴）压在包里几天，等一个她面露愠色的时机再拿出来（这样的时机总会有，等等就来）。她接过来，仅仅是出于礼节也要将脸色缓和些，并将这气氛维持 20 至 30 小时不等。小红包就是他的玫瑰花啊，代表了惊喜、浪漫以及背后必要的成本，像某种保证金。隔三差五地，他和她这样交接一次，就像女人隔一段时间就要确认一次：你还爱我吗？男人说：爱。他们就手挽起手，太平一阵子。时间久了，她对他也报之以信任，他把小红包递过去，报一个数字，她拿两根手指夹住那信封，好像它是一件脏东西，说"你点过了？你点过我就不点了"——随手丢进抽屉或包里。可事实上，她当晚就将那数字记在一个小本本上，第二天一早就急急赶赴一个银行网点，将那信封里的脏东西一张一张存进去，然后查看一下余额，为那个又创新高的数字暗自振奋。对她来说，这次交接直到此时才算完成（其实还没有完成，后续她还有更深远的安排，要等到几年之后他才手捧着厚厚一叠银行流水账单，在律师的指点下看出一些端倪。那时他觉得银行真是个神奇的地方，每个家庭都在那里存放了一部生活史，一部财经视角的婚史，逐年累月，以编年体的形式记录在案。那些细密打印的表格就像牙齿或发根的化石，有心人可据此还原出当事人的音容笑貌。他则根据那些数字与日期，慢慢串联出一桩婚姻的嬗变过程，这时他既有考古学家式的发现的喜悦，也有身为账户持有人被自己的愚钝所激起的恼怒——多么明显的规律啊，每次他们一吵架，她就要转走一些钱，连她存现比例逐年减少，提现金额不断增大、频率逐渐提高的节奏，都能与这些年他们感情冷热亲疏的节点一一对应起来）。就是这样，她通过现金、银行柜面、ATM机、网上银行、手机理财、股票期货、支付宝余额宝、微信红包，组建起一个私人金融帝国,她是这帝国绝对的独裁者。每个月,她在灯下数出一笔钱,嘴里念念有词,仿佛在忧心每一张钱的去向。随后,她像是终于下定决心一样,将那钱拍到他手里,作为他每月的日常支出,同时说一些语重心长的话。她总能将当月最恰当的那几句话留到此时(这让他想到他家的阁楼,他每次要上阁楼时,她总能适时想起某样东西让他捎上去,"风扇不用了正好捎上去吧","那几本书暂时不看先捎上去吧",好像她脑子里常年储备着一件需要放上阁楼的东西,只等他上楼。有时他临时决定要上阁楼,楼梯爬到一半也会被她叫住:"喂,吸尘器怎么不顺手带上去呢?"),让伸手接钱的人不由自主地俯身点头。他抱怨过几次后,她也曾追加过钱,然而他真正不满的是这种形式,却不便说出口。他是这样一种人:刚工作时,每次找领导签字报销,那领导总会立刻换上一副签字专用表情,询问每一张打车票的来由,虽然最后也都签了,但几次之后他就不肯再来,宁愿自己掏钱打车,为的是不看他的脸色。(有一年他爸妈劝他和一位他讨厌的人搞好关系,说:"你就说句好话怎么了?又不搭东西。"意思是说好话没有成本,张口就来。他的回复是:"我宁肯给他点东西,让他别来烦我。")然而就是这样一张薄脸皮,现在要接受婚内的反复考验,每个月总有几天,他像生理周期到来一样局促难受,原本合情合理的诉求让他难开口。差不多每一次,他向她要钱时,她总是一副被吓了一小跳的样子,说:"啊?上个月给你的钱这么快就花完了?"可是查一下日期,确实已经一个月了。如果这日期真的提前了几天,她就会问:"上月也没什么大花销啊,你都买了什么?"他努力回忆,真的真的想不起来。他觉得当众回忆花销本身就是一种屈辱,这种屈辱之下,脑子就越发地空白。他也想过学她的样子弄一个小本本,把每一笔花销都记下来。(上中学时他将每一个写错的单词都记在一个小本子上,被英语老师发现,当着全班同学的面表扬了他,他还记得那感觉。然而真正要操作的时候他才发现,记账和记单词不一样,他连一个星期都坚持不下来。)现在,他意识到他唯一能做的事情就是:节俭,尽量少花钱,把消费的欲望降到最低生活保障的层面。下个月,那日期已过去几天了他还不开口,连她都忍不住问:"是不是该给你钱了?"他立刻早有准备地说:"不用,上次的还没花完。"心里竟有一种报复成功的快感与证据不足当庭释放的迟到的正义感。打开钱包,里面确实还剩下两三张。她却还是数出一叠钱,说:"还是给你吧,不然我这边的计划要乱了——但是少给你三张。"她像个会计一样分毫不差,而他则更加对钱心生厌恶,觉得越少和它发生关系越好,于是更加放手,撒手,慢慢成为一名"钱盲"(他后来强行收回自己的银行卡后,甚至都忘记怎使用了,有一次他吃饭忘带钱,想申请外出取钱,服务员看着他手里的卡说:"你可以刷卡啊。"他说:"这是储蓄卡,能刷吗?"服务员诧异说:"当然能啊,只要里面有钱"——他才想起来,人类发明刷卡已经很多年了,而且不是只有信用卡才能刷。再后来,那件事情之后,他把一句话记在手机备忘录中自勉:经济社会里,人人都是经济动物,因为房产,很多不起眼的人都成了大型经济动物,所以如果不懂钱,你就不是一头合格的动物)。她有时会强调管钱的辛苦,他听了之后说:"那我来管好了,每月多给你点零花钱。"她立刻说:"好啊,那每个月吃穿用度你都要管,卫生间没卷筒纸了也要管。"他立刻被吓住,再不敢提半句,渐渐也觉得无官一身轻,这样"轻资产"地活着也未尝不可。只是人越来越小气,外人面前从不请客,聚餐买单时永远手抄在兜里。总体而言,在他们婚姻的前半段,那些因钱而起的不快仍是暂时的、小范围的,也许当天晚上就被另一件快乐的事情冲淡。他骨子里不愿为钱所困,会想出各种说辞让自己心安理得。(后半段事态逐渐恶化,一是因为钱总在寻找更多的钱,与钱有关的事总是会变本加厉,终有一天会超出他的忍耐度;二是因为"另一件快乐的事情"越来越少,人很难在心有芥蒂的情况下寻欢作乐。)更叫他心寒的事实则在于:每次两人大吵,或是某件事被她判定为一场婚姻危机时,她都会适时（不是在吵架或危机中，而是等吵完架或危机化解之后）拿出一张欠条，一张收据，或是别的他根本就搞不懂是什么的表格、明细让他签字——她有这种随机应变、将利益最大化的天赋，从每次他上阁楼时她的反应就能看出来——比如她会将他买房时她父母给的五万块钱突然定性为他婚前单方面借款，当时手续不全，如今因为某某原因需要他补齐票据（日后他们分坐在一张面包店的桌子两侧进行离婚谈判时，她向他吐露心声：她这样做是为了拴住他，让他不能轻易离开她，就像违约金一样，这个金额被做得越大，他和她就捆得越牢固，她这样用心良苦，也是为维护这个家啊！她最后用了一个感叹号。他听完，心里回复：放屁）。他明知有诈，却因为鄙视而快快地签了字，希望这一幕赶紧过去。他甚至都不屑于低头仔细看一眼那些欠条上的字，好像每多看一眼都是多一份耻辱（那些纸上的每一个字连同标点符号日后都成为她提交到法庭上要他拿钱的证据，那时他坐在法庭上，想到一句台词：你有权利不看纸上的字，但你签过名的每一个字都将成为呈堂证供）。如果将他签字时的表情和她候在一边看那欠条立等可取时的表情拍下来对比一下就会发现：他比她还要尴尬。他这样的表现，被她一一看在眼里，她的胃口和胆子难免越发壮大起来，终于有一日，当她的名字被加到房产证上之后，她好像再不担心失去什么，或者说此时"得到"已远超过"失去",她于是放手一搏,和她父母策划出一个更大胆、更具创意的行动,精彩得可以写进金融学案例。(日后他坐在法庭上,看她像收藏家一样一件一件展示那些被精心收集和小心保管的证据时,他不得不感叹:她好像从婚后第一天就在为这一天做准备。离婚,他离不过她。)那时他出国在即,两人因为一次手机充值吵起来。那之前她与他约定:每次他手机欠费时就告诉她,由她来为他充值,而他的反驳理由是,如果他在外面突然手机欠费,是没办法打电话给她的。她承认这是一个悖论,转而拿给他几张面额为一百元的购物卡,叫他带在身上,紧急情况下可以充值(这让他想到速效救心丸)。下一次,他试过之后发现不可以,该购物卡只能充移动而他的手机是联通,再问她要钱时,语气就带了怒火。她不喜欢他这个样子,说:"喂,你现在是在问我要钱,就不能态度好一点吗?"他则说:"非得要我每次低三下四问你要钱你才给我吗?"一场吵架由此而来。她不满的是他此时的语气,而他则强调这语气来自经年的积怨。平心而论这并不是一次多么严重的争吵,在他们的战争史上只算一场小规模遭遇战。区别仅在于,这一次他们没有时间修复关系,机票已经订好,第二天他就飞去美国,要在那边待三个月,是他们自相遇以来最长的一次分离,无论时空。在漆黑的太平洋上空他内心无比绝望,想他正以八百公里的时速远离她，再回来时，这个家不知道会怎样。（他想起他们婚后的第一次吵架，也发生在他出差的前夜，那一次他去重庆。他想，如果站在她的角度，这种"吵架＋出差"的组合会让女人格外不安，因为第二天一早她看到的将是一个提着行李远去的背影，虽然二者并无因果，可那是一个多么不祥的画面，他还会回来吗？待他回来，这个家会怎样？这样想来，美国之行只是重庆之行的升级版。）然而他终究是个柔软无原则的人，飞机降在达拉斯转机，他双脚一踏上陆地，心就一阵阵绞痛，他蹭机场的wifi给她发消息，报平安（而此前她连句一路平安都没有发）。那信息以"老婆"二字开场（还有什么比这两个字更能表达他的心意），语气里是妥协与认错，虽然他也不知道自己到底错在哪里。隔着一万公里，她回了简短一句，"注意安全"。（他大概忘记了，他从重庆一回来，两人就应邀去她父母家吃晚饭。出差前的吵架尚无机会化解，晚饭后他们一起走回家，她在前，他在后，一路无话。他看着她单薄突起的肩胛骨，忍不住从后面抄起她的手，握在掌心。那一刻他决定和好。他们手牵手回到家里，她却腾出另一只手，向他出示一张五万元的欠条……那是他遭遇的第一次突然的补签，那一刻以及之后很长时间里，他仍想尽量客观地替她开脱：牵手的那一刻，她一定也是感动的，只是欠条早已备好，她顺手就拿了出来。）在美期间他住在一座寂寥的小城，每日踏着厚厚一层落叶出门，顶着冰蓝的天空回家，一路上看不到几个人，像一个被放逐者，有大把的时光吞咽苦楚。如今他和她隔着整个地球，爱与恨都被拉长稀释，无从谈起。他和她三个月没有通话，只通过微信发消息和图片，话题也多限于女儿。有时他站在州立大学图书馆的英语文献前，心里想的却是她此时在想什么，做什么（要过很久他才知道，她在这三个月里并没有闲着，她加快频率，将他卡上剩下的钱分期分批，全部提现）。有时他们也会突然热络起来，是因为他正在奥特莱斯或苹果专卖店购物，需要与她反复核对款式与型号。这是他婚后最大宗的采购，仅奥特莱斯就去了三次，他为她、女儿以及她的父母甚至舅舅买回各式的美国货（出国前她将自己的信用卡特别授权于他，要他消费时尽量刷卡，"为了积分"，实则让他的每一笔消费都能第一时间以短信形式发回国内。有一天他半夜收到她的消息："怎么我收到一条在孟菲斯的消费记录？11.7美元？你不是在纳什维尔吗？我给你的信用卡没丢吧？"后来才知道是他网购了三条内裤），以至于回国时行李超重，被海关罚没了好几样。他赶在春节前一天回了国，他们过了一个各怀心事的年，除夕夜他们和她父母四个人在沙发上坐成一排，四张脸被电视屏幕的光映得阴晴不定，他们共同看了半节沉默的春晚（因为怕吵醒女儿，电视声音开得很小,他看到屏幕上满是无声的喜庆,不明白那喜庆从何而来),然后他就一个人回家(出国前她带女儿回娘家住,他回国后曾要求母女回家,她以天冷为由拒绝。她娘家最多睡四个人,含女儿。他只好一个人回家),把电视声音调大,煮了速冻水饺,开了一瓶酒(他很多年没有——也许从来没有——见过大年夜冷清无人、路灯无比凄惶的街道,因为这个时刻他总是和家人坐在沙发上,整晚除了上厕所,一秒钟也不肯离开春晚)。零点时举世喧闹,他把电视声音调到最大,画面仍像是静音。他歪倒在沙发上,空调有气无力,水饺冷凝在一起,白酒淡得像水……待到春假结束,各部门回到正轨,她在第一个法定工作日向他提出:"我们换套房子吧,卖掉现在的,换一个地段更好的学区房。"事后分析,一举两得或一石三鸟都太笨拙,她此举至少有四个目的,依次是:1. 为女儿换一个好的学区,也改善一下他们的居住环境。这一点是她公开宣称的理由,可谓名正言顺,他也赞同。2. 试探他的态度,还想不想继续过下去,一个不想继续过下去的男人是不会再去折腾卖房买房的。这一点她没明说,他略有感觉,也没有多想,他用行动做了回答:他想继续过下去,哪怕暂时不知道如何过下去,他也从未真正想过放弃眼前的生活。听了她的提议,他只说了一句话:"好啊,下班后去看房吧。"他们开始了频繁看房,已经慢慢圈定了几处目标。3. 虽然目前的房子已加上她的名字，但毕竟是他婚前独资购买，真要有什么变故，她也没有百分百胜算拿到一半，可是如果卖掉重买，那房子就属于婚后财产，房产证上写双方名字是肯定的，购房款也变成家庭共同收入，他的份额就被进一步稀释，她的一半甚至更多产权也就进一步坐实。这一点她当然不会说，他即使预感到一些也不会介意（否则当年他也不会同意在第一套房的房产证上加她的名字）。她甚至还提议，让她父母也卖掉房子，两家合资买套别墅。问他意见，他想不出拒绝的理由，她马上笑着问他："那房产证可要写四个人的名字哦，我们还要和老爸老妈住一起，你能接受吗？"他那时正开着车，脱口就说："没问题啊！"（当时她父母就坐在后排，她们三口人在后视镜里简短对视一眼，想事态发展得真是超乎寻常得顺利，正在开车的这孩子真是可爱到家了。这次对视由她母亲首先发起，她不动声色，仅仅是朝前排后视镜上看了一眼，另两组眼睛就相继跟来。想来她母亲一直扮演这样的角色，多年来她以普通话不熟练为由，总是羞于参加谈话，当其他人大谈特谈时，她颇为尴尬地陪坐在一边，似乎为插不上话而抱歉。可事实上，正是她的寡言为她赢得更多思考与把控的时间，她与女儿在后视镜快速对看一下，后者即刻向正开车的他开口笑问："那房产证可要写四个人的名字哦……"客观来讲，他们家真像一家人。日后,在两家漫长的缠斗中,他多次恨铁不成钢地教训自己父母,希望他们能像另一个家庭一样默契分工,减少内斗,一致对外。)后来是因为别墅实在太贵,而她爸妈的房子今后仍有很大升值空间才作罢。与此同时,他们看中了一处新开盘的房子,他和她都满意,当天又带她父母去看过,也都满意,他和她还模拟老人步态,走路去最近的地铁站及菜市场,看需要多少时间。一切都在朝着那个美好的方向发展,现在他眼里只有新房子和新生活。回到售楼处,他们已经开始和售楼小姐计算首付和贷款,这两笔钱都不是小数字,他自然要问起家里存款,这时候,第四个也是最后一个目标如期而至:4. 她说,家里存款很少,但她父母存款很多,所以,可以向她父母借钱。她说了一个数字,他心头掠过一丝惊讶:没想到老两口还挺有钱啊,他们都是最普通的退休工人,拿着最低的退休工资,自己房子的贷款前几年才刚还清,怎么一下攒了这么多钱?然而这想法一闪即过,在此之前他早已成为一个对数字没有概念的人,况且他正被眼前的电梯房与人车分流的新式小区冲昏了头脑,开口说的是:"好啊,可是他们会愿意吗?"他首先担心的是老人不肯借钱。她则幽幽地说:"这个嘛,你要自己去问他们——我不好说的。"他表示完全理解她的安排,认为这样的事情理应由他出面,她能提出这样一个伟大的、不乏大义灭亲味道的方案已实属不易，怎能再劳动她亲自向双亲开口呢？他还记得当天晚饭结束后他满脸堆笑（此前他先用一顿饭的工夫极力美言这房子的战略位置多么重要，以便为饭后话题做好铺垫。想来也真是多余，他们一定等那请求等得不耐烦了）向两位老人提出借钱时，两位老人一个坐在沙发上，一个在桌边收拾东西，眼睛各望向一边，连必要的迟疑与相互合计都没有，就步调一致地点头："嗯嗯，我们力所能及，力所能及。"他们异口同声（其实主要是她父亲在说，她母亲则只贡献了两个"嗯"），似乎对他提出的那个可怕数字早有准备。（她的父亲，那个上一代人中的外地人，像每一代外地人一样，终其一生不能在这个本地人主导的家庭里建立地位。他曾在部队多年，老党员，现任居委会党建联络组组长、方华路路面卫生巡查队督查，算得上是场面上的人物，因此会在一些重大场合被委以家庭发言人的重任，而事实上，他的优势仅在于普通话比较标准——因为不能讲一口地道的本地方言，他已经被老婆孩子歧视多年，不想他也有他的用处。这用处仅限于传声筒。多数时间他被闲置在客厅里，与一台旧电视终日对视，两个女人的卧房——这个家庭真正的决策机构——则很少向他开放。因此在家庭内部隐情方面，他总是最后一个知道，或者最后也不知道的那个人。此时他将"力所能及"这精心挑选的成语连说两遍，之后就把刚刚摘掉假牙的一张瘪嘴紧紧抵住,好像生怕被问及细节。)他想婚姻大抵总是如此吧,如今他们需要一个大件来遮盖裂缝,那就把这套房子拿下来,新家新气象,一切重新开始。他们约在第二天下午去交定金,交个"大定金",好让那位傲慢的售楼小姐对他们家足够重视。她特意向单位请了假回来,他们先在她父母家吃午饭,那顿饭吃得团结而紧凑,两位老人将饭菜备得比平时更隆重一些,好像要送两个孩子去参加类似高考这种一举决定命运的事。然而售楼小组来了电话,要比约定时间推迟两小时。这突然多出来的两小时使房间里的气氛异样起来,人们很不情愿地将刚刚提振起来的士气强行按捺下去,他则因为连日劳累加上吃得太饱而脑缺氧,很快就歪在沙发上,无忧无虑睡过去。那是他当月第一次有机会午睡,竟睡得意外的沉。14点28分,他梦见一场缓缓发生的地震,那座新落成的人车分流的小区里,一座电梯房以慢动作倒下。因为太慢,他竟然觉不到眩晕或害怕,直到最后一块混凝土楼板快要将他封死在地下,还差最后一条缝就大功告成时,他醒了。他醒了,看到一场婚姻的本质就这样摆在他面前,如同眼前这房间的家具摆设一样清晰无误,向来如此。他意识到,在被定性为一场骗局的前一秒,这真相还一直以生活的名义进行着,它完全和生活融为一体,难分表里,要揭穿这阴谋,就要毁掉这生活。(而她并不承认什么骗局阴谋说,顶多算善意的谎言或必要的延迟告知,丈夫这个角色,理应是她父亲角色的延续,他应该安心扮演最后一个知道,或者最后也不知道的那个人。他只要不介意这一点,这场戏就还可以继续演下去。而她呢,甚至觉得这样才更显得知己——都是一家人,钱在你口袋里,还是在我妈口袋里,有什么分别?当他试图指出这其中的本质区别时,她便暗中生出一种慈禧式的不解与不屑:反正都是我家的银两,我家的河山,分点给人怎么了,关你屁事。)他以一个午睡猛醒者特有的懵懂与无逻辑语气开口了,他说:"我们不借钱了。"他将两手插进那条楼板间的缝里,磨得十指流血,要为自己推开一条生路。(不对,不对,这不仅是表演问题,也不仅是左边口袋右边口袋的问题,这是身为人的基本尊严与权利。他曾目睹岳父为了买人生中第一部智能手机而将他拉到厨房,先将高压锅放气,然后在嗤嗤嗤的白噪音和黄豆猪脚的香味里与他低声密谋的样子,末了他还交代:"这件事就我们两个操办,别让她俩知道,不然很烦。"后来这事还是不小心败露,两个男人仿佛兵变未遂,被两个女人成功瓦解,并隔离审判。关起门来她责问他:"你是不是早就知道了?你为什么不和我说?你知不知道我为什么不同意给老爸换手机……"当晚他逗弄女儿的时候说——女儿才六个月,他当然是说给女儿她妈听的:"我以后不会变成你外公那样吧?"她听到了,当场翻脸:

"你什么意思?老爸买手机跟你有什么关系?你往自己身上扯什么扯?"而他则很清楚:其实用不着等到二三十年以后,他现在就已经是她爸的样子,只要这家庭的格局不变,他将永远是同代人中最后一个更换手机、即使更换了手机也没钱充值的那个人。)巧得很,他宣布不再借钱时,另外三个成年人刚好都在房间里,也许从未离开过,他看到他的前胸和肩头上温馨地披了一件印着"卫生督查"的摇粒绒马甲。她正俯身为同样熟睡的女儿翻身,此时半回过身子说:"你醒了——不借钱,那怎么买房子?"他以罕见的清晰口齿作答:"有多少钱就买多大的房子,没钱就不买。"他想她也真可怜,她差一点就得手了,她的理想城堡还差最后一块砖头就完美竣工了。她说:"为什么?"每一场天灾都是人祸,他想,此役之后,她会金盆洗手吗?还是隔几年就谋划一次?他以充满兽性的冷酷语气说:"因为我不想再签一张借条,大借条。"至此,她的四个目标,四、三、二、一,全部落空了。大战拉开帷幕。房间很静,仿佛两场戏中间演员们短暂的换装期:她的父亲正看一部无声的电视机,她的母亲正背对他们拉开或拉上窗帘,她继续侍弄孩子。看不到他们的表情。零。他们再没有出声。

54 相煎

本想只写我和你的,写着写着,还是写了很多他和她。可是如果不知道那时的他,怎能了解现在的我?对于我,那是一个世俗的深渊,我从那深渊里爬出来,脸上身上满是劫后余生的印记,从此不管走到哪里,怕是终生要躲避一个坑,哪怕它上面敷一层顶膜,做成一个好看的陷阱,我一样不会踩上去。我认得它,它激活了我体内的某些兽性,使我远远就闻出它的味道。近两年我变成的是这样一头怪兽:沉闷,游离,终日枯坐,为一件小事突然狂暴,吓坏身边的亲人。他们视我为当前最棘手的人物,不惜从南北方赶过来,每天围绕着我,却不敢靠近我,为我的一个眼神而想东想西,过度反应。只要我出门或睡着了,家里的话题就只剩下我,他们聚在灯影下小声嘀咕,表情凶险,一旦我出现,他们立刻停下来,换上一副小心赔笑的样子。我把自己变成了一个深渊,离我近的人纷纷滑进去,无一幸免。心情好转时我也会总结很多经验教训,有抽象的原则性的富有哲理的,也有细节的操作性的甚至不乏狠毒狡诈的,如果写下来的话,我猜得有一千多条。然而我一条也没写，因为可能就在当天下午我就将它们全盘否定。有一天在饭桌上，大家正吃饭聊天，我突然从他们那一团和气的共识中跳脱出来，用普通话宣布：即使如此我也不否认我的价值观，我不会因为这次失败就把自己改造成我讨厌的样子，有一天我再结婚，我还是会无条件地信赖她，把一切都交给她……我还记得当时饭桌对面的一排表情，他们停下正在嚼的馒头或正要举起的筷子，专心看着我，好像我突然改变了进食方式（比如我突然使用刀叉或改用手抓）。要过好多天之后，咱妈才敢对我说出她当时的真实反应：她那时伤透了心，觉得此前的一切苦都白受了（好像她初学电脑时，花几天时间用两根手指在屏幕上打下一段话，预备向整个家族展示，最后却忘记按保存，关机重启后，她又变成一无所有的人）。有一天我略清醒些，就专门坐到咱妈跟前，向她道歉：我自小算是一个让父母省心的人（听到这里她使劲点头），上学、工作、买房，包括那场婚姻，我都是自己搞定，平时也不打架斗殴，没惹是生非，从小到大，父母从没因我而被外人——不管是小混混、来历不明的女友还是法院传票——找上门来。不想这世上的父母与子女间总有一场孽缘，如今人近中年了，却因为这样一场变故，让他们多年来省下的心，一次性地还清了（也许已经还过了量）。咱妈听了，并没有被宽慰，反过来更心疼我，在这场事变的头一年里，我仍坚持不让他们知道，每次电话都报喜不报忧，如今他们追悔不已，为着没能在儿子最委屈的那一年陪伴他。这样的相互致歉没有止境，无论怎样努力，我们不能消除对方的歉疚，反而会让担忧层层加码。近一二年来，他们不敢参加亲友的聚会，尤其是晚辈的婚礼，公园里遇见锻炼身体的老头老太，对方开口说到"我儿子和媳妇……"，他们就自动逃掉。他们的人生中第一次有了所谓丑闻，多年来好不容易积攒起的那点自豪感，如今变成一件羞于谈及的事情。事实上我永远也不知道这件事给他们的打击究竟有多大，我看到的只是极少数。今天，我的胃肠功能紊乱两周年，两年里我每天听腹内正义邪恶两股势力火拼，像是一遍遍重演当年发生在这两室两厅里的争斗。两年前的那天下午，我和她有一场激烈的争吵，自那天后，我一有情绪波动，肠道就先溃败，后期我每次与她谈判或法庭对质后都要跑厕所。我想说的是因为我的病情，咱妈也变成了一个在厨房里战战兢兢的人。从前厨房是她最自信和得心应手的一块场地，如今她却无从下手了，她像传说中的神农氏，两年里尝遍百草，希望寻到一个不让我的肠胃有反应的配方。每次我进厕所，她差不多都要停下手上的活等着，我在里面坐十分钟，她在外面等十分钟，我在里面玩手机看藏在洗脸池下面被水汽濡湿的《杜甫全集》半小时，她就在外面等半小时。我出来了，她从后面跟上我,仰望着我的后背,等我给她一个判决。我说:"没事,正常。"她就长出一口气,整个人都活泛起来。我说:"又拉了。"她就立刻颓倒,然后又跳起来,去厨房研制新的菜单。很多次,我丧心病狂,我像疯狗,撕咬身边能撕咬到的所有人,我将这场婚姻的失败归咎于他们,这对婚龄超过四十五年的老夫妻。我历数他们每一场争吵曾经给我的童年带来怎样的阴影,用弗洛伊德的观点来证明那些童年阴影又怎样塑造了今日的我。我告诉他们,他们为我树立起的婚姻的样子,是我成年后对包括婚姻在内的万物持悲观与绝望态度的根源,我用残酷的对比让他们明白,他们的家庭和我的家庭是多么像,她和她,多么像……我想全天下没有一个母亲受得了这样的对比,从前他们因我的痛苦而痛苦,多少还是客观的,是为人父母所不能回避、理应承受的。现在我告诉他们,我的每一次痛苦他们其实都有参与,是这些痛苦的制造者之一,这时候,痛苦就超出了父母所能承受的极限……如果我曾在你面前揭露和挖苦过前妻及其家人,那我要说,我对自家人的揭露和挖苦要远甚于对他们。我曾指着一屋血亲断言,如果我们中的每一个人,包括我,不能从这场失败中学到一点点,改变一点点,那么我的婚真是白离了,我们真是没救了……我总是容易上纲上线,企图从每一个人身上看到全人类的劣根,反过来又将结论强加于每一个人。

有时我意图攻击全天下的婚姻，举的却是身边人的例子（那段时间，身边很多仍然健在的婚姻都被我攻击了，包括你的）。我不知道此时此刻，在另一个家庭，是否也有类似的反思与批斗大会，可以肯定的是，我们都无法与各自的原生家庭割裂，我和她的背后，各有一串血肉相连的亲友团，我们永远都不缺少相互塑造与相互折磨的对象。现实因此公允而无情——且不管法院如何判决，也不去计较双方的具体得失——这场婚变中的每一个利益相关人，最终都得到了应有的下场。

55 问答

因此,有一天当你问我"我们能不能在一起"时,我说:不能。

56 狭路

我曾有缘近距离目睹你的婚姻。并没有特意策划,只是遇上了,我就看了一眼。我们第一次见面的那回,我曾跟着导航从你上班的地方出发,模拟送你回家的路线,因为要赶火车,走到一半就在一个巷口停住。等到我第二次去厦门见你时,我有机会补上前一次的缺憾,这一次我出了酒店,乘上一辆公交车(此前你已经告诉我乘哪一班车,在哪一站下,下车后往车尾方向走),下车时接到你的信息,你们全家要外出,叫了快车,要到小区门口等车,不知道会不会碰上我。这时候,你我面临着微妙的局面:你从家里出发,我从公交站出发,向着同一个地方,如果你叫的车到的早一点,或者我到的晚一点,我们也就错过了,然而并没有——刚转过一个路口,我就看到了你。隔着那么多人和车,你高高地站在路肩上,牵着儿子的手。我把手抬到齐腰的高度,向你隐蔽地招手。眼前这来来往往的人里面,有一个被称作"舍友"的人,是你的老公,我不知道是哪一个,但知道他在附近。你也看到了我(因为知道我过来的方向,之前你也一直往我这边张望),向我摇一下手。我们隔着一条车道相望,像站在两个山头,或是两座摩天大楼的窗内相望,直线距离很近,中间却隔着一条深谷。你低头摆弄手机,我的手机就收到一条消息。(你说,刚刚坐在马路牙子上掉了一阵眼泪,怕被圆哥和舍友看到,就从包里抽出纸巾,要给圆哥擦鼻涕,却顺手抽出两张,先将一张捂到自己脸上。我问你哭什么,你说心里难过,没想到在家门口,以这样的方式相遇,又不能相认。)我们就这样站着,咫尺之外,用长途加漫游的方式对话。路边站了那么多男男女女,只有我们是秘密的一对。你戴一顶黄黑相间的费拉多帽,那是我的帽子,昨天我把它从头上摘下来,硬戴到你头上,你当时还不要,今天却一早戴它出门。现在,你的身体上有了我的一部分,我看着你头顶黄黑两色,走下路肩,走向马路对面。这一带没有红绿灯,车辆与过马路的行人呈现出一种既对抗又协商的状态,现在是行人稍占了上风,车辆们被迫停下,等你们过去。我意识到这一刻多么珍稀易逝,就抬手为你拍了照片。照片里,你像一个最普通的路人,穿着衬衫和背带西裤,身前身后都是人(其中身后有一位穿蓝色短裙的女人,此前你坐在路边抹眼泪时,忽听得身后一阵恸哭声,论音量与悲伤程度,竟还胜你一等。你回头看,看到的就是这位女子。此后她就一直这样哭着,吓得你反倒不敢再流泪了,你想你已经够伤心了,怎么倒是她先声夺人？这样邻近的两场哭,究竟因谁而起,有没有关系?你过马路时那女子还跟在你身后,亦步亦趋地哭。这世上到处是悲伤的人啊,短短几十秒的时间里,这样狭窄的一条街上,至少就有两段叫人伤心落泪的故事)。我的视线追随你到了马路对面,在那里,我看到了身穿竖条纹的舍友,原来他刚才一直在对面等车。你们三人穿过无关的人与车,汇成一家人,被一辆黑色的车带走。刚刚一同站在路边的人们,也分别被一些颜色各异的车带走。(这让我想到洪灾,在确认灾难不那么危急后,那些等在高处的人,仍愿意以家庭为单位被救援船只分别带走。)满街发动机正轰鸣,我还站在原地,身边被一群新人填充。为了让这些散乱的人们自愿组合成一家人,这世界花了多少的心思!透过车窗,我看到黑色车后座的你,努力地回转过身,向我挥一下手。站在舍友、圆哥包括那个快车司机的角度看,你的挥手让人不解,你的家人已经凑齐,一个不少都在车里,还有什么人值得你告别?在局促的轿车后座,你顾不上你的腰伤,顾不上同车人的眼光,费劲地将腰身从凹陷的座位里扭转过去,向着身后喧闹大街上一个虚无的点招手。如今你们的婚姻多了一个近距离的旁观者,或许也带有入侵者的成分。他站在你们家的小区门口,像一个反客为主的人,目送你们上车走远,然后转身,进了小区。

57 转身

其实，每一次你转身之后，我都会站在原地，看你走远。还记得吗？有一天早晨在你单位门口，你交给我一张饭卡，叫我去餐厅吃饭，然后就转身走向办公大楼（你每天早晨都和圆哥吃完早饭才出门）。现在我要告诉你，其实我并没有马上去餐厅，我站在通向餐厅的石阶前，一直看你走到甬道尽头。因为有点迟到了，你急着换衣服到岗，像个女排队员一样走得虎虎生风。我料定你不会回头，所以放心欣赏你走路的样子，像是占了什么便宜一样。其实用不了半小时我就能再见到你，因为我们约好早饭后我去找你还饭卡，否则你午饭没法吃，但就这样一次小小的分别也让我有些不安。二十分钟之前，我在一个路口等到你，然后陪你一起步行到单位，此生第一次，我们一起走了那么长的路，此刻我还沉浸在那种相伴而行的欣喜和适量运动带来的振奋中，不愿让这一切那么快就过去。台阶上来来往往都是人，我被人流冲刷着，嫌弃着，坚持看你走远，心里想的是此前和此后的那些转身与再见。每一次，或郑重或随意的道别，心里其实都有担心。这是我们第二次见面期间一次最普通的分别，如我们所料，不到半小时我就又见到了你，在财务室门前，你穿一身蓝灰色工作服，百忙之中赶到门口，很威严也略有些滑稽地将一只脚挡在弹簧门前，等我将饭卡奉上，与半小时前判若两人（其实你只是还不太适应眼前这突然亲密起来的人吧）。而我酒足饭饱地走向你，将一张包着塑封外壳的就餐卡放到你手里。没有人知道，那一刻我们私密得很，如果把周边闲杂人等还有墙上探头都撤掉，我们一定迫不及待，隔着工作服就抱在一起……几天之后我们迎来了一次稍大规模的分离，那天我要离开厦门了，我最后一次送你下班。我们一路说笑，像是生怕把话题引到分别上来。然而终于还是到了必须分开的时候，在你家小区后门，你像安抚一个害怕走丢的小男孩一样，将我安置在门口禁止鸣笛的交通指示牌下，然后就转身走向小区，好像你只是去买一块糖或一盒冰淇淋然后就回来一样。我站在那块指示牌下，看你进门后左拐，但是车辆、小区围栏和树丛的间隙里，仍隐约能看到一个移动的身影，我就一直看着那个身影，直到再也看不见。很快你就发回消息说，这一次你没有哭，因为还一直沉浸在幸福中呢。想想这次见面的几天里，我们有了更充足更亲近的相处，我每天陪你上班下班，那幸福太真实太强大，连分别都显得不值一提了。更何况，我们早早约好了下一次也就是第三次见面的时间，就在两个月之后，你将来我的城市看我，长远来看，眼前只是一次暂别。这样想着，我们就都坦然了许多，将这场面处理得有些嘻嘻哈哈。你进门左拐前最后一次回头看我，我早早将一张笑脸准备好，你看到我站在那块禁止鸣笛的指示牌正下方，有没有觉得这画面充满喜感，好像在告诫这牌子下面分手的男女们，不许哭，不许大声告白，就这么静静地，微笑着转身……两个月后在上海，我们如期再见。这种告别又再见的模式，我们已经慢慢有点适应了，近几个月我们频繁出入车站和机场，一次次接送，好像要把这些年错过的聚散离合一一补上。在上海没有人认识你，我们力图将每一分钟用足，以至于最后一天你差点错过航班。我们拖着行李箱，从一个航站楼飞奔向另一个航站楼，惊险得来不及伤感。因为没有时间坐下来好好吃顿晚饭，我们原计划在机场一起吃泡面的（那场面多么温馨和扰民），结果因为走错航站楼，泡面的时间也没有了。去机场的路上我们分吃了一个苹果，在机场的电梯里我大胆揽过你，说："来个苹果味的。"然后吻了你（你也一直在默默倒计时，想最后一吻会是怎样的，原以为是泡面味的，没想到是苹果味的）。此后我们再没有机会亲近，我想好了在你进安检前我会抱住你，抱到最后一刻才放你走，但是我们最后一刻才赶到安检，大厅里已经没人了，所有保安都垂着手，无所事事地看着我们，我们一下变得不好意思了，简单告别就分开。你转身向里走,连手都没拉一下。你加入安检队伍的队尾,我能看到你在和同航班的人确认信息,你跨过黄线把证件交到工作人员手里,我还能看到你,你穿过安检门,被搜身,然后回头向我招手,我仍能看到你,你再往里走,被挡板挡住了,但挡板间有一条空隙,很多人在那空隙里晃,我不知道哪个是你了,还是往那里看着,再后来,我不知道你还在不在那群身影里了,多半是不在了,我还不敢走,继续朝一个想象中的方向望着,怕你万一在高处回头,或是突然想起什么回来找我,看不到我,你该多失落……这一次的分别与此前不同,你将回到你的婚姻里,那婚姻一天天地难以为继(事实上当晚你和舍友就有一次吵架),而我将回到一场官司中,投身到与前妻争夺财产的恶斗里。在两场风暴的空隙间,我们缩头躲在一起,偷安几天,现在我们要回去了,换上一副凶恶表情,加倍卖力地清偿这几天拖欠的债务。这是唯一一次,我们没有预约下一次见面就告别,这一别,我们心里都没有底。我们的关系到了必须要给个说法的时候(几天之后你就在网上问了我这个问题),我们再不能像从前一样只是道别,不论哭笑。刚才你转身之前,即使撤掉现场所有保安和探头,我大胆将你拥进怀里,我又能说什么?所有人都飞走了,我站在空旷的候机厅,像唯一一只陆地生物,心里是大地天空一般辽阔的荒凉……机场没有泡面，我找到一家捞面馆，吃下双份的量。刚才我们一起曲曲折折走来的路，我又曲曲折折地一个人走回去，感觉比来时长出很多……出机场，迎面看到一位扎马尾穿棉布长裙背双肩包的女孩，低头背身站着，心里一惊，以为是你。

58 双喜

窗上还贴着双喜的家庭,多半还有希望吧。我像一个反客为主的人,目送你们离开,然后转身进了你家小区,在17号楼下停住,抬头看到双喜。那是四楼两家的右边一家,左边一家没有。两家之中,有一个是你家,我知道你家的房间号,但不知道是在左边还是右边,左边或是右边,几率各占一半。这使我对你婚姻的判断一下陷入僵局。周末的上午,太阳刚热起来,小区里车辆闲置,行人邋遢而散漫,只有我着正装,在楼群间逡巡,像是小区保安最警惕的那一类人。我想感受一下你每天回家走的那条小道,试着搜集一些与你婚姻有关的有利或不利证据,首先就看到了那个双喜。我结婚的时候,不但家里,连楼道口两根罗马柱上都贴了双喜,有几年我感叹那双喜的保鲜能力,那么久了,居然还鲜红和招摇着,每天下班都能看到它们。后来我突然醒悟,自我们结婚之后,这楼道里至少又有两家人娶媳妇或嫁闺女,单是喜糖就收到过好几次,那两根公共的罗马柱上,双喜早被更新过,但是因为天下的双喜都是一样的(没准是同一个厂家生产然后从网上或附近同一家店里买回的），我居然没有认出来。回到家里，看自家的双喜，立刻就看出了旧，贴在窗户、镜子或是冰箱的门上，只是一枚普通的剪纸。然而又是如此深刻，像纹身或古代的墨刑一样深深锲入这家庭的肌理，无论何时都是一个既定的事实。那红色褪色得厉害，一天一天提示着婚龄。离婚后，这个房子迎来一轮又一轮的大扫除，以便将上一段婚姻的遗迹清理干净（如同高官落马，全国各地机关企事业单位的会议室、门廊、展馆连夜发起相框大扫除，誓作那狗官的影像清理和替换干净），其中，双喜是最难清理的内容之一。这样轻薄一页纸，渗透力如此强，揭掉它是容易的，问题是它早将红色印入玻璃或墙面，任凭刀砍斧凿，那细密如锯齿的镂空纹路仍然顽固，如同某种二维码密钥，总会让破解的成本远高于设定。远看去，仍是喜庆的一团，是这房间诡秘气氛的又一个注脚。全天下的双喜都是不一样的，如同玉手镯，初买时大致还是标准化的，戴得久了，因为吸取主人身上的体液、元气甚至皮癣，变成独一无二的那一个。我站在你家楼下，仰头研究那双喜的成色，猜测你家（也许是你邻居家）的婚姻状态，终于也没有看透。我绕到那座楼的前面，三角梅掩映下的三单元，油漆脱落的防盗栅栏门，可以扫码的门牌，周身贴满广告的邮政绿信箱，新近更换的锃亮的楼寓对讲机（每次按下一个陌生的房间号前我总是很紧张),层层包裹着布满各种大小结节用途不明的管道……无论怎么看,这都像是我家的翻版。在另一个城市找到"如家"的感觉,并不让我舒服,它让我产生不好的联想:你我相隔千里,却可能每天进出于同一道门,如果你进了我家的门或是我进了你家的门,人生会有不同吗?我后来走累了,就坐在楼下台阶上,吹吹风,看看过往的人和车,坐了很久。你和舍友圆哥暂时不会回来,你家咱爸在家里等上门修煤气的人,暂时不会出来。(我按下门铃,心跳几乎停止,我将听到故人的声音,却不能应答。"喂?"老人像接电话一样问。我挂断了对讲机。)我安全地坐在这块高危之地,想你,想我们的事。关于爱,关于未来,总有左右两种可能,左边还是右边,几率各占一半。

59 临门

我不得不再回到周城的长途车站。十七年前的那一天,我也曾到过你家楼下。天黑了,你坐在车站的栏杆上等到了我,很自然地,我要送你回家。想想那时真傻啊,那么好的夜色,那么好的年纪,那样一场等待与相逢后,我却只想着送你回家,好像这才是恋爱和约会的正途。我能做的只是尽量延长回家途中这段时间,所以我们一路走着,走得很慢。我们从周城的西南走到东北,斜穿过整个县城,其实距离短得可怜,因为周城小得不能再小,走走就到头了(据说它今天也扩张成一个可怕的网状迷宫)。我还能记起来,我们一共转了两个弯,走过三条街,你家就到了,那路线简单得没办法绕远,我就那样老老实实地把你送到楼下,然后看着你,毫发无损地回了家。那时候,周城没有像样的咖啡馆和电影院,只有一个公园,我猜一到晚上全城的不良青年都聚到那里面,根本轮不到我们。我们就这样规规矩矩地走过整整三条街,要知道,那时我们已互相宣布为男女朋友了啊,没有人能禁止我们牵手,我们却只是一人拉住手提包的一根带子,权当牵手;一边走,一边将那包甩得前前后后摇摆着,权当指间的调情。那时我们已经两年半未见,之前仅限于书信和电话往来,真人面前,我们其实陌生和拘谨得很。还记得是在拐过第一个弯之后,灯光转暗,我笨拙地想说一些此时该说的话,我说:"你……怎么还是这么漂亮。"而你马上回我:"你也还是这么帅。"比我的还像外交辞令。我那时半大不小,身材单薄,穿一身臃肿又土气的冬装,刚从一场大考中逃生出来,又掉进恋爱的亢奋漩涡里,眼睛红肿,肢体僵硬,料想形象不会太好。而你穿了什么,有没有扎辫子,我一概想不起来了,也许当晚就没太注意,你在我眼里仍是一个抽象的,用今天话讲是"女神"式的人物。美,惊艳,漂亮,校花……我认定了这些众人加在你身上的词,却对你的具体容貌缺少研究,你的具体容貌,我从见你第一眼时就判定了,从此再不用确认。即使这一刻,你以女朋友的身份来到我眼前,你的眉眼与衣着也被记忆以及你自带的光环映照得模糊和不重要了。那一晚,我们借手提包的两根带子,含蓄地、间接地牵着手,让来往的路人们一望可知这对小伙子大姑娘正处在哪一阶段。事后我恨过我的手提包,为什么有两根带子,如果只有一根,或者我们的手能离得更近一些。我们到了你家楼下——过去我多么害怕这个地方,以这个小区为中心,方圆几百米都是你的辐射区,我即使骑车或走路经过附近,也像掉进一片磁场一样,手脚不自然起来。这之后的很多年里,我一直忌惮这地方,每次都躲着它像落过水的人终生躲一条河。但是那一晚,你家楼下这块空地,空前绝后地温馨。因为分别在即,我们终于有理由更亲密一些,在这块空地上,我们反反复复,将道别的仪式复杂化,我让你先走,你让我先走,我说我要看着你走了我才走,你说你要等我走了你再走。我们来来回回,将最后几十米路走了无数个来回,将告别的时刻一拖再拖。我记得,我确实是这样记得:在这种时候,倒是你,比我更主动更落落大方一些,那时提包的两根带子都回到我手里,你解放出双手,就把双手按在我后背上,推着我走出几步——那是我们第一次肢体接触啊(高中时我哪敢碰你),我怎么会忘了?然后我也学你的样子,把包背起来,两手放在你后背靠近肩膀的部位,把你推回去,然后你再把我推回来,我再把你推过去……被推的时候,我们上身往后仰着,抵在对方的手上,我们以对抗的方式,小幅度演练着拥抱,我却最终也没有一松手,将你顺势揽进怀里……"你家楼下"这特殊的地名,一直是地图上叫人心惊的一个点,不管是过去的家,还是今天的家,我一直是那个在楼下徘徊的人。因为难以定性,我最多只走到门前,从未按响门铃,走进去,成为一家人……有时又想,何必执着于这样的今昔对比?十七年前那天晚上,那样两个青年,与今天的你我还有多少关系？十七年来我们每天新陈代谢，每秒钟都有无数细胞毛发皮屑还有念头在更新，到今天，我们早被一点点替换成新人。那一晚的你我可曾想到，再见面时我们已徒有其表，连口音都变掉？

60　日夜

很明显，这家青旅的幕后老板是那只猫。它生了一副黑亮的后背，腹部奶白，是经典的黑白搭配款，两只三角尖耳、一条浑圆尾巴则是全黑。临近中午它才起来，和挂在房檐下的一只鹦鹉贫几句，再换一副脸色进后厨，打着觅食的旗号，其实是督促员工们备菜和打扫。下午，它到前台、楼梯和卫生间走一圈，并不出声，但所到之处，员工立刻停下嬉闹，正经地忙起来。只有面对房客时，那猫后背坚挺的弧度才放松下来，和客人逗弄一番。到傍晚，旅店生意火爆的前夕，它则一跃上到二楼，在屋顶茶座和房顶的灰瓦间逡巡，将各部门尽收眼底；有时也立在墙头，高高支起脖颈，张望外面的街道，惆怅地思考着应对今晚客源不足的办法……烈日高悬，我在这家青旅的浓荫下坐足一天，上午在一楼室内，下午挪到屋顶，累计喝下十七杯水。我不是这里的房客，导航显示，这里是离你家最近的一个可以坐坐的小院，我一早驻扎进来，摊开电脑和杯子，一副不醉不归的样子。这样破釜沉舟的安排，终于在下午收到回报，你来信息说：一会儿看能不能去看看你

（后来你真的来了，我们相对而坐，喝茶，聊天，掩藏着悲伤）。上午我刚来的时候，坐在一楼的阳光房内，阳光透过五彩玻璃窗，把室内照得斑斓而恍惚，推门进去，像进到一场彩色的梦里。我看中了最后一排靠墙的位子，那里晒不到太阳，而且我需要看到整个房间，不想被人盯着后背。但是那张桌上摆着手机和一个纸箱，还有一个计算器，几个工具刀，一些碎木屑。我猜那是老板的位置（我指的是墙上营业执照上印的那个老板，不是猫），问一下，果然。但服务员热情得很，立刻把老板的东西一扫而空，让给我坐，好像她早就在等一个这样的时机了。大纸箱没处放，就搁在我的座位边上。我坐下，听身旁扑棱扑棱响，就打开那纸箱的盖，里面竟然是一只小鸡仔，黄黄的缩成一团，睁着圆溜溜的小眼，惊恐地看着半空中陌生的巨人。我和它一样受到惊吓，赶紧盖回盖子，从此小心动作，怕吓到它。空调大概坏了，这暖房一点点被烤热，快达到孵蛋的温度。换了好几拨人来修，都不能对症，我猜他们或许在演戏，为了体面地节省电费——当然是玩笑。我翻一本泛黄的留言册，有游客用漫画画下在这个城市每一天的遭遇，看得人想笑；更多的人留言，东一句西一句，"风雨中要像个大人，晴天时要像个孩子"，我翻到还不错的几句，拍了照发给你。午饭后，顺一架铁梯向上，意外发现了屋顶上的茶座，那茶座常年在几棵凤凰木的荫护下，租界一样风凉清静得很，而且位置极佳，向内可俯瞰整个小院，向外可看到路面的行人。我需要看到人，最好是在人看不到我的地方看人。这样一个好去处还等什么？我立刻扔下那只小鸡仔，整体搬迁到二楼。这样一番折腾，服务员倒也不恼，下午她一趟趟抓着扶梯的栏杆爬上来（只有一次，我听出脚步声异样，心想不会是你吧？抬头去看楼梯，探头探脑上来一个人，真的是你），替我添水。她大概恐高，那楼梯又陡，她真的几乎是手脚并用爬上来，直到两脚站到平台上，她才松了手，恢复直立行走。我想把那铁壶留下，免她上下往返，她还不肯，可能整个青旅就这一把宝壶吧。这里初看安静，坐定了，周遭各种细碎的声音就醒过来，一点点吵着我。听到底下有人讲话，准确说是一个人自言自语，听不清说了什么，絮絮叨叨带着怨气，口音也古怪，听不出哪个省份的。我俯身向下张望，又是意外——竟然是那只鹦鹉，就挂在我身下的房檐上，伸手就能够到。那鸟看到我以后，就向我掉转身子，仰着头，把刚才的话再说一遍，像个老妇一样只管对着外人数落自己的不肖子孙。我们后来拿红樱桃喂它，它才恢复了动物本能，对食物又准又狠，心怀仇恨。（那时候你接了一个电话，我听到你说："哦，我出来拿电脑，昨天拿来修的，说还没弄好，等一个小时就行，我懒得回去再回来，还要爬楼，就在附近溜达一会儿……"）那鹦鹉又捕获了一只樱桃,将它咬得血汁四溅。你只有不到一小时的时间,我有很多话想和你说,因为来不及,干脆就什么也不说。你走后,我开始写这段文字,想有一天能发给你看。写到那只猫时,那只猫好像知道我在写它,要凑过来看看。我觉出小腿被皮毛蹭,低头的功夫,它已经跃上我的大腿,伸头看电脑上的字,看了半天,确定没什么不敬的词才走开。我后来一直坐到天黑,想事情也许就这样了,完全没料到第二天的事……天还是黑了,预想中的客流高峰并没有到来,猫的担忧不无道理。二楼茶座总算迎来另一组客人:一个年轻妈妈带着儿子上来,将袋里拎的各式贝壳摊开,大张旗鼓吃起来。一边还回头给我传授经验:去八市买海鲜,去附近小饭馆花个几十块钱请人加工,再去啤酒屋买二斤扎啤,然后带回青旅这里吃——真是一套最优组合,我想青旅老板一定在楼下哭晕过去,这样一通消费,竟没有一样与他有关,他只负责提供场地,可能事后还要收拾那一桌子碳酸钙的贝壳。不过我后来还真的照那女人的法子,将自己喝到醉。心中升起莫名的豪迈感,决定步行回酒店。手机快没电了,我掉进一片相互嵌套的小黑巷子里,头顶的三至四颗卫星随之向我关闭——导航不断提示:GPS信号差,位置更新可能滞后——我一面跌跌撞撞地走,那些巷道一面在重新排列组合,让我白走一场。突然闯进一条灯火喧闹的夜市,老板和顾客计较一条鱼的分量，一斤一两听得真切。我好像不断在阴阳间穿梭，脑袋又混沌又清晰。我还记得起码的廉耻，坚持走进一座废弃楼房的最深处撒尿，大气不敢出，黑影里像埋伏着一个连的特种兵，随时要将我扳倒。那尿却绵绵不绝，快把整个一楼淹掉。我向先后遇到的人问路，他们指给我完全相反的方向，各自都振振有词，真想把他们揪到一起，让他们自行辩论。其实他们说的都没错，是这片城区自身包含着悖论。慢慢地我也忘了我要去哪里，只是不停地走。有一次我转过一个街角，迎面被一片白光劈头盖脸罩住，光源像核爆一样灼眼，我惊恐万分，感觉那光源背后该有一支枪指着我。原来却只是一个路灯，因为这一带太黑，它独自亮得有些过分，墙壁和路人都被它照得灰扑扑的，只剩下鬼影似的薄薄一片。我要逃出那光，背过身，刚走出一步，就看到一条无比狭长和锋利的影子从脚下出发，横贯过整个城市，好像我每迈一步都会在这世界的边缘激起回响。这终究不是我的城市，它向我交替展示出黑白两副面孔，此刻这夜的迷宫如此真实，白天的所有色彩和暖意都显得虚幻。我想，我可能永远也走不出这里了。

61　身体

我是以"处子"之身离开那里的。我说的是我们的故乡周城，我们第一次身体接触的地方。我们第一次身体接触的部位是后背，这块无性的平面，全身最无伤大雅的一部分：你将双手按在我后背上，推我走。隔着厚厚的棉衣，我感觉不到你手心的温度，但是那种挤压带来的触感无比真实。随后我也用两手推你后背，那是我第一次对同龄异性做出这样大胆的举动，惊叹它竟发生得如此自然，如一对男女的嬉戏，发乎情，止乎礼。此前我们一路上的谈话一定糟糕透了，如果有一位爱情剧的导演，一定将这一段齐根剪掉，直接将镜头切到这一刻——这俩人终于要动手了。（十七年后我拥你入怀，则像是顺势完成一个被搁置多年的未完成的动作，像那种落地风扇，即使被闲置一年，来年夏天通上电后，它仍能接上去年停电那一刻的姿势，继续摆动下去。）那时候我们二十二岁，对于男女之事，我其实早已谙熟，在理论或视觉想象中，将它演练过千百遍。那是一种略为扭曲的认知，同那时我们与英语的关系类似：掌握了无数单词和语法，却从未有机会对一个货真价实的外国人开口。说起来，我们的周城虽然没有像样的咖啡馆、电影院，却有无数黑暗的录像厅，你肯定不会去那种地方。那可能在一个地下室，或摇摇欲坠的二层，事先要拐过几条小胡同，向下或向上攀一截铁梯，去的路上就已经带着一种犯罪的紧张与急切，隐隐听到录像厅传出的声音，那罪行就如箭在弦上，再也阻挡不住。掀开厚实隔音的帘子，一股烟熏与尿骚味自黑暗中涌出，看不出这一屋的黑暗有多大，只知道里面埋伏着无数眼睛；当空悬一块四方白屏，光影晃动，像神迹一样接受着众人的仰头膜拜。屏幕上扫下一道光，将地上椅子上某个焦渴的眼神或滚动的喉结大白于天下，也只有一瞬。人们沉浸在这黑暗里，被头顶唯一的亮光紧紧攥住手脚。在封闭落伍的小县城里，这像是一块秘密的启蒙地，自高中起我和男生们就出入这里，在这里我们认识了一个叫香港的地方，认识了旺角与尖沙咀。（二十五岁时我第一次去香港，没有先去那些著名的景点或地标，而是直奔旺角。那里的人长着与你我相似的面孔，却是另一个人间。他们人人有枪，动不动就开火，他们男男女女都那么漂亮，留着全城理发师都理不出的发型，他们不结婚就上床，谁和谁都可以上床。床上，他们花样百出，不知羞耻，一次次刷新你的三观，却始终藏着掖着，不肯将最核心的那一点告诉你。）我们花两三块钱进到这里，怀着焦躁的求知欲，每次都满载而归，却在体内留下更大的空缺，是痛饮而不解渴的那种感觉。在那个满是烟头、酒瓶和卫生纸的黑屋子里，我和我的同伴们故作镇静地进来，从很多条腿中间扒拉出一块地方，一坐下就进入一段剧情，一场视听的奇观中。在紧要处，一屋人的嘴都微张着，兼有口渴与惊诧的意味，随屏幕上的节奏，我们吞吐燥热的空气，真有些同呼吸共命运的感觉。我们在这里学到的有关成年人花花世界的信息，此后一生都难逾越。偶尔地，也会有一两个女孩，穿短裙或紧身裤，跟着大队男生中的某一个出现在这里，或羞涩或不屑地跟着同看。这时候，整个屋子里的气氛加倍暧昧起来，人们自动关注和警惕着那个异性，屏幕内外，像同时有两场戏在上演，说不准哪个更吸引人。黑暗中，有人起身上厕所，碰到了旁边的人，惊觉那人已拉开了裤子拉链……那是我的高中时代，我十六七岁，刚刚认识你。（回想起来，那时我们也算一起看过一场电影呢，在周城唯一的正规电影院，学校统一组织观看，大片，《大决战》，忘了是平津还是辽沈战役，我坐在你前面一排，整场都在枪炮声中和左右男生耍贫嘴，吐槽剧情，以唤起你的注意。）你肯定想象不到，我这样的所谓好学生乖孩子，也曾进出录像厅，饱受暴力与性教育，却在现实的约会中手足无措。有一晚我将你约出教室，去了后操场。后操场多么黑啊，黑得像那个录像厅，跑道上男生女生追着跑，满耳都是急促的喘气声。你像遭到挟持，夹着两臂，跟我来到这个充满杀伐气息的地方，我却规矩得有些乏味，完全不像个录像厅出来的人，我们沿着各自的跑道走完四百米，又原路返回教室，没误了下一节晚自习。那个经教育部验收的标准化操场，白天是上体育课的地方，到了晚上就成为法定的恋爱竞技场，如果一个男生邀请女生晚上去操场，效力基本等同于日后的当街单膝下跪，送上戒指。（那些全校知名的激进男女则更进一步，他们不但去操场，还公然躲进操场西北角运动器械库后面的夹道里，整整一节晚自习的时间都不出来。那狭窄的黑窟是整个中学香艳的中心，弹药库一般自带着"闲人免入"的气场，胆小如你我这样的孩子，即使大白天远远看它一眼，心跳也要加快。）我不知经过了多少次的自我鼓励与自我鄙视后，终于鼓足勇气，某天一下课就径直走进你的教室（再不做这件事我就要疯了，那一刻，我莽撞得能把一头牛顶翻在地），将一个纸团塞到你手心。你大概还没反应过来，我已经逃出教室，感觉全世界人都看到我了。纸条上那句卑微的邀请，因为紧张而强硬，几乎带着绑票的口气，所幸你并没有报官，到了那天晚上那个点，下课铃一响，你就挺有主见地站起身来，从教室里出来，然后跟上我，走向那个操场。那场面充满仪式感，我们好像要去做一个了断，虽然很头疼很棘手，毕竟快了断了，因此有一种提前到来的轻松。可事实上呢？根本没有了断什么，也没有开始什么，我们就那样糊里糊涂地走了一圈，原定的计划（如果有的话）一个也没实现，出于礼节我大概和你说了几句话，跟没说一样，而你更没有义务发起话题，只是一路低头跟着。我带着你从全校师生面前走过，像携带着一个巨大的、明显不能完成的任务招摇过市，身边人的眼光里没有羡慕与惊讶，几乎全是同情了……五年或六年以后的 2000 年（原谅我语无伦次的回忆），你来我的大学找我，也是晚上，我们也去了操场（凡是青年聚居的地方，一定有一个操场吧，以消耗各种过剩的力比多），那一晚我们手拉着手（那是一个多么缓慢的世纪，我们用了五六年的时间，才把关系推进到了手拉手），从一个球门走向另一个球门（瞧瞧我选的约会地点吧，一点都不柔软，而是充满了冷硬与僵直的大男子气），大概只在经过禁区时我放开过你的手，向你指点我经常射门的几个点。除此之外，我整晚霸占着你的手不松开，生怕你跑掉似的（我们遵循了那个古老的预言：男女拉手，如果手指并拢握在一起就不会分手，十指叉开穿插在一起则会分手。这些年我一直谨记它，不管对你，对后来的女友，还是对我的前妻。没有一次应验）。我好像在向那些跑道和看台炫耀：瞧瞧，我把谁带来了！可真正遇到活人时，我的窘迫又占了上风，与五六年前的高中时代相比，我在这一方面并无长进，远远看到对面有人过来，我就想带你绕道。你就不同了，此时你以新的身份来到我的学校，急于在一个大场面展示我们的关系，操场，最好是站满了人、等待检阅的操场，无疑是最好的选择。巧得很，那天晚上的操场上，真有一撮人聚在一起，黑灯瞎火地排一个什么节目，被我们撞上。我的第一反应是逃，你却一反常态，快步走到我前面，牵起我的手，宣布主权一般，昂首从人前走过。那一刻我很狼狈，就像迟到者从教室讲台或剧院舞台前那条过道上踉跄走过，有一种腹背受敌的尴尬。（我不知道这是男女之别，或仅仅是你我的区别。之后的很多年里，我越来越沉迷于秘密的关系，而对所有法定的公开的组合充满敌意。）你当然也并不是真的那样自如，经过了这场小插曲后，我们握在一起的手心，渐渐有了汗意。"你都出汗了。""我没有，是你出的。"我们互相推搡着，换一只干净的手继续握着。待我们终于在操场边的小树林里寻到一块隐身之处时，你又回到了那种躲闪的、不予承认的、随时要逃掉的状态，而我拼命将你拉到我怀里，像在大风中极力收回一把被吹翻的伞，我反复调试着力量与角度，有一种被自己人背叛的恼怒。我终于也没得逞，你死死攥住我的手，将头顶抵在我胸前，像拳击比赛中被打怕的那一方，安抚着我，又保持着自卫与钳制（你自小跟着爸爸看各类体育节目，暗自悟出一套防身之术。事后你回想那些体育项目，感觉所有裸露四肢、有身体接触的运动其实都充满色情味)。我们大喘着气，手指淤青，不知道的人还以为我们刚结束了二十轮掰手腕大赛，难分胜负。十七年之后厦门再见，你我各自攒了满身绝学，我们在那座蜂巢大厦的顶部约见，要比划比划（如同无间道，或者靖康之约)。二十四层风大，窗帘被连根卷起，我顺手关上房门，息掉这场粗暴的横风。窗帘应声落下，房间静下来，暗下来，你刚在室内唯一的一把椅子上坐下，就被我牵住两手，牵起来，牵进我怀里。你撤着身子，只把头和肩靠上来，仍只是一个礼节性的拥抱。我不满足于这样的僵持，两手绕到你后背，将你收紧，你两臂仍垂在身前，硬邦邦的碍事，我腾出手来，将你的左右手分别抽出来，放到我身后，摆成拥抱的样子，你像木偶甘受我摆布，慢慢也将手上用些力。终于抱到了……像一对失散多年的齿轮，慢慢又咬合在一起，仍然严丝合缝。我把头埋进你的头发和脖颈间，深吸一口气，辨认你的味道。你无色无味，我仍不敢确定你就是你。我这样急于将你抱进怀里，未尝不是为了缓解这种面对面的尴尬（也为了缓解室内仅有一把椅子的尴尬——我们总不能一个坐着一个站着聊天吧，更不能一见面就到那张床上去吧——尽管后来还是去了），将这样一场世纪重逢压缩在这样一个小房间里，那巨大的隔膜与不适无处安放，拥抱反倒是最妥帖的姿态——只有这种姿势下我们才看不到对方的脸。因为你的腰伤，我们在五月天里还开着热空调，可是那么热的房间，也没能让你脱下哪怕一件外套，我掀开你衣服上的哪个角，你就腾出手来，将哪个衣角再准确地拉回去。你坚持衣衫整齐地与我拥抱，连鞋带都不肯解开（你自始至终穿着那双白皮鞋，随时要走的样子。鞋带系到最顶端，左右打两个死结，我好心让你把皮鞋脱了换双拖鞋你都不肯，好像这样就能证明你我的清白似的）。整个下午，我只成功地解开了你的头发，我把你的银色发卡藏在枕头底下，免得你冷不丁再扎回去。这样一番折腾后，我们都有些出汗，我被允许和你同坐一张椅子。那椅子小得很，你欠身坐在前端角上，我坐在后面，半揽着你，仍不用看到你。那个下午我们没能好好聊天忆旧，光忙着调适双方的身体关系了。那么大一个房间，那么大一张床，我们却挤在一把小椅子上，快把那椅子坐塌掉。傍晚时我邀请你去窗边看夕阳，顺势坐在了床沿上，顿时觉得身心开阔——刚才何必要争抢一把椅子？夕阳让我们柔软，往事让我们满腹心酸，我向后推一下你的肩，你像一座山一样不可挽回地倒下去，未及反抗，我就紧跟着压上去。我问你："重吗？"你说："不重。"我就放出我所有的重量，全身心地压下去。我试着找你的嘴，你像拨浪鼓一样左右晃头，让我的吻全部落空，好不容易碰到你的嘴唇，你就嘟起嘴向我吹泡泡，搞破坏，不让这吻成为事实。我钻进你颈下，吸食你的气息，也为喘息一下，就又去进攻你的衣服，希望至少将你那讨厌的外套脱下来，免得拉链头总硌在我们肚皮上。你当然不肯，甚至进一步将拉链也拉上了，拉到下巴那里。我跳过外套，直接将手伸进你贴身的Ｔ恤里面，却意外摸到了一片毛茸茸，掀开一看，你腰腹间居然系了一条一扎宽的毛料护腰。我泄了气，说："为了防我吗？"你笑得快要岔气了，说："真不是防你，是防海风。"你的腰有旧疾，除了夏天那几个月，你几乎整年都戴着护腰。我认清了你身上的重重关卡，在你身上颓倒不起，你却拍拍我让我起来，说是要上个卫生间。隔着卫生间的磨砂玻璃门你恳求我："你能先去走廊里待一会儿吗，带上房卡。"我问你怎么了，你说："你在这里，我上不出来……"躲在走廊太奇怪了，我后来躲到阳台上，看远处的房子和海。风大得能把海面揭掉一层，我抓紧阳台的栏杆，耳朵里涨满风声。怕你还是上不出来，我拉开阳台的门朝里喊："你放心吧，这里风声很大，我什么也听不到——你好了吗？"你没有说话，也许说了，我没有听到。关上阳台的门，风把我的衣服吹得紧箍在身上，一绺窗帘从门缝里漏出来，被吹得上下翻飞，快铺满整个阳台，从远处的海面上看，它应该像一面受降的白旗。我想这算是怎么回事呢？我站在高空吹风，你在咫尺外上厕所，我们又亲密又隔阂。如果我抽烟，这会儿我真该点上一支烟，这样我们目前的局面就会更合理一些，然而我不抽烟……时间似乎过于长了，我决定闯进去看个究竟，回头却看到玻璃门里面的你，正费力地试图推开那道门。我帮你打开门，你出来，我俩站在风里，我大声问你："怎么那么久！"你说："什么！"我说："我说你怎么那么久！没事吧你！"你说："没事！"我们又站了一会儿，我觉得你还有话要说，但你什么都没说。风呼呼地吹，封住我们的嘴和耳朵。我拉你进室内，关紧门窗，周围一下静得好像失聪，说话声大得突兀。你愤懑地噘着嘴说："都怪你，刚才被你扒拉了那么久，里面都……刚才在卫生间清洗了半天。"我明白过来，笑说"我还以为你一点反应都没有呢"，又要揽你进怀里。（后来，第二次见面时，我还是让你受了伤。有一天你坐在防潮垫上看儿子练跆拳道，天气湿热，你坐了一上午，下体就胀痛起来。查下来，防潮垫只是诱因，根本原因是之前的直接接触。在你的提醒下，我检查了行李箱里剩下的那只安全套，发现它竟然在我们那次见面的前一个星期，过期了。那是我在婚姻存续期间采购的最后一盒安全套，没有用完。在之后漫长的离婚官司中，这两个安全套被彻底遗忘了，自然也未列入需要切割的财产中。后来，我将这过期的遗产用在了你身上，弄脏了你。）十七年前那天晚上，我们二十二岁，还不了解对方的身体，甚至不了解自己的身体，小树林里一番角力后，第二天一早我便下腹坠坠，临近中午时，那下坠感进一步沉淀，终于落实为清楚的痛，沉甸甸、圆溜溜的挂在身下。我紧张了一整天，想到了各种恐怖的可能性，猜这大概与昨晚的事有关，却不知怎么破。这样胡思乱想几天后，我去了医院，挂了号，排在一群大小伙子中间，反而不那么忐忑了，知道不是我一个人在痛。那位头发胡须斑白的老大夫，看得出是见过世面的，而且也快下班了，他干脆开了门，把门外长椅上一排年轻人全放进去，排排坐好，集体诊疗。之前我一直担心该怎么开口，这下也不怕了，老先生不等我们说，先就给我们上了一堂生理卫生课。他讲得直白，切中要害，我和小伙伴们一开始还矜持着，装不明白，很快就被他说破了，他说："告诉我，你们是从多大开始用手的?"他并不需要我们的答案，只是让我们相互确认，我们嘴里憋一个笑，拿眼角左右征询着，终于露出会意的笑，好像一瞬间就都成人了。于是，在一片祥和的科普气氛中，老先生宣布散会，连药方都没开。（那还算是一个厚道的年代吧，放在今日，我们可能会被一一吓到半死，然后每人交出一笔款子，领回一张难辨字迹的处方。）受了这样的虚惊和鼓励之后，我更加大了胆子，另一晚，我们约在你的学校，那里要小一些，不太容易找到隐蔽处，我们就来到学校对面小桥，沿一排陡峭的台阶下到河岸，地上满是烂泥、杂草、蚊子和一蹦一蹦不知道是什么物种的东西，也是一个完整的生态系统，脚下一条黑河，流得惊心动魄，我们就在这样的环境里抱成一团。（要等到十七年后你才告诉我，你顾忌的不仅是那些黑暗中的不明微生物，还有头顶桥头上，一个巨大的、身份明确的人。那人是你的男同学，也是你众多追求者中的一个吧，因为不得法，他渐渐也成为一个怪异可怕的人，他的唯一方法就是：跟着你，不管白天晚上，尽可能地跟着你，像个保护神或恐怖分子。我俩在河边时，我曾注意到头顶有个黑影一直动也不动地看着下面，还以为是无聊的过路人，并没有去理会。那时，你身边的追求者太多，各种风格的都有，此前有一天，这个男生曾走过来，直接问你，你有男朋友吗？你刚刚正和室友打闹，从室友手里抢来一枚戒指，戴在右手中指，看男生这样问你，你就举起右手向他晃晃，心想这人也真有意思，跟了那么久，只为了问这样简单一个问题，何苦呢，早点问的话，就省得走那么远的路了。那男生看着你手上的戒指，也不知看明白没有，看来是没明白，因此锲而不舍地追到今晚。今晚，我们要让他看个明白。）这一次，你总算将整个身体贴过来，却仍将两手搭在我肩上，实则为了挡在你胸前，我一只手揽着你的腰，另一只手对付你的两只手，有些忙不过来。我后来将你顶在河边栏杆上,空出双手,将你的两只手反剪在身后,才算制服了你(不知道桥上那人有没有看清这些略为暴力的细节)。我们的拥抱仍带着对抗的成分,你认命似的蜷在我怀里,从表情看,根本看不出幸福或甜蜜。而我正震惊于感受到的两个尖锐物,现在,所有力量都聚焦在两个明确而对称的点上,你大概也是为这件事气馁,开始时几乎是跳着脚表示反抗,待意识到这样不老实只会加剧这两点的摩擦后,你才安静下来,很委屈地贴着我。十七年后我们在网上遇见,整夜整夜的聊天中,我提到了那一晚,提到了那两点,你立刻发来一长串表情包,抗议说那中间还隔着一件内衣,我所说的尖锐感,多半是内衣制造的假象。那时我们的网上聊天用语多纯洁,我记得因为某个具体的原因,当我第一次不得不提到"内裤"这个词时,你敲打了我,说只要说"内内"就可以了。至于那两点,你坚持认为我的记忆太过夸张,其实并没有那样明显。那段时间你们办公室新来一位90后小美女,穿深V的T恤,公然露出一条乳沟。(我们相爱的时候,她才五岁!)有一天午饭后你们在小公园散步,她笑话你的平胸,说得兴起,竟直接伸手袭击了你。你气呼呼地一回办公室就向我告状,以证明我当年的触感不准确。我们在嘻嘻哈哈的话题中进入了两性间更私密的一个领地。从此,我称那两点为平平,称那一点为内内。平平和内内,成为我们夜聊中的高频词，像我们的两个孩子，我们很自然地谈起她们，唤着她们的小名，讨论她们的成长与烦恼。蜂巢酒店那天下午，我问你："今天咱家内内什么颜色？"你说："紫色，你见过的。"我说："我不信，我要亲眼看看。"我们就又是一阵打闹。我们对彼此身体的探索正在兴头，我们沿着一条年轻又古老的线索深入下去，我们的一次次见面，未尝不能看作是这条线索上的一次次延续。此前，你在微信照片中发现了我腿上浓密的汗毛，像发现了一个什么了不起的真相似的嚷了半天。你说，连我的大学女同学们都见过我的汗毛（我上大学时穿运动短裤踢球，被场边女生看到腿毛，多年后同学聚会时她们还津津乐道，可见很多女生不管看什么球，看的都不是球），你却没有，为此很吃了一番小醋。我们上一次相爱是在冬天，我们因此没机会展示更多的身体细节，在夏天到来前，或者在我们有机会露出身体之前，我们就分开了。我最后一次见你是在2000年夏天的济南世纪广场，那讽刺性的意外一面，倒让我看到了你的两条大长腿，那两道刺目的白光是你留给我的最后一个画面。待十七年后我们再相遇时，一切都像是封存和暂停在那里，如今一键重启，连气候都正好接上当年，温度适宜，两情相悦，我们也就随着逐渐升高的气温，一步步探索下去。我第二次去厦门见你时，已经是不折不扣的夏天，你再没有理由穿外套，腰间的"护身符"

也没戴,在床上,你全凭着赤手空拳来保卫自己,而我像魔怔了一样,要将你的衣服撕成碎片,你用两手抓住你能抓住的所有布料,遮住自己,你关掉身上所有的入口,将两腿绞在一起,让整个人闭合起来。我们都用了蛮力,发出了最强硬的命令与最可怜的哀求,快要撕破脸皮。这样的进攻与防守一轮又一轮,没有尽头,汗水浸湿了我们的衣服,又透过衣服浸湿了床单,我们在水和布中搏斗,已算得上满身泥泞。在我拼命攫取的时候,你是这世上最坚贞和吝啬的女子,我们彼此把话说绝。待我败下阵来,你又翻身上来,用最柔软的话安抚我,犒劳我,却只能激起我新一轮的斗志,于是进攻与防守方再次翻转,又一轮的以死相搏。我们处在两性关系的临界点上,我再强横一些,或是你再心软一些,我们就将大功告成或者说前功尽弃。(事后你说你要谢谢我,这样难的情况下仍然止住自己,保全了你。对这样的感谢我不知该如何回应,难道要我说"不客气,这是我应该做的"?这好像不是一件应该互相客气的事。)天黑了,你预定的回家时间一点点迫近,我们都有些绝望和歇斯底里,那个小房间被我们弄得充满血腥气,像是凶杀现场,然而从法律意义上讲,我们清白得很。这样一场抵死缠绵后,我们都好像亏欠了对方,在最后的时间里,我终于能找回一些理智(也可以说是没办法吧),如同富有经验的交涉双方,不管谈判过程中有多少根本分歧，最后多少还应该达成一些小共识，以便顺利握手道别——我们决定打开灯，把床单拉平，把自己也帮忙把对方的头发和衣领理好，然后叫一份外卖，友好地吃一顿饭，再礼貌地告别。此生我们俩第二次一起吃饭，就是在这样的背景下发生的，与第一次比，当真是沧海桑田（第一次吃饭时，传统手机也才刚发明）。我们都争着用手机叫餐——叫餐意味着买单——说来惭愧，我那时还不太会用移动支付，因此被你抢了先，我叫你不要网上付钱，货到再付，你已经按了结算。与刚刚我们在床上寸土必争的样子相反，这会儿我们客气得像一对外人（毕竟这才是我们重逢后的第二次见面啊，第一次见面我们只待了五个小时，现在是两个多月后，我们第二次见面也才刚刚几个小时）。那时候我十分自责，想还是该遵循常规的顺序，与你慢慢叙旧，将你一点点焐热，将身体看作自然的结果而不是手段，不该一上来就把气氛搞得这样剑拔弩张。饭来了，大盒小盒，摊在窗边狭窄的桌面上，有点多。你说："喝点酒吗？"我跳起来就去抓钱包，要下楼去买。楼下却没有酒，自动贩卖机里只有软饮，问了前台也没有，出了酒店，外面全是高架桥和工地。我重新上楼，带了两瓶碳酸饮料，聊充作酒。那顿饭吃得别别扭扭啊，我们只能坐在桌子的同一侧，腿都不知道怎么放，而且房间里只有一把椅子（为什么房间里总是只有一把椅子呢），我让你坐在椅子上，自己则搬过床头柜来坐着，床头柜上的电话机电话号码簿温馨提示牌则放在地上。就是在这样简陋局促的就餐环境里，我们每人抄起一双一次性筷子，开始了十七年来的第一次吃饭，没有酒。食与色，或者说饮食与男女，本该最从容的两件事，如今只能在这间网上预订的小房间里限时完成，仓促得对不住你。饭后，天黑了，我要送你出去，你不肯。这家酒店在车站附近，我在网上订的时候还以为离上次的蜂巢酒店很近，不想是在车站的另一侧，周边也乱得很，我不放心你。你却说，还是自己走吧，你有几个同事房子买在这边，你老公的表妹的孩子的围棋培训班在附近。我把我的一顶费多拉帽戴在你头上，把你的脸转过来，对着我，说："挺好看的，就给你戴吧。"你不要，我不让你摘，帮你把马尾辫理好。你走了，戴着那顶黄黑相间的帽子，如果我们就此分开，会更好一些吗？我和衣靠在床头上，一遍遍问自己，何必要这样？何必要这样？床单和枕头上全是你的头发，盘根错节的摘扯不干净，我挑出细长的几根，放进行李箱的夹层里。如果我们此生再不见，它们就算纪念。（这当然没有发生，第二天一早我们就见了，隔着一条马路；第二天下午也见了，在一处屋顶茶座。）我估计你已经乘公交车离开了，就追出去，找到那个站台。站台上没了你，仍站了很多人，可能有你的同事或是熟人，我看着他们，觉得连他们都有些沾亲带故的亲切感。你发来信息，告诉我你乘的是哪一条线路，到哪里下车，我看着站牌上一排站名，一站一站地查……那晚我在那一带游荡很久，有意往漆黑的高架桥下面和破败的地下通道里走，以平衡内心莫名的荒凉。我们处在两性交往史的临界点上，越过去还是退回来？我不知道。第二天白天我们有过两次匆忙的见面，分别隔着一条街和一张桌子，当晚我大醉，步行回酒店，因为手机快没电也没有导航，我转了大半夜才跌跌撞撞地爬上属于我的那张床，倒头就睡过去，没有回你的信息。那晚你整夜没有睡好，手机一直握在手里，想如果我回消息，手机会震醒你，你就可以翻个身，放心睡去。我一次也没回。中间你几次起夜，看到屏幕上空空的消息栏，就再发一条，希望能把我从全城最混乱危险的那个区域找出来。我整夜酣睡，梦里仍在一条又一条的小巷子里走，路面艰深，床单裹着我的腿，一夜劳顿。早晨我被一阵愤怒的砸门声惊醒，打开来，是你。你进门就找到我的手机，还充着电，屏幕亮着，那么多未接电话和未回的消息，你握起拳头捶我的胸，我让你捶，手机却硌疼了你的手，我帮你把手机抽出来，你继续捶我，头发披散着，眼神狂乱。我抱住你，你仍在我怀里使劲，我一点一点收紧你，像一点一点抽干我们之间的空气，我摸你的肩胛骨和脊椎，那些历历可数的关节，你一把一把抓我的后背，像要抓进骨肉里，我们揉搓着对方，每一寸面积都不放过。你找我的嘴，我躲开你，把脸埋进你的后脖颈，闻出不太一样的体味。你的嘴无处去，就近咬住我的肩，我的胳膊，一口比一口凶狠，我的手伸进你的上衣和裤子里，从内部将你脱光，外面看你仍然衣衫完整，里面却风凉通透起来。我的两手分别绕过你的肩和臀，你知道它们的去向，以至于忘了自己的动作，专心等待那个时刻的到来，那个时刻来了，我们都哀叹一声，两具身体都试着放松下来，再不用外力捏合，自动就粘连在一起。你开始是帮着我，后来则甩开我，独立地将衣物除尽，又去扯我的衣服，我要帮你，你不肯，仍把我的手放回你身体上，我们稍稍离开点距离，互相开采着对方，一处还未理清就急奔向下一处，很多的饰品、衣带和头发缠绕着我们，掰扯不清，我索性抱起你，将你放平在床上，一点点摘干净，你本能地又要折叠和收缩起来，我由着你，拿指肚在你弯曲的腰身间抹一下，就拉过毯子盖上你，隔着毯子拍一拍，示意你等一下，然后起身去了卫生间，内裤绊住我的脚，我把它甩掉。你被丢在床上，听我在卫生间里洗脸刷牙，热烈地小便（为了掩盖那尴尬的哗啦哗啦声，他提早按下了抽水马桶，待那水箱一点点蓄满后，他又第一时间按下）。房间里很黑，窗帘不知道什么时候被拉上了，她记得刚进来时是大开着的，两人刚抱在一起时，因为发力不均匀，曾有一次险些摔倒,他们顺势抵在窗前的桌沿上,他和她中的某一个,就伸手拉了一下窗帘,没拉严,另一个又接着拉了一下,终于让室内全黑。此时她盯住这黑暗如同盯着一副三维画,那些棱角与弧度一点点凸现出来。细节让她清醒。她能准确听出卫生间里的进度,她听着,猜他现在刷到了第几颗牙齿。考虑到他要做的一系列事情,他的动作算很快了,差不多相当于战时的速度,而她像摆上桌面的一顿早餐,等待卫生间里那个洗漱的人,口气清新地走过来。他走过来了,她还是不可避免地冷却了。他几步跨上来,打开和摊平她,充满歉意地稳妥地贴上来,她能觉出那些火热的突起,大腿内侧又似乎有一片潮湿,看来他刚才不只常规的洗漱,还清洗了重点部位,他上下调适着位置,让他和她的身体贴合得更妥帖一些。因为温差,他们皮肤相触的那一刻几乎激起一阵嗞啦声。她张开嘴,刚刚来得及发一声叹息,他的嘴就寻上来,从各个角度尝她的嘴唇,然后全面碾压下来,将她层层包住,再一点点啃噬。她能感觉到他的耐心和周密,就放下心来,让他去。他的舌头是温热的,逐渐膨胀起来的,让她想到灯具厂里被一点点吹大的液态玻璃。现在,她将那团温热一寸一寸接纳进嘴里,好像害怕它太烫似的,待确认安全后,她才交出自己的舌尖,与他细细缠绕。而他很快就不满足,将整个舌头堵进来,搅动她的四壁,她的嘴唇也被他灵巧地揪起一角，扯出很远，她努力支起头去追他，却被他趁势吞进更多。他们像两只动物在分食一小块肉，因为不能拿手脚帮忙，口腔的每一块肌肉都被充分调动，在方寸间施展技巧，这比她预想的远为复杂。她刚刚才接受下这样的羞耻，他却从她身上抬起来，像揭掉一层皮一样让她裸出大半个身体，她有些恼怒于他的独断，却也没什么办法，她很快就明白了他的下一步去向，他的手已经摸索下去，她条件反射似的又蜷起来，宁肯再退回到一个漫长而安全的吻中。她把身子侧向一边，将后背交给他，他则顺势将她掀翻，她趴下的时候，他的一只手被压在她身下，正在胸部的位置，她用两臂把上半身撑起一些，不想他并没有抽出那手，另一只手倒趁机插进来，一左一右握全了她。紧跟着，她被他骑上来，感觉自己像一具被驾驶的交通工具，那羞辱感就更强烈，所幸不用面对他，她把上身再支起来一些，身下空间大了，他手上动作也就跟着大起来，她不知道如何是好，怎么样都正中他下怀。这样的两具身体啊，怎么样都正合对方心意。在她上身升起的过程中，后背意外碰上一个湿热的点，点点轻叩她后背、脖子和耳后，每一处都是她最高危易燃的地带，她忍不住连打几个寒噤。身体像被分成几部分，不知道该先躲避或享用哪一部分，渐渐地又合为一体，意识像某种体外的汤汁，一点点被吸进毛孔，被收干，成为肉体的一部分。那肉体眼睁睁膨大,终于不可一世,她想,就这样都给他了吗?都给他了吗?她这样想的时候,事实上已经没有了想的能力,只是在机械地重复一个古老的犹疑,那被欲火蒸得稀烂的,一戳即破的肉体。当她重新被翻过来时,她露出了相对清白的正面,他似乎意识到她过于白了,蓄意要把她弄脏一些,他两肘支在她两耳边,拿整个上半身磨蹭她的两点。这样公然的凌辱让她羞愤,她像一件工艺品被他把玩,他并没有实用的目的,把玩的过程就是全部。如果这是一场审判和复仇,现在正进入行刑者最受用的时刻,她不小心睁了一下眼,发现他正盯着她看,他一直在盯着她的脸看,此刻她脸上的迷离和焦渴也成为被亵玩的一部分,她是怎样被他调教成这样一副模样的?他只是拿手碰了下她的膝盖,就好像碰到了开关,她的两腿便像那种具有丰富延展性的气撑杆,自动向两边打开成一个环形。他像战士刚好蹲坐进一个战壕一样蹲坐进去,手臂伸一下,便不知从哪里变出一个安全套,一丝不苟地戴,用拳击手在后台拿纱布缠自己拳头的细致与凶狠劲儿。她还是感激他的早有预谋,却也因此想起一件要命的事,她想阻止他,他已经不可阻止。在下体的盲目顶撞中,她第一次觉出他轻微的慌乱,忍不住要帮帮他,他却很快恢复了从容,里里外外地研磨她,并不急于深入。她不知如何开口说,只好先拖着,他又一次撤开她,擅自挺进去。与此同时她听到他发自喉底的一声低叹,是一贯强势的人第一次认命的那种口气,她想到底还是给了他啊,到底还是……好像之前的一切都不算似的,这时候她必须要开口,同时意识到他们已经很久没有开口说话了,她说:"不行,不行,你出来,我里面,有东西……"他听到了,只是不愿停下,她虽然说了,可连说话的节奏都在配合他,她只能忍辱说下去:她里面用了卫生棉条,内置式的,现在必须要先取出来。他听懂了,整个人都惊在那里,好像第一次听说世界上还有这等事。他很不情愿地退出来,身体仍悬在她上方,她在他眼皮子底下将手伸进去(虽然他并不能看到),好像要当场给自己来一场手术。她后悔说得不够早不够坚决,那东西已被他顶进深处,她用了极端的手段,仍然够不到。他在她头顶上空喘气,知道自己可能闯了祸,冒昧地提议:"需要开灯吗?"被她断然制止。此时她手上的动作比他之后的所有动作都更粗野,几乎要挖开自己(还好他看不到),他们苦心营造的情欲气息,现在被一种妇科门诊式的理性与禁忌气息打断(事后他才知道,那一天是国际医师节)。然而谢天谢地,在他和她都快要放弃时,她竟然捕捉到了它,将它连根拖出,麻利地包裹好,扔在地板上,发出恐怖的"啪"的一声响。现在轮到她表示歉意了,这期间他已经胳膊酸麻,歪在一边,单肘撑起脑袋,似乎要和她好好探讨一下外用与内置的优劣。她唤他重新上来，他却已经缩回去，她不知道该不该帮帮他，那样会不会显得太苟且，太有补偿或交易的味道，何况她也并不擅长。他兀自忙活了一阵，成效不佳，转而摆弄她，却一下把自己激活。他们将刚才的过程又来一遍，但比刚才简捷得多，他一旦进入她，整个人就肃穆起来，庄重地一下一下。第六或第七下之后，快感就滚滚而来，她跟上他，烘托着他，他又自如起来了。即使同一个姿势，每一下也在试用新的力道或角度，每一下都有新意，差不多穷尽了所有可能。在此之前，她从来觉得这是一件大刀阔斧的事情，哪曾受过这样细微的关照，连边边角角都被顾及？她不知道他竟是这样一个作弄人的高手，在他大面积的覆盖下，那些小尺寸的撩拨更让她发狂，而且他不间断地趴在她耳边，询问她的感受与意见，不得到她亲口确认之前绝不乱动，那样的亲口确认，于她也是全新的羞辱与挑逗，对他也是一种刺激吧。她是在完全被动，然而又是完全知情的情况下，被一点点送上峰顶，他用他灵巧有力的前端，将每一处细节都交待得这样清楚，每一次转折都有充分的铺垫。这样逻辑严密的一场动作，事后她反复回味时，能将每一个环节复原，就这样给他吧，就这样都给他吧，除此之外我还有什么？她欣喜而悲壮，慢慢敢于睁开眼看他，像在过山车上偷眼看一下那飞速翻转的天地。她看到他的眼神连同身体，又一点点认真起来，戏耍、严谨、突然丧失理智一般的粗暴，在他身上竟如此自然地转换，每一次都理直气壮，在她意识到危险时，她已经再一次被他甩下。他不知怎么将她挪到了床垫的一角，整个身体已倒着被他悬空架起，只有肩背和头还支在床上，他则站到地板上，蹲伏前倾着，赤脚蹬在身后浴室的墙根处，像起跑的人怒视着整条跑道，像拉满弦的弓，快要将她投射出去。她预感要去迎接些什么，却苦于追不上他。他开始了凶悍的袭击，一次比一次无情，她感到被撕裂和洞穿的痛，却被另一种更强大的感知包裹和调和着，如同一些沐浴室里的所谓温水，其实是由无数尖锐的冰与烫组成，并没有一滴水温度适中。他不断将身体加速，快到失控的地步，像要毁掉她并且自毁，突然一声低吼，像是自体内脏腑发出，自地底发出。她真的真的被那声低吼吓到了，不明白情爱为什么要以这样惨烈的方式表达。他面相狰狞，身体持续地痉挛，发出濒死一般的绝望气息，这时候她才真切意识到他快要离开她了，因此拼命抓住最后一点实体的感觉，想离他更近一些，紧一些。然而一切都晚了，结束了，她空睁着双眼，看天花板露出灰白，不敢相信，整个过程她都在一场奇迹中，最后却没有高潮。他停在她身上，像是变轻了，又像是变重了，她想起他在那声致命的低吼之后，还发出过一个声音，近乎哭泣的声音，现在该是回答他的时候了（此后我反复回忆那一声问答,最开始它并不是以问题的形式提出的,却以你的应答结束,我知道它再也不可复制,它概括了我们的半生记忆)。我哭出声来,我第一次叫了你的名字。你点点头,抚平我起伏的后背,说,我在呢。

62 半生

半生记忆，与你有关。我抓紧那一点记忆的微光，将它放大，像灾后的人虚报家产。我们不需要生离死别和倾城之恋，我们的爱渺小、家常，和所有人一样，只对当事人轰轰烈烈。如今我们又有了新的记忆：自重逢起，我们每天制造海量数据，其中一定有一些会成为终生记忆吧。这符合现如今的大数据时代，今天，人们的一言一行都留下精确数据，有许多品牌的存储器代我们保管，纯脑力的、肉体的记忆变得处境尴尬，如同肖像画师面对新发明的照相术。据 IBM 计算，人类文明所产生的全部数据中，90％是过去两年（2015 和 2016）产生的，今后这个比例还会进一步失调，人类的记忆正呈几何级数增长。我因此确信，眼下我写给你的将是一部无限之书，如果我愿意，我可以一直回忆下去，从二十年前，十七年前，半年前，直到一小时前。它无限逼近现在，却永远无法抵达此刻，如同 0.999… 这个无限循环小数。纷繁的往事中，永远有一件事尚未被想起，待我们想起它时，又一堆新事发生了。然而又据说，其实 0.999…＝1，这是一个已被反复证明的、严格数学意义上的"等于",而不是中学数学课本上的"约等于"。如果对这等式有疑义,或许因为我们对虚数的认识不足,而更可怕的原因则在于:我们可能根本没有理解何为实数。如果回忆是无限循环的虚数,此时此刻就是一个确定的实数。无限的虚,拼出一个结结实实的实,无数的回忆构成了此刻,此刻就是全部。此刻,我们站在人生的分水岭上,有很多时候我觉得我还年轻,还葆有羞涩、愤怒、情欲和创造力,一如我与你第一次牵手的那一刻。有时我又觉得自己无比衰老,腰肌劳损、肠功能紊乱、咽炎、爱无力,都像是一个个新兴的敌对势力,要与我长久对抗下去。有时我满心委屈,想这些年,并没有不认真地生活,为什么落到今天这样?有时又愤恨地看穿自己,知道发生在这具肉身上的每一件事都自有其因果。三十九岁这一年悲欣交集,一次离别,一次重逢,同时光顾了我,让我有机会稍稍站住,沿着悲喜两条线索,回望这小半生。你站在一条林荫道上,穿七分裤,背双肩包,新剪了短发,听到我的招呼,回头一笑,仍能瞬间融化我……然而即使这样的一瞬也被迅速归入了往事,与那些史上著名的场景同类,只在一些特殊节点才被人记起。未来滚滚而来,淹没了你我。是的,我们确实遇见了,却是在一条急流的正中,摇摇晃晃站稳了,自顾不暇,胳膊伸向前后,只抓了两手空。

63 默写

我用手指在你皮肤上写字，写一个，擦掉一个，写一个，擦掉一个。我写在你的额头，你的右乳，你的脖颈、耻骨和后背，写在你身体每一处弯曲和起伏上，每写下一个，就擦掉一个。这就是为什么，我说出我的半生，你却依然光洁如初。

64 静走

宾馆前台是一位小伙子，见人就笑，他见我一身齐整早早下楼，就绕回工作台，摊开账目，笑问："先生要退房吗？"我说："不，等等看。"他立刻合上本子出来，说："昨晚睡得还好吗？"我说："很好，我很喜欢这里。"这里是一家不起眼的小宾馆，就在你家小区对面，是导航搜出的离你最近的一个住处。昨晚我退掉车站旁的那家宾馆，搬到这里，想来也是一着险棋——站在房间的大窗户前，能看到你家。这是我第二次来厦门看你，我们刚刚越过了那道两性的临界点，此后两具身体便只想着怎么离对方更近一些，直到昨晚，我涉险住进你家小区对面，你我之间，只剩下最后一道危险的马路。我们是不是有些过于疯狂了？今天我一早醒来，穿戴整齐站到窗前，把窗帘拉开一道缝，6点58分，我看到你从楼道口出来，一摆一摆地往外走。我好像正通过一个超级大探头监视你，不同的是，我直接住进这探头里了，你的家，你的日常起居与作息，现在都被我收进眼底。我马上下楼出门，赶到约定的路口，朝你的方向张望，你却从我身后出现了，我才知道你家小区还有个后门。我们笑一笑，略有些不适，你仍背着那个双肩包，而我则提了一个公文袋（出门时顺手抓了一个），走出几步后，我们终于忍不住大笑（也因为此时我们走出了你家窗口的视线范围吧）。我说："你就当我是那种销售代表吧，进不了你的家门和单位，只好一早把你堵在上班路上，一路缠着你，给你递上产品宣传彩页，请你吃早饭，就为了能拿下这个订单……"这样梦寐以求的一个场景，就在这样的玩笑中开始了。我们仍在创造历史。此前有多少次，我们梦想着能在光天化日下一起走一走。不牵手，不说话，只是走一走，就很美好。然而这样简单的一个愿望，却与我们的身份和关系不符，我们只能抓紧这上班途中的半个多小时路程（就像当年，高中的上学路上，我无数次制造邂逅，只为了能和你并肩走上一段）。我们经过一片满是车的街区，路两侧连同路肩全都停满了车，车身上落满树叶和花朵，似乎已被弃置，然而冷不丁地轰一声响，一辆车活过来，疾驰而去，腾出一个四方形的干净缺口，立时被另一辆填补（我后来称这一带为"汽车城"）。因为赶着上班，你走得飞快，我要紧追你才行。我们绕开路边停靠的车，大步地走，有时我快你半步，有时你又领先我半个身位，我们像两个不甘落在后面的竞走运动员，在漫长的路程中又较量又陪伴，内心已没有输赢。因为走得疾，路面又总有起伏和转弯，我们都有点喘,对话常被喘气声或是迎面突然插进的一棵树、一个路人打断,后来我们就真的不再说话,只是一左一右地走,用眼角余光关照着对方,靠距离和角度的微调来对话。另一条路上,人行道只剩下贴墙一小条,人在上面小心地走,左臂不敢甩得太开,免得打到石头墙上;哪怕碰到地上一个消防栓,人也得从马路牙子上掉下去,掉到非机动车道上,等过了消防栓再上来。我们不得不一前一后排着队走直线,有时我在前,你时你又领先,迎面来了人,双方都友善得很,抢着掉到路肩下面,把安全的人行道留给对方。(后面几天,我自己走回去的时候,每次都看着表,尝试各种路线,只为了找出两点间最短的那条折线,好改善你的行程。我嘱咐你每天早起五分钟,打发儿子吃饭的时间再压缩五分钟,以换取提前十分钟出门,这样,这段路可以走得更从容些,免得长年暴走,伤了膝盖。你点头称是,夏天那几个月,每天早晨走出一身汗,一到单位就忙着擦洗和换衣服,确实也不妥。)你说有一条近路可走,就带我钻进一片无比拥挤的小巷子,两侧都是违章建筑,那些巷子被挤压得弯弯曲曲,不成样子,却个个有名有姓,比如有一条叫"小走马路",当真只能供人"小走",因为太窄了,任何机动车非机动车辆怕都进不来。(面对这条路我心情复杂,从前我以游客身份误入过这一带,在那些线圈和晾晒的衣物下拍过照,不知道这就是你每天往返的路，现在我陪你走在这条路上，知道这机遇百年不遇，我们每次奢侈地用掉半小时，是在透支我们的姻缘。）从前我在那些转角处迷过路，问过人，现在，这条路在脚底下一天天清晰起来，单是循着墙面上的纹路和那些或亲切或拗口的路名，大概也能一路走到目的地（但是另一晚我酒后又闯进这里，却迷了路）。路边高高低低的石头房子，随便选一处，安顿下来，余生也就如此。我想象着这样一种生活：每天来回走一遭，陪你上班，陪你下班，然后各回各家，也当健身，这样的日子简单又踏实，未尝不可，这样一直陪你走到退休，未尝不是一种人生；渐渐地，再不说起各自的家事，只是见一见，走一走，无论晴雨。这样一片老旧的城区，自带记忆与烟火气，适合终生隐匿；真正深入进去，又处处可见生机。在通奉第一横巷我们听到清亮的公鸡打鸣声；在白厝墓有人每天出售新鲜的鱼虾，在石坊巷一只大黑狗卧在一小块阳光里，阳光移到哪它就跟到哪；在钱炉灰埕横巷每隔一段就有一个人举着一杯水出来，蹲在门口刷牙；在钓仔路泰山路路口你拧过我的腰（那时我们聊起小时的事，聊得太起劲了，你之前对我讲过，你有一个邻居，小你几个月，自小以姐妹相称，她很贪玩，常来你家找你玩，你咱妈一见到她就说："可别影响你姐姐学习啊！"后来你高考失利，上了专科，她倒一路考到博士，目标是工程院院士。

我把这事说给你听,说到咱妈那句话时,你大笑一下,拧了我)。送你上班后,我在你单位吃过早饭,就把文件袋丢掉,慢慢溜达回去,考察路线与沿途的车子,这时我又被人当作游客了,迎面走来一位阿姨,已经走过去了,又叫住我,郑重嘱咐我:"一定要去镇邦路,那里是政府保护的老式骑楼,黄渤也来拍过电影呢。"我只好去,拍下几张照片,免得第二天再被她问起。这样走走停停,时间要多出几倍,然而也还是早,回到宾馆时,大厅的服务员都才刚刚忙起来,小伙子看到我,立刻又退回到前台后面(好像不退回前台他就不知道怎么开口说话似的),摊开账本,笑眯眯等我。我走过他,说:"不退房,再住几天。"

65 人车

我称这里为汽车城。汽车是这里的主人,人只是雇来的车夫。这里每一寸地面都被汽车占领,不是暂时停靠,是长年盘踞,一直待到它们报废的那一天,然后被另一辆更大的车吊走。至于路,不过是一条条狭长的停车场,公墓一样向两侧无限延伸,中间留一条窄窄的过道,供车进车出时用。多数时间,过道冷冷清清,偶尔地,一两只狗掠过。汽车是这里的永久居民,它们将轮胎扎根在柏油地面,一辆车移开,另一辆车立刻填充进来,如同从一条河中舀出一筒水,河面上并不会留下一个筒形的缺口。但汽车并不是这里的原住民,它们是后来者,它们赶走了这里的土著,然后一辆一辆,像水汩汩灌进容器一样,灌满了这个城市。这里的车夫们个个身怀绝技,那些专业不过关的人都被解雇了,沦为路人。我曾亲见过三辆车,在方寸之地打太极,它们相互周旋着,以极慢的速度进,退,扭,绕,最后居然都嵌进自己的位置里,图纸一样精确。下来三个车夫,恭敬地关上车门,灰溜溜离去……这里路面倾斜,起伏不定,汽车们从未寻到一处平稳地,只能踮着脚,佝偻着背,蹲伏在斜坡上,勉力维持它们不溜车的,是轮胎的摩擦力与内心顽强的定力。因为空间有限,有些车不得不骑在路肩上,像狗撒尿一样贴住一面墙或一棵树,然后抬起后腿。常年相处,汽车们发展出了复杂多样的车际关系,经常看到两辆车车头相对,四目相交,用人听不懂的语言交流;也有关系失和的,就屁股对着屁股,留一个难看的后备厢给对方。从空中看,它们首尾相接,连成一个机械有机体,像一蓬铁皮做的花花肠子。汽车也是城市饲养的孤独的怪兽吧,孤独到快要抑郁。每一个夜晚它们栖居在树影下,呼出黑黝黝的尾气,背部泛出冷光,车窗里透出油污与过期真皮沙发的味道。再不觉得挤走人类是一件多么荣光的事,它们此时只是一群被人遗弃的钢铁怪兽,腹内空荡荡,独守着空城。白天,它们头拱着墙,啃噬着这个城市的每一处墙根。它们是食砖动物,有时也吃墙上的藤蔓植物,为了维生素 C。试图拍照而避开它们是不可能的,它们是所有景点固定的注脚,如同屏幕下方的字幕。出人意料的是,与汽车最匹配的是这里的老人,因为这里的老人终于发现了比自己还缓慢的生物,这些号称时速过百的大型物种,多数时间只能虫子一样蠕动,轮毂上的纹路都清晰可数。与汽车关系亲密的还有交警,怀着化妆师才有的耐心与细致,一辆一辆,为这些车贴上罚单。有时贴的位置不满意了,他们会揭下来,一遍遍重贴……我来这里寻访故人，被导航带进这片汽车之城，这片最冷硬的铁皮海洋中，包藏着最柔软的心。每天往返在这条路上，渐渐和每一辆车都相熟，快要背过它们的顺序。其中有很多车其实已经枯死，像是苦等某人却终年不遇的结果；从外表看，又如同老僧坐化，看不出异样。它们忠实的车夫们，像制作一具木乃伊一样，用遮光布料将它们层层包裹，再塑出一辆车的外形来（车顶上的落叶，像是一年一度，天空和枝丫的祭奠）。还有很多车已盲，挡风玻璃上包扎着居家风格的床单或桌布，它们的全景天窗，也曾是一只明澈的独眼，注视过流云与风暴……前段日子，这里的车夫们发动了一场大罢工，声势浩大，上了头条，其实不过是一群车夫对另一群车夫的暴动。如今风暴过去，汽车们继续端坐着，无论输赢，都像是正中它们下怀（每一场较量过后，失宠的都只是人类）。早晨照常到来，车夫为汽车脱下车衣，有人用一支牙刷、一瓶矿泉水，洗了一部车。车们亮闪闪的，像牙齿一样受人爱戴。夜晚它们照例首尾排列起来，像一队匍匐的蝉，在火树下做梦，梦见终于蜕掉那一身重金属的壳……每天每天，我们在这条路上起伏。道路寂寂，车无声，两颗心怦怦跳动。

66 酒　狂

想想有点对不住他，因为每次见他，我都带着一个女人。他是我的发小，说起来还有点亲戚，我爸和他妈是一对遥远的堂兄妹，他该叫我表哥，他的名字里有一个字是我的姓（我们这几家人好像都懒得取名，喜欢粗暴地把爸妈的姓合在一起，以此为孩子命名）。我和他学龄前就认识，我们在一个煤堆旁玩，厂里的闲人远远地逗我们，说："你们谁敢从煤堆上滚下来啊，我看你们不敢。"他听了，二话不说滚下来，把新换的卡其布衣服弄脏。他妈妈是厂里领导，一边弯腰扑打儿子身上的煤灰，一边支起头说："是谁这样教唆孩子的——你也是，让你滚你就滚啊，你看看人家……"她提到我的名字。我当时在旁边，抄着上衣口袋，干干净净站着。我和他，自小被人拿来对比，"你看看人家……"是家长的常用句式，心里就暗暗将对方当作另一个自己，好像我们天生就是为了做对方的参照物才来到这世上。也因为年龄接近，人生前半段完全同步，这对比就来得更方便一些：学龄前我们在同一个煤堆旁玩，上小学时我们在同一个班，中学时我在二班他在三班，高中我在五班他在四班，大学总算分开了，但还在同一个城市，他学理我学文，人生之路看来要渐次分开了，可那几年正赶上全国并校热，终于还差几个月就毕业时，我俩的学校光荣合并了，我们的大学毕业证上印着同一个章签着同一个校长的名字……除掉这些简历上的重叠外，我们还有更多的共通处：高中时他有了他的爱慕对象，我有了你，晚上放学骑车回家的路上，我们有了共同的话题。高考过后，我们在同一部电话上查到了各自的高考成绩，然后去同一个城市读大学，常常我去找他或他来找我，只为了看同一部碟片或在同一个球场上踢一场球——我们总是分在同一伙。大学毕业的那一年，我们都失恋了，坐在同一个广场的水池边上，准备和这个城市做最后的告别，也向彼此告别——我们都考上了研，他去西北我去东南。"那年你决定朝北而去，而我却选择向南的路"，我们的人生之路就此分岔。毕业后我们留在各自的城市，他早早结婚生子，而我在一个又一个女人身上徘徊，自煤堆相识之后，我们开始了真正的渐行渐远。偶尔地，他来我的城市出差，或者我去他的城市旅游，我们就匆忙见一面，吃饭，喝酒，宿醉，然后一觉醒来，又回到各自的生活。我的愧疚与此有关：即使这样宝贵的见面，也没能干干净净地留给我和他——我总是带着一个女人见他，有的是正式的女友，有的则来路不明。饭桌上我们文质彬彬，只能在相约去小便的路上才更像一对哥们儿，只在小便池前才聊一些男人间的话题。我羡慕他有一个稳定长久的婚姻，这么多年过去了，他口中的那个她，仍是同一个名字，而我呢，每次都试图向他证明：这次定了，就她了，可是下一次见面，身边又换了一张面孔。（或许他也在羡慕我？）他曾试着认真记下我某一位女友的名字，免得下次叫不出来不礼貌，后来他放弃了，干脆再见面时等我介绍。我终于要结婚了，那段时间他忙着全国各地出差，婚前一天，他特意在天上拐个弯，空降在我的城市里，给我送来一个红包（他是一个制冷压缩机领域的商务忙人，有一次我在他面前打开手提电脑，屏幕显示自检倒计时，他当时正准备接通一个电话，眼角瞥见屏幕，竟隔着我的肩膀，条件反射般伸过一根手指，叭一声，准确点在我的回车键上，让电脑跳过自检程序——这是他多年来无数次在百忙中开机所养成的习惯）。因为第二天还有大事，我们只喝了很少的酒，晚饭后我送他回酒店，也为了避开家人。我们一路聊，后来干脆坐到路边一个小公园的石凳上聊（深夜，公园，树丛掩映下，两个男人排排坐，这画面，单是想一想就有些诡异）。可是听听吧，我都和他聊了些什么？宇宙，星空，三体，光速……而他打开手机，给我看他女儿的照片。他是一个女人的丈夫和一个四岁女孩的父亲，而我还"未成年"，还未进入真正的生活——

也只有最后一晚了。此前和此后我与他的历次见面中,身边总有一个女人,只有这一晚,我的单身之夜,新娘在娘家,父母在家里,我暂时逃脱出来,与他聊些不着边际的事,把我最近读过的书看过的电影向他推荐了一遍(大概两年以后,他来消息,说他利用两年里等飞机的时间,读完了其中一本,没太读懂)。回想起来,我有两个密集读书期,一是刚工作的那一年,二是婚前,在这两个史无前例的忙乱期,我居然抽空读了那么多书(多数是科普和科幻书),好像之后再没机会读书似的。这是我应对恐慌、平衡俗务的惯用方式,到了这一夜,我大概也知道这方式就要结束,是时候小结一下了,因此倾囊而出。然而毕竟各自都有要务在身,我们不敢聊到太晚,他邮箱里有一百多封邮件等着回复(他给我看过,137封未读),我回家后还要和司仪通一个电话,并背诵第二天的婚礼发言。我们在小公园简单地告别,采用了男人间流行的握手。我记得握手时我们都有点不好意思,似乎还不太适应这成年人的新玩意儿。我注意到,他开始在人前称呼我的大名了,只在私下里才脱口叫出我的小名。再见面是三年以后,我和妻子去他的城市旅游,他推掉所有事情,开车来接我们。在路边等他的时候,我就兴奋地在地上来回走(我想到《断背山》里两人婚后第一次重逢前的情景),刚才在电话里我问他的车什么颜色,他说了颜色和车型,挂掉电话我不禁大笑——我们俩连车都是买的同一款,只是颜色略有不同。上了车,他像个导游似的,一路给我们介绍当地景点、民俗还有产业支柱什么的,我知道,他有一多半是说给我身旁的妻子听,如果只有我们两个,他不会说这些。我们在车上就聊得有些过头了,以至于他在自己的城市里开错了路,错过了预订的酒楼。他的老婆等在酒楼的包厢里,施了妆,仍是多年前我见过的那一位。我们分宾主落座,摩拳擦掌,预备又一场大醉。那一晚多高兴啊,爱人朋友近在身旁,幸福触手可及,人生似乎一下圆满了,所有那些所谓的不圆满,此刻都像是酒醒后的矫情。啤酒上了一轮又一轮,我们很快把自己灌醉,我说我要上厕所,他马上说:"等等我,我也去。(此前我们已经互相比拼着憋了很久)"两个男人搀扶着出去,在过道和楼梯上拉扯着,险些摔倒。小便池前我们终于卸下所有身份和角色,回到两个纯粹的男人,他腾出一只手拍我肩膀,叫我小时的名字,说:"你告诉我,你这辈子到底有多少个女人?"我俩哈哈大笑,我记不清有没有给过他一个确切的总数,多半没有。但是回到饭桌上,我们就正经很多,他有一种天生的得体,知道在什么人面前该说什么话,再不是煤堆上那个莽撞的少年,也因此,我什么事都不对他隐瞒(至少那时是),也无须提前统一口径或交待什么注意事项,他自动将话题切换到今晚适合的尺度。服务员又上酒,他问服务员:"你们营业到几点?"服务员说凌晨两点,他大手一挥说:"那我们就喝到他们关门!"但是十分钟后他接了一个电话,听他女儿在电话里撒完娇后,他就改口说:"就喝完桌上这些吧。"后来,桌上那些我们还是喝了很久。我们再也不装了,开始越来越频繁地上厕所,有时相约一起,有时等不及先跑,又在过道邂逅,互相用手臂撑着墙说话。我们的谈话似乎分成两个频道,一个在饭桌上,一个在厕所或来去厕所的路上,每次都能接上前面的话题,并且互不干扰。后来,我们待在厕所的时间快要超过饭桌,两个女人则被丢在包厢里,聊些孕期保养啊唐氏筛查一类的话题。出酒楼后叫不到车,我们两男两女在大马路上走,迎着过往车辆打手势,喊停车,我们俩又不约而同想上厕所,周边却没有,他把我从四人组里拽出来,回身对我妻子说:"你放心啊,我带他去去就来……"我们跌跌撞撞地跨上路肩,沿一片漫长的台阶往上攀,去寻找传说中一家剧院侧面的豪华公厕。剧院还在,公厕却下班了,"他妈的公厕也下班",我们骂骂咧咧躲到剧院后墙下面,却躲不开头顶明晃晃的灯,"你先来,我挡着你!"我们背靠背站着,他对着大街张开双臂,尽量扩大自己身影的面积,我在那身影下扯开裤子拉链,对着墙。我们的影子叠在一起。我说:"靠,你张俩胳膊干吗?你怎么不上下晃晃?省得别人看不到我。"他真的上下摆起胳膊,我看着墙上的自己像生出一对翅膀。他说:"喂,其实你不知道我这些年……"我扭头说:"什么?你说什么?"他说:"我说你!你不知道我!这些年——我靠!你怎么回事我的皮鞋很贵的好吧!你撒尿也不看着点地形把我的鞋都泡了……"后来我们换到更有利的一处地形,轮到我挡着他。他默默地尿了很久,我没伸胳膊,他也没再说话。回去的路上我一直扭头看后墙下面那片空场,发现那其实是一个圆形的露天舞台,处在这一带最醒目最无遮拦的位置,灯光照耀下,可以清晰看到地上有左右对称的两滩阴影,蜿蜒而下,像两行巨型的眼泪。此后我们又是三年未见,只在节假日互发些祝福的短信,有一天早晨看到手机新闻,某条街发生地下煤气管道爆炸,把一条街炸成一条沟,汽车都炸到房顶上去,我马上给他发了消息,中午他回给我,说:"刚下飞机,没事,事故发生在郊区,离我们远着呢,放心。"他仍然满世界飞来飞去,偶尔在朋友圈发个图,多半与工作有关。有一年我在呼伦贝尔,朋友圈里发了几张照片,他在下面点了赞,我回他:找个机会,包辆车,一起去旅游。他回我:好,过几年,等我们家二宝再大点,两家一起去。那一天,他家二宝刚出生七个月,我刚开始离婚。我们没有再说什么。又一天上午,我在朋友圈发了几张照片,很快收到他的私信:"你在厦门?"我说:"是啊,你也在?"他说,刚下飞机!我说:"什么时候离开?"他说:"明天一早。"我说:"那今晚碰头?"他等了一阵,说:"好!"这一年我三十九岁,他三十八岁半,下午5点,我们电话里商量碰头地点,听得出他那边还兵荒马乱地忙着,我们简短确认几句,要挂断了,我又叫住他:"等等等等,呃……今晚,我带个老朋友一起来怎么样?你也认识的。"他听出我声音的异样,就从一堆背景音中走出来,听筒里安静了,我听到他说:"男的女的?"我说:"女的。"他几乎没停顿,说出你的名字(你的名字,我对世人秘而不宣。我几乎从未在你面前叫过你的名字,那样太郑重,我还没想到有什么重要的话题能配得上这样直呼你姓名。你的姓名,即使听第三人无意间提到,我还是会不自觉地紧张)。说起来,你、我、他,我们三人同框,十七年前也曾有过一次,也是在酒桌上。那是大学毕业的前夕,我们刚刚牵手,消息传到班里,不知是源于怎样的风俗或动机,我那帮同学嚷嚷着要我请客。我和你商量了,决定会会他们。那场面像过去乡下定亲,主办方备一些酒肉,在亲友见证下,一对青年确立关系。让我稍有意外的是,你竟对这场合不抗拒,甚至称得上欣然前往,后来回想,大概与你我在操场上公然牵手的道理相通。总之我们在校外小酒馆订下一桌饭菜,好像小夫妻筹办一场简易的婚礼,邀请的同学中,有我的几个室友代表,同桌、老乡或班干部代表若干,男女同学各半，组成结构非常合理的一桌人（而十七年后你坚持认为那晚的女生过多了）。然后，现在回想仍觉得十分英明的是，我把他从另一个学校（那时我和他的学校还未合并）叫来了。因此可以想象，那一晚我多么得意，一边向人介绍"这是我女朋友"，另一边向人介绍"这是我发小"（成年之后，我总是醉心于制造这种以我为中心的圆满，有时一边是爱情一边是友情或亲情，有时一边是北方一边是南方，一边是本我一边是超我，一边是皆大欢喜一边是一意孤行……这满足了我的贪婪和虚荣，也让我时常处于分裂和冲突的中心）。那注定是一个狂乱的夜晚，如果有人要喝醉，那个人一定是我，只能是我（不然还能是谁呢？你喝醉了不合适，你是女孩，在我同学面前你还是个客人；他喝醉了也不合适，他是我请来的救兵，比我醉得还快，那我们俩谁救谁？场中其他任何一人喝醉了，好像也不合适，你我的定亲会上，TA倒喝醉了，满嘴疯话，像什么话）。于是我挺身而醉。我因此对那晚后半段的事印象不深，不是时间久远，而是当时就不记得了。我只记得刚开场时，一群半大小子半大姑娘们学大人的样子起哄，要我先讲两句，我生涩地端起酒杯，却不知道要说什么，这时候，我请来的救兵发挥作用了——他站出来，替我们主持了整个夜晚，像个真正的大人一样，将那场面调度得合理有序，又足够低调，没有抢了任何人的风头，他以一位理科生的稳重务实平衡了一群文科生尤其是我的胡闹。后来我们都离开座位，随便捉住一个人私聊，再后来，所有人都忘了自己坐哪里，连酒杯和筷子都混用，正是在这种失忆性的混乱中，我冷落了你。你大概也站起来几次，去应对别人的敬酒或恭维，然而渐渐地你意识到，你以主人公的名义来到这里，却是这场聚会的局外人，这群人包括我，聊着班里的各种奇葩与趣事，说着毕业前夕的肉麻话，哪一句与你有关？这场醉酒因你我而起，本质上却不过是毕业前一系列分手饭中的一次，你我，尤其是你，不过为这一次提供了一个由头，让那个开场白更名正言顺一些，一旦开场，这事就逐渐与你无关了。你慢慢坐回自己的座位上，再没有站起来或笑起来的理由。最可疑的是其中几个女生，专程坐过来，有意无意地向你说起我，那种知根知底的语气让你不适，好像我是她们的人，如今要交接于你，却保持着随时可以收回的优势。所有这一切我都没有注意到，我正全力沉进一场醉酒中，我的身体因为年轻而燃点过低，早早把自己烧得轻飘飘的，我大概还没忘记回到你身边，拿手牵住你，那手滚烫，却不专注，你被我握在手里，像一个招牌，哗啦哗啦向众人晃着，你几乎要甩开我，却发现我提前就松了手，急着去和另一个人碰杯。因为我的关系，你和我的发小早就互相有所耳闻。现在，也因为我，你们终于来到一张餐桌前，你没想到，他竟成了今晚最值得信赖的人，却也只能帮你到这里——你看到他和我耳语几句，我就乖乖回到你边上，重新拉起你的手，老实几分钟。散场时，人们仍兴奋地互相拉扯着，快要忘记该回哪里去，也是他，几次拉住我，向我面授机宜，否则，我是不是要忘记该先送你回去。我打车送你回学校，在女生宿舍楼前，黑漆漆的大树下，长椅旁，我们的记忆出现了些许偏差：我记得你打了我一耳光；而你说，你只是说"我真想打你一耳光"，并没有真打。是我记错了吗？十七年来我一直回忆那一耳光，越是回忆，那火辣辣的触感就越真实，如今却被你一口否决。想来，对于整晚都得意忘形的我来说，那一句"我真想打你一耳光"，威力不亚于一个真实的耳光，足以让我的半边脸滚烫，酒也醒了一大半。那天早些时候，我俩去饭店的路上，我记得，在车站附近的花坛边上，你还伸手替我整理衣领（那是你第一次替我整理衣领），到了晚上，你却打我或威胁打我一耳光（那是我们之间第一次出现裂痕）。当晚我回到自己的宿舍后，第二波醉意袭来，比之前的还要深刻和持久，很多男生包括外系的男生，端着脸盆光着膀子去水房的路上，有幸目睹了这样一幕：一个男生半躺在过道里，头抵在剥落的墙皮上，满口说英文（那时我刚考过六级，又刚结束考研，正处在英语水平的巅峰期）。也听不太清到底说了什么，反正一串一串的还挺流利，蹲在一旁劝我的同班男生们，因为根本没法和我沟通，后来干脆也说起了英语，你一句我一句将五楼走廊拐角变成英语角。那晚，我们班派出口语最好的一批男生轮番上阵，也没能止住我喷薄而出的表达欲，究竟我对你憋了一肚子什么话啊，非得躲在外语中才能说出来。如今再也没法考证，这成为那一届毕业生们多年来历次聚会的谈资与笑料，那个一贯羞涩寡言的男生，终于在一场醉酒后爆发，原来也有满腹的异国惆怅……却说发小，这个夜晚也并不太平，打发这群男女结对散去后，他越发显出孤单，他急急奔到离他最近的一处磁卡电话，像扯下氧气罩一样扯过一个听筒贴在口鼻间，他拨通一个IP电话，电话那头却是另一个女生，女生说："她不在呢，不知道她去哪里了呢，不知道和谁出去的呢，也不知道什么时候回来呢，你是谁啊，哦，你是那谁吧……"我和他，连初恋情人都出处相同——都是高中低一级的女生。我自然也见过那女生，当年她穿着洋气的小皮靴，生着一副俏皮而高傲的脸，伶牙俐齿，每次我看到发小落寞的样子，总会想起那女孩的脸，想他终究不是她的对手，却不好点醒他。这个夜晚，"空气里都是恋爱的味道"，他将那哑铃般笨重的听筒挂回去，将IP电话卡揣回兜里，看到一辆公交车远远驶来。他的梦中情人在异地，三小时车程，而他今晚的酒喝得不够多，无法支撑起一次说走就走的造访，又不想这么快就回到那个明亮喧嚣的宿舍里，将自己的失落公之于众。他决定步行回去，将沿途电话打遍。那是手机普及的前夜，磁卡电话仍盘踞大街小巷，它们总是成双成对地立在街边，提醒人们孤独的人是可耻的。它们顶着两个醒目的黄色圆顶，吸引着满城的寂寞人凑过来，赌一赌手气。这一晚，那些周期性出现的磁卡电话像一个个灯塔，放射出黄色的暖光，引他一路游走下去，像一位裸泳者。起初那女生还耐心应答，后来就渐渐不耐烦这闹钟一般定时响起的铃声，他再打过去时，便只有呼叫没有接听——他怀疑对方将电话线拔掉了。然而那是她唯一的联系方式啊，他像牢记自己的身份证号码一样牢记那一串数字，恨不得天天打过去，却至多只有一半概率找到她。那个爱穿皮靴的女孩，上帝一样精确控制着那概率，让他打来的电话总是接通一次，落空一次。即使接通的那些电话里，女孩也巧妙地遣词造句，让他上一句听到希望，下一句就是绝望，以确保这样的关系可以一直持续下去。今夜，他赌气一般横穿过整个城市，将途经的每一部电话都试打一次，好像要将全年落空的电话都打完，以换取一次畅快的接听。那张新买的 IP 电话卡的卡号和密码，他一开始要对照着那串数字，一个一个输进去，后来他早将那串数字背熟，盲打，却整晚也没打掉几块钱。日后我俩坐在泉城广场的水池边上，回顾起各自的苦情史，各有一整套经验与教训，却互相不能借鉴。（后来你突然从天而降，把我们尤其是我吓得半死，你大踏着步子走向我们，像是为了寻仇而来，我正准备接受那迎头一击，你却眼神空空地走过去，根本没看到我们。我们像惊魂未定的小船，目送一艘眼看要撞在一起却在最后一刻神奇地擦肩而过的巨轮远去，我们身旁那片新落成的泉城景观水域，久久不能平息。）那一天我们二十二或二十一岁，当晚我们在街边找到一处大排档，点了上百根肉串还有啤酒，压惊，也为告别。没想到的是，多年之后我又把你带回来了，也是在一处大排档，这时我们已人近中年，男生们各自都胖出一圈，女生则瘦了（他一见你就大喊："你怎么这么瘦了！"整晚他将这话至少重复了三遍，好像你当晚又瘦了三次似的），戴上了黑框眼镜，个子好像更高，眼神却低下来了，不再那样灼人。有他在场，我更感到世事难料，当年的你我不欢而散，称得上惨烈，我曾在一个暴雨天给你打电话，他就陪在我边上，用陪家人进手术室的那种眼神看着我。他把他家的手机借给我用，那时手机刚发明，我就站在雨地里，用这高科技的玩意儿拨你家的号码，冒着被雷劈的危险。如今却是在一个大晴天，我和你笑吟吟地结伴出现在他面前，像是这些年什么事都没发生过（其实你我都知道，我们之间发生了很多很多事，只是能说出来的少之又少）。那是一个著名景区旁边的饮食街，又赶上旅游旺季，一条街的门店都把桌椅支到路中间，两边快要接上头，坐在这家店里伸一伸胳膊，能和另一家店的客人碰杯。这样的氛围适合今晚，好像全世界久别重逢的人都来了，包下一整条街，要吃喝哭笑到天亮。我们大声打招呼，大笑着说话，煞有介事地交换名片，恭维，自嘲，和服务员逗笑，靠这样的虚张声势来掩盖内心至柔至弱的那一角。那一角一触即发，只等着一场酒。你，我，他，三人同框（可恨那一晚我们竟忘记了拍照），如果作为一个项目，可能要在各部门配合下筹划很久仍未能成行，可是今晚它说来就来，我们幸福得手足无措，指尖和嘴角都微微战栗。这仍是一场以我为中心的圆满，我是这组关系中当之无愧的最幸福者，我知道这样的时刻一生没有几回，我不断提醒自己，要高兴，要笑，不要哭。来之前我纠结了很久，要不要对他说我的事？我不太想说，然而最终很可能还是要说，我了解我，也了解酒。但是，我们三人在桌前坐定的那一刻我突然决定，还是不说了吧，今晚只聊往事，别让那些龌龊的眼前事倒了胃口（而他也默契得很，从头到尾不问及我的家庭，除了你和他的初恋女友，再不提及第三个女人）。这是你的城市，但这样的场合下你更像一个客人，三人一坐下来他就意识到了这一点，无师自通地将电灯泡和主持人的身份接过来，招呼服务员点菜点酒。他点了各式的啤酒（我们喝过各种酒，最爱的还是啤酒），五颜六色能拼出一个完整的色谱，如今他是生意场上的熟客，足以应付这场面吧。我和他交替问了你几次："可以吗？能喝一点吗？"那段时间你我的肠胃都有状况，其实是不敢碰那些冰镇生啤的，可今晚谁还在乎这些？你接过一杯扎啤放在身前，说："行，喝一点！"事实上那晚你也没有少喝，你将原定必须回家的时间一再推迟，大有"拼将一生休，尽君一日欢"的气势（多数时间我反对这句话，然而事到临头我们都是这句话的俘虏。当晚你一回家就要接受舍友的冷眼与质问，然后第二天一早我们就开始分头拉肚子，你后来分给我半瓶黄连素，哗啦哗啦在我包里响了很久。之后很长一段时间我闻到酒味就恶心，我开始认真思考戒酒这件事，然而并没有用，我戒得掉酒，戒不掉大喜和大悲）。我们坐在同一侧，他坐对面，好多次，我的手不由自主地伸过去，要去牵你的手或拉你的胳膊（如今我再不需要任何人提醒），你都躲开了，然而我伸得太过自然，你即使躲，也躲得太过亲昵，我们的身体关系瞒不了任何人（就在前一天的早晨，我和你刚有了第一次的身体关系）。每当这时候，他就把眼睛望向别处，或是低头自喝一口，一晚上下来，我们虽然每喝必碰，尽量平均进度，他还是偷偷多喝下很多。今晚，如果一定要有一个人醉，我原以为还是我，结果却是他。他在第 N 次将眼睛转向别处后，终于清一清嗓子，向我们说起了他的初恋女友。他与她那欲断还连的关系,一直滴滴答答地持续了多年,像那种年久失修的水龙头,总也等不来一场痛快。他们和我们还不一样,他们离得太近,一直未逃出一个大的熟人社会,各种聚会各种群里面,总是影影绰绰有她的消息,始终也做不到真正的杳无音信。他早已结婚生女,又生一子,因为脂肪肝,他不得不坚持每晚饭后散步,公司聚餐时,新来的小姑娘都喊他大叔,他们班已经有一个同学患癌死去……就是在这样的年纪,他又遇见了她。(这一年是高中毕业二十周年,二十年像一道坎,我们身上多数部位都在死去,早就死去的那一小块却活过来了,我们纷纷掉进这坎里。这是市面上流行的中年危机吗?我觉得不全是,我们从不承认什么中年,我们只是青春期太长了。)她在一场聚会中不告而来,所有人都掩饰住自己的惊奇。有好多年她刻意隐瞒行踪,人们只能根据一些传言推测她过得很好,或很不好。不想这一晚,她异常惊悚地亲自来了,人们停下正热烈探讨的某个八卦(事后所有人都后怕地回忆,她走进来时他们有没有正聊到她),看她轻飘飘地坐进来,加入这场聚餐中。她剪了短发,甚至比过去更好看些,然而那张脸像被撕碎又重整过,他几乎一眼就能看出那些拼接处的细纹。待人们反应过来,便前呼后拥地欢迎她,要她罚酒,实则掩盖刚才那片刻的尴尬。他则紧张地酒都醒了,犹豫该排在第几位和她碰杯，她倒是大大方方，将一杯斟满的酒杯先举到他面前。大家多少知道一些他和她当年的事，正愁于没有新的糟点，此时就将全部议题放到他俩身上，他身边一位女同学火速让出座位，让她坐到他的旁边。那晚后半段像做梦一样，他震惊地得知她竟然和他在同一个城市，而且单单最近一两年的出行中，她和他就有多次时间和地点的重合，他却从未撞上过她，不管在家门口还是另一个城市的机场或酒店。她嫁了一个加拿大人，生了一个洋娃娃（她将手机桌面上那个混血儿的照片在众人间快速展览一圈，惹得满桌一片赞叹声，人们有些遗憾地发现，她竟然真过得很好，比之前传闻的还好。他并无醋意，倒多少释然了一些：还好，还好，不过是个加拿大人，我还当你要嫁个外星人呢，而且，到底也不是某人和某人——当年他在心里密存起一份情敌名单，现在这黑名单可以撤销了——他至少没有输给他们）。这之后他们重新联络起来，她像狐仙一样空降在他日复一日安定团结的小日子里。然而真正私聊的时候，他们反倒客气起来，因为从没有人主动发起，他们很长时间里都没有聊起过去那些事，只是客观地怀旧，或不痛不痒地谈及现状，好像他们一直都不太熟。只有一次，他奔波一天，又在深夜的异地酒店处理完当天的一百封邮件后，内心突然波动，试着给她发出一条消息：还记得吗，那年暑假，我给自己定下目标，每天给你写两封信,后来真做到了,每天!两封!他加一个龇牙大笑的表情在后面,以冲淡这消息的分量。又想这个时段给她发这样的消息,会不会引起加拿大人的不快,又揣测她看了会怎么想,怎么回,这样一直闹到凌晨两三点才睡。结果是第二天中午才收到她懒洋洋的回复,就两个字:有吗?另一次,她在晚饭期间(他难得和家人一起吃晚饭,她像是故意挑这个点发来消息,以报复他上一次的深夜骚扰)发来消息,说有一年冬天她好像在昆明翠湖看到过他,他和老婆孩子一起在水边,逗弄那些打西伯利亚远道而来的海鸥。他正为岳父倒酒,也还为她上次的回复而恼怒着,因此只回了两个字:有吗?但是当晚他打发家人歇息后,就急急到储藏间翻出相册,他也不知道有什么可看的,只是急于回到那个现场。储藏间光线很暗,他站在地上看昆明拍的照片,一张一张,终于,他僵在那里,因一项意外的发现而脊背发冷。(其实他讲到储藏间时,我已经神志不清了,后面那些内容都是事后你告诉我的。我本以为这场酒只有一个人醉,不想我和他都醉了。可见一场酒至少要留一个清醒的人,不然那么多酒后真言与人生真相说给谁听?)这之后他们仍不冷不热地联系着,他一面试探性地出击,一面也防御着。他想,如今他堂堂西北大区经理,掌管着近三十人的团队,难道还要受她一人摆布不成?他们都分别拿出一两场饭局,邀请对方前来，他和她急匆匆赶去，才发现自己不是唯一的被邀请对象。终于在一次聚会中，他得知加拿大人回加拿大了，携同那个混血儿（他认定她是有意等他落座后才宣布这一消息的）。当晚他抱着不论好坏一定要有个说法的心态，直接将一条消息发过去：今晚想去你那，可以吗？如今他不那么珍惜她了，因此敢于这样试探和冒犯她。他虽然常年以酒店为家，但此刻他不喜欢酒店，那地方不适合他和她，他和她如果有什么关系，也不该是相约开房的关系。她不回消息，他将这冒险进行下去，又追加一条消息：已经在路上了。她的回复却应声而至：路上能买点酒吗？他这才手忙脚乱地起身找车钥匙，试了两次才将车子发动，然后低吼着驶出车库。一场醉酒，一场往事，也许还有别的一些什么，正张开怀抱等着他，他觉得整个车身都在兴奋地抖动。晚高峰已过，路面通畅，他像被一条河带着，不可逆转地漂向她。然而就在他中途进一家超市买一瓶酒一盒安全套的功夫，他心爱的座驾却像心梗患者一般猝死在路边（车没坏，是车钥匙没电了，整个车立刻像个外人一样冷脸密闭起来，将他关在门外——他前一年把机械钥匙弄坏了，因为有电子感应钥匙可用，他就一直没去4S店换——他返回那家超市，那家超市什么都有，一号五号七号所有型号的电池，唯独没有车钥匙上那种纽扣电池。他以该超市为

· 212 ·

中心，步行向四面八方去找，那粒神奇的纽扣电池如同违禁药品一般，被所有的店家拒绝出售。他最后只好回到自己的车跟前，乞丐一样向过往司机求助，希望他们中的某一位善人能相信他，进而将车停下，将自己车钥匙里的纽扣电池抠出来，借他一用。他只要将那车门撬开一寸，将放在里面的手机取出来——手机里存着她的电话号码和家庭地址——他的下半生就算得救了。后来，他又将那诉求简化为只是借手机一用。然而没有人相信他，一个都没有）。时间，一开始是一分钟一分钟地，后来是十分钟十分钟地过去了，他口舌干燥地举着一瓶酒，却不能喝，他在自己的城市里被遗弃，他和她永远地，永远地失去了那机会。（这个故事准确吗？毕竟我和他是那种每隔三五年才深聊一次的朋友，因此，我暂时不便向他求证。我因为醉酒错过了这故事的原始版，几个月之后你向我转述时，我一直在想，这故事包含了多少你的主观成分？或者只是你微醺中的臆想？这是另一版本的你和我吗？）夜晚如此明亮，所有事物都在发光或反光，整条街上的酒都淌成一片，所有人在和所有人碰杯，说话，无数个真相现身，瞬间又被埋没。（我好像不在场一样，将所有高潮都错过，事后我问你，你在那晚的感受如何？你说了三个词：感慨、遗憾、幸福。我问你感慨什么，遗憾什么。你说，感慨的是，原来每个人年轻时都有那么多没让对方看到的爱，最终有机会让对方知道的，只是极少数吧；遗憾的是，我和你，他和她，都没能走到一起，如果这一晚我们四个人两两一组牵着手聚在一起，该有多好。）他站在储藏间的地板上，像被头顶的一柱光固定住——在一张全家合影的远景处，看到了她，夹在一群陌生游客中，短发，无脸，然而他确定是她。她站在他们一家人的背后，用无脸的目光盯着他们的后背。那目光不但盯着他们，还穿越时空，盯着那一夜站在储藏间里看照片的他。他和她，以这样一种方式对视良久，他感到后背收紧，整个人被一股自上而下的力量提起来。（老弟，你真是这样说的吗？你不远万里来给我们讲一个鬼故事，你想干什么？）夜深了，我们三人挤在一辆出租车里，为先送谁后送谁而大声争执，久久没有结论。司机并不着急，乐于看我们将这游戏进行到天亮。后来，本着女士优先的原则，还是你先说出了一个地址（待一切平稳后，他专程在大白天驱车去了那个地址——从那时起他常年在钱包里放两粒纽扣电池——他把车停在外面，心态很好地在那小区里转完一圈，明白他终究不是她的对手——那小区里根本没有那个门牌号，世上根本不存在什么久别重逢）。我不敢和你在同一个地址下车，叫司机继续开。司机问留在后座的两个男人，接下来去哪里。我们都忘了要去哪里，我说了一个名字,他打断我,说:"师傅别理他,他喝多了,他说的不是地名是人名。"那一夜,司机载着我们转遍大街小巷,我俩瘫在后座上,我好像叫了很多人的名字,不知道他有没有一一记下来,算一算总数是多少。多半没有。

67 陋巷

这是一片没有导航的地方，所有路线都绕着这里，其中的纵横交错，连卫星都参不透。这里的树种在房顶上，人和房子都在生长，我来到这里时，他们似乎已长到一个临界点，即将爆破或变形。我在里面转悠了几天，远未看透它。进到这里面的人，来去都只能依靠方位感。好在所有的巷子都是通的，路都是活的，在那些看似没路的地方，你只管走下去，走到底，旁边必现出一条岔路，转进去，又是一番天地。这里没有死路。有时候走着走着会直接走到一户人家的客厅里，这是唯一需要提防的事。巷子最窄的地方仅容一人通过，有时候一个人和一只狗遇见了，互相也要避让着走。如同当年远洋轮船要根据巴拿马运河船闸的宽度来设计船身，当地环卫部门也根据巷道尺寸专门设计了垃圾车，这车开进巷道，像抽屉插进导轨一样严丝合缝，环卫工的车技也真是高超。消防车当然进不来，消防局就在巷子里设了消防管道，一拧就出水。火灾毕竟不常见，大概为了确保这些设施随时能用，常有居民趁倒垃圾时把它们拧开，洗洗手，或者冲冲垃圾筒。这里的建筑都极具扩张性，常常在墙上鼓出一间房，或者窗口探出一截防盗窗，将公共的路面或领空据为己有，将私人空间最大化。有一户人家，大概实在没处安放洗衣机，就在屋外设一铁笼子，笼子上了锁，将洗衣机囚在里面。来往的人们只好绕着笼子走，慢慢默认了这块空间的私有属性，这间外挂的洗衣房终于合法。法不责众，于是这里家家都开始外挂，房子被撑得鼓鼓囊囊，向四面八方膨胀，巷道被挤压成锯齿形，人在里面走，要时刻注意躲闪。地面空间用尽，他们就往空中发展，走在这些巷子里，常常抬头看不到天，只有狰狞的阳台与电线，以及滴水的花式内衣与床单。（我在一个三岔口遇见一位胖叔，他顶着大肚子走路，那肚子已是这巷道所允许通行的最大肚子。胖叔看来并不着急赶路，见我不像本地人，就上来和我搭讪，给我递烟，责问我为何不去鼓浪屿，我说我喜欢这些巷子，他就趁机讲起这巷子的历史。"过去，只有这一小片才叫厦门。"他说。他是安徽人，1988年参军来到这里，1997年买断退役，娶了厦门的媳妇，定居至今。他满腹牢骚，从中央到地方，国际到国内，没有一项他满意的。只有讲到这一片社区时，他语气稍稍客观些，据他讲，最早这里的房屋也算工整。"喏，这是原来就有的房子，这是后来扩建出来的。"胖叔仍能分辨出房子的新或旧、合法或违章，而我完全看不出区别，在我看来这里就是一堆胡乱生长的石头与砖瓦，骨质增生一般不可遏止。厉害的是快递小哥，即使在这里仍能做到精确投递。"慢点慢点，对面有人！"胖叔每看到一个快递小哥就喊，"骑车还看手机！"胖叔的语气里兼有定居本地者的袒护、自傲与外来者的指手画脚。）早年间，周边能拆的都拆了，建成了商业区和步行街，这一带的人和砖头就抱团抱得更紧，终于，再没有一家拆迁公司能将这片环环相扣的土木拆解清楚，看上去他们一户一户是独立的，其实早在地下和空中手拉起手，结成一家，生生世世再不分开。这里的另一特色是电线密布，有的缠绕成一圈，有的捆扎成一束，比人的思路还难理清，世上再没有一把快刀能将这团乱麻斩断。从高处看，好像造物主画出这一片社区后很不满意，又拿笔划掉一样——这些黑乎乎的电线正是粗暴的划痕。站在巷道任一点，每一眼望去都是海量信息，细节多到扎眼，能穷尽画家的笔触，所以常年生活在这里的人都习惯了半闭着眼走路，做事，免得眼见了心烦。这里也并非平地一块，而是台阶连着台阶，即使平路，仔细看也有倾斜，因此像山路一样不可预期，总给人峰回路转的感觉。早上，年轻人在这里健步如飞，手里拿着早饭和手机，并不怎么看路；老年人手攀着扶手、墙缝、窗棂、下水管等所有能攀附的东西，将自己挪上或挪下。熟人遇见了，边走边打招呼，走出很远了仍能对话，巷道密闭如声道，能将声音传出很远。（自从你带我走过一次"小走马路"后，我就迷上了这里，送你上班后回来或是去接你下班的路上，我常常拐进这里面，一条巷一条巷地走。）那些砖瓦灰墙包裹着我，让我有一种安定感，我喜欢这繁华深处的破败，以及荒凉深处的生机，再没有比衣架上一件滴水的艳丽内衣更生机勃勃的事物了，它们像植物一样茂盛一样饥渴地向阳。有时候，阳光真能拐弯抹角地射进这里，在墙上或地上留下一小块亮斑，像天外来光。有一天起风了，一些干树叶来不及刮跑，漏进这巷子的深处，掉在谷底，在石板上滚动，发出持续的清脆的金属音。还有一天我酒后晚归，又进到这里，头顶突然传来钢琴声，混在一片煎炸蒸炒的晚饭声中，清晰而惊人，我转了几圈也找不到那琴声的出处，诧异这架巨大的钢琴当初是怎么搬进这巷子里的。早晨我独自摸索一条新路，转角的石阶上，红色的三角梅花瓣落了一地……有一天我正走路，头险些撞到一双鞋，那鞋用鞋带挂在电线上，迎风漂荡，极富动感，我拍下来回去百度，是 Under Armour 的 HOVR 跑鞋，广告词是"具有漂浮感的缓震系统"——这里生活着一群同你我一样的人类：一个小男孩坐在自家门前台阶上，与系在排水管上的一截尼龙绳玩了一上午，嘴里念念有词。身旁是编织袋、垃圾桶、三合板、防盗门窗、空调外机、电线、电表、洗菜池、洗洁精、三面颜色各异等待阳光晾晒的抹布,阳光迟迟照不进来,男孩像坐在一口深井的底部,这深井也是一个完整的世界。人们抓紧一切时间和空间晒衣服。阳光、新鲜的风是这里的稀缺品,衣服床单是捕获这些稀缺品的布袋子,代替那些忙碌的肉身们去感受光和风。夜晚,当人们换上干爽的睡衣、躺在干爽的床单上时,一定会深吸一口气,吐出一天的积怨。看得多了,会发现这里的人们仍谨守着某种分寸感,在局促的现实下,仍为自己和他人留足了空间——那些逼仄的通道,你也可以说它们很符合人体工学,只要你足够熟练,仍可以在里面自由穿梭。那些被我称为极具扩张性的房子,换一个角度看,其实也兼有收纳性,他们骨子里仍有一种要将里里外外归置利索的追求——不像有些地方,只要自家整洁就好,全不管外部环境怎样脏乱差——那些石板或混凝土铺就的路都很干净,好像刚用水清洗过,让人可以放心下脚。再比如那些让我惊奇的水表,一个一个工整排列,像德国人那样严谨到富于美感,那几天,我一看到这些水表就拔不动腿,像查水表的一样看了又看。我还在一个楼道口看到很多垃圾箱、信箱、送奶箱、电表箱、各种箱,所有这些箱都分类排开,贴墙站着,挤是挤了些,但没有一个不在它该在的位置上……一切都呈现出一种与现实反复磋商、要与此地长相厮守的姿态——我这样看这样想,心里始终有一个参照:你。你每天沿着最经济的路线、以最快速度穿过这里,你对这个城市这片社区的嵌入与归属程度,尚不及一块违章的砖瓦。你的眼睛只要稍稍离开我,转投向这些建筑和人时,立刻有一种冷峻的神情。有时这冷峻的视线中也包含着我,我刚刚还是一个陪伴者,瞬间就被归入那些黑白色的路人中。我看不透你。

68 终局

有一天我发现我被天气预报骗了。出门前看了一眼手机,天气预报说19℃,我就脱了棉衣,结果下午起了风,晚上降到只有5℃,我上身只穿了一件薄连帽衫。我从包里翻出一顶帽子戴上,把连帽衫的帽子也戴上。我戴了两顶帽子,还冷得直发抖。晚上到家后我打开手机天气预报,要和它算账,结果发现它显示的是厦门的温度,不是上海的。很久以前我订阅了厦门的气象预报,19℃是厦门当天的温度。我意识到我很长时间都生活在厦门的温度中,以厦门的气温决定我当天的穿着,在很多时候,厦门与上海的温差并不大,至少没大到超出我体感的程度,直到今天。或者是我身体愚钝吧。我把手机拿在手里,用拇指往右划,北京,大连,济南,百色……划了好几下,屏幕上才现出上海的温度,5℃。这一天是2018年春天的某一天,我删掉了厦门温度。

69 恒温

你我第三次见面的地点定在上海。你从没到过上海,总觉得那不是你该去的地方,即使旅游或出差(多年前我来上海,也源于一次误打误撞。我在走投无路时将简历群发向全国,那时电子邮件刚兴起,那些遥远的地名似乎一下变得等距了,扯平了。我用这几乎零成本的通讯方式将自己撒向四面八方,最终,纯粹因为一点小小的时间差,上海率先接住了我——此前它从不在我的备选范围内,我和你一样觉得这不是我该去的地方,然而它的邮件回得最快,我于是将备选城市从地图上一一划掉,坐十几个小时的绿皮火车,只身来到上海——如同日后我的多次重大选择一样,我总是愿意服从命运的偶然性,以此对抗着必然性——那时我们正热恋,你第一次意识到我可能要远离你。我后来果然远离了你,在上海住下来,一住近二十年,成为一名户籍意义上的上海人。你从此一直躲着上海,像躲一个人一样躲着一座城市)。现在不同了,你决定来会一会这传说中的魔都,会一会我。我第二次去厦门时,和你约定了这次会面,你大概觉得我已连去了两次厦门，出于礼节你也该回访一次了。有一天早晨我问你可有机会去上海，你说机会总有的，财会行业培训多，单位每年有一两次外出学习的机会，地点自选。这听上去遥遥无期，像一句托辞。然而那天你到办公室没多久就发来消息，说你查了近期外地培训的信息，真有上海，还不止一次，差不多隔两三个月就有一次。我马上替你选了最近的一次，一是想快些再见到你，二来时间在初秋，不冷不热，正是上海的好季节。我问你，单位可给报销？你说悬，上半年你已出去过一次，这次只能争取，高铁票和培训费大概没问题，食宿就不一定。我想一想，就给你微信上转一笔钱，聊充旅费。你回一个惊诧表情，问："为什么？"我说："你来我的城市，当然我要招待你。"你说："我去培训，当然费用自理。"我说："你不是主要来看我，顺带培训吗？所以不能叫你出钱。"你说："不不不，我主要去学习，顺带看看你，不能让你破费。"我说："你来了，签个到，拍个照，领套学习材料，剩下的时间就交给我来安排。"你说："那哪行？那么好的课，好多大咖主讲，不听多可惜——那你打算怎么安排我的行程？"我说："我们整天在房间里不出门可好？"你就回一个羞红了脸的表情，连带着一串敲打脑袋的表情，表示抗议。我们这样贫嘴争辩了半日，那转账申请一直在我们对话的最上方，怪尴尬地悬着，24小时后自动退回。（你后来果真一堂课都没落,将那些大咖的课都听遍,害我一人在宾馆苦等你下课。我像个陪读的家长,打发你去上课后就收拾床铺,整理桌面,给前台打电话让服务员补充卫生纸和更换浴巾,出去买水果然后洗净了盛在碟里摆在你一进门就能看到的位置,把你扔在椅子上的内衣和棉布长裙洗了然后挂在空调出风口下面让它们快些干。)我们其实规划了很久,想约在某个第三方城市见面,至少能离开你的城市,为的是让你"更自如些"。然而这谈何容易?我们在各自的麻烦事中,被各自的身份与日程表捆得牢牢的,想稍稍跳开一些,出逃几日,须得时间地点人物全部凑齐,实在不容易。我们像被判了社区服刑,在日常生活的辖区内自由走动,唯独不准去远方,不准卸妆。我们并不是什么特别重要的人物,时刻被某个行业急需着,只是这生活太强横,不许人出戏。我们想过寻一处旅游景点,人少一点的那种,你我各自飞过去,没日没夜地待上几天。异地,故人,光天化日下手牵手,那场面,单是想想就叫人激动。有一次你带圆哥远赴北京录节目,我曾希望将你中途拦截,让你们在上海空降半日,你没答应,理由是"圆哥在,我怕放不开"。好吧,这一次你一个人来上海,以工作的名义,要踏踏实实地住上几天,此前这个城市与你交集甚少,你没什么需要避人耳目的,应该能放得开了吧?我在心里规划着这次相遇,一面催你快些向单位提申请,向主办方报名，让这近乎天方夜谭的相遇早点成真。回上海后，我也向公司打了招呼，初秋时想把年假用掉，理由也是去外地——那几日，我要把上海想象成异地，一个对我的过去一无所知的地方，我要把自己排空，干干净净迎接你的到来。（你回来了，看我挽着袖子，蹲在卫生间的地面上劳动，就也伏下身子，从后面抱抱我。我回身努嘴，尽我所能地去亲你，有时亲到你的额头，有时只够到你的肩膀或头发。你赖在我后背上，任我亲，用鼻音哼哼着，身子摆来摆去。"幸福得直哼哼"，我想到这句话，忘记是谁说过，或者并没有什么人说过，是我自己想到，但不好意思说给你听。我亲过你后，继续埋头搓洗衣服，肩膀一耸一耸，顶着你。我好像老了，而你像我的成年后依然淘气的女儿，粘在爸爸身上。我这样偷偷想着，也不敢将这联想告诉你。培训会场距宾馆有十几分钟的脚程，会场提供午餐，也有简易休息的地方，但是你每天中午都跑回来，抱抱我，与我吃过午饭，再跑回去——常常被其他人占了前排的好座位。我不止一次劝你逃课，从各个角度分析逃课的利弊得失，结论是利大于弊。你一一听着，都点头，最后却摇头，仍坚持去上课。我猜你喜欢重复这分分合合的乐趣与其间小小的酸楚。那会场信号时好时差，我们互相发的消息常常有延迟，有时你已走回宾馆，和我抱在一起了，你的消息才赶到，"嗡"一声响，也钻进我怀里。我掏出手机看:"亲,我下课了,路上了,马上到。"你像个小女孩一样随时汇报自己的行踪,提醒我该张开怀抱迎接你了;又长时间失踪,埋首在满屏幕的财务报表与主讲人乏味的讲解中,许久不理我。我第一天陪你去会场时顺了一张课程表,你听课时,我在房间一行行辨认着这张表,对照着时间,想象你此刻在做笔记,此刻在课间休息,此刻在回家的路上……这是我们的家啊,你每天上下班,我无业,你挣钱养家,我操持家务,我们幸福地生活着……有一晚我们决定等你下课后去外滩玩,考虑到路线的合理性,我叫你下课后不要回宾馆,我们直接去地铁站碰头。你说你要先回来一次,我问你有什么事,是不是忘带东西,你说没有,但还是想回来一次。我说没什么事就直接去地铁站吧,来回折腾耽误时间,赶上晚高峰就惨了。而你也比平时更坚持甚至固执——平时你总是很听话的。最终,我以本地人的权威否决了来客小小的请求,而你的坚持中也仍有客气与客随主便的成分,如果此刻我们是夫妻,这或许会发展成一次吵架。"好吧",你最后发来一个噘嘴的表情,我们约在地铁站见面,见面后就去赶地铁,要等到很久很久以后我才突然想明白,你为什么如此在意这一次往返。)我特意带上一只拉杆箱,箱里放上电脑和几件换洗衣服,以便看上去更像一次出行。我乘地铁去虹桥火车站,上地铁后接了几个电话,我都是这样回的:"过几天可以吗?接下来几天我都不在上海……对的,我现在已经出发了,正在去虹桥火车站的路上……"一路上都能看到拖行李箱的人,越接近虹桥,这样的人越多,我加入他们当中,脸上是出门人的表情。到虹桥站时,地铁里就只剩下一种人了,大家一路争抢座位,此时都显得超脱和淡泊得很,因为人人手里捏着一张火车票,心中念着一个新的目的地,所以对眼前事不那么执着。这一站是换乘大站,车厢几乎要腾空,我淹没进人流中,一点点挤蹭着出站。我曾设想过无数种从这个城市消失的办法,这是其中一种:这一路,百分之九十的时间我都在扮演一个出行者,只在最后一程脱队——虹桥火车站的到达层在楼下,出发层在楼上,我没有跟随大队的行李箱去楼上,而是冷不丁拐进楼下的到达层,瞬间从一个出发者变成到达者,加入刚抵达这城市的人流中。时间还早,我进到一家肯德基,点一杯喝的,坐下来,看一眼手表。我好像突然变成了一个无身份的人,我只轻轻一跃就实现了这种转换,这感觉真好,是那种刚刚刑满释放、下一场宣判仍遥遥无期的感觉——这恐怕只是假象,因为我那时真的正在一场官司中——你的列车将在四十五分钟后到达。(我第一次到上海是参加面试,那时候,高铁、动车、那如同太空城一般庞大复杂的虹桥火车站,都还没被发明。我坐了一整夜的硬座到上海站,一出站就先给你打电话,用的是车站南广场近马路的一个磁卡电话。"猜我在哪里给你打电话?"我这样问你,好像当街骑在栏杆上给你打电话是一件多么了不起的事——我那时骑坐在路边围栏上,脚蹬着金属雕花的栅格,一副浮浪无礼的样子。而你语气幽幽的,像从一扇黑窗内盯住阳光下招摇的我。"想抱抱……"隔了这样远的距离,我胆子也大了起来,似乎大上海、刚结束的远途列车等等事情让我拥有了某种优势和特权。你故伎重施,"上海有树吗?"你说。"当然有啊,我面前就有一棵。""那你挂掉电话,过去抱吧。"你这样回我。我后来多次回去看过那个地方,我在上海的第一个落脚点:磁卡电话当然没了,围栏也一换再换,但那地方一直在,每次去车站接人或送人,踩过那一块地面时,心里会有一些异样;也见到无数年轻人,一茬一茬,背双肩包或拎蛇皮袋,染着黄的绿的头发,在人群中打电话,用着乡音。头顶的钟、太阳、天空,仍是多年前的那一个。)电子屏显示你的列车准点到站了,自动扶梯不断将乘客输送出来,我一个一个看他们,想抢在你看到我之前先看到你。至少有几次,我险些将别人当作你,其实并不像,只是我心情太迫切,感觉每一个人都可能是你。你却打来电话:"我出来了,二号口,你在哪里?""我在二号口啊,怎么没看到你?"人流冲刷着我,每一个都不是你。有一刻我怀疑你是不是真的来了上海,是不是这一切都是个玩笑？（去面试的路上，我一路都在收集学校的名字，有专升本，有成人教育，看到一个就记下一个。回济南后我问你，想不想去上海上学，那样我们就能在一起了。你看着我，说想，过一会儿又说，不想。你那时正计划再读个本科，我研究不透你。你终于没有来上海，我们的分别已成定局。）"只能说明二号口不止一个，"我说，"你看一下身边有什么别的醒目的标志吗？""肯德基！"你脱口而出。"肯德基？我就在肯德基旁边啊，怎么没看到你？""我也没看到你啊，我就站在肯德基门口，黑色长裙。"我放眼望去，到达层的十字长廊里人头攒动，每一个方向都深不见底，像两条宽阔的地下河在此交汇，其中穿黑色长裙的人足有一千个。我说："看来肯德基也不止一个，这样，你站着别动，我去找你。"我拖着拉杆箱，逆着人流走。"这里好像很大，我要不要也往你那边走走？这样你可以少走点路。"你说。"别别别，这样更难找，而且你知道你的方向吗？我现在在北面，正往南面走。""不要和女生说东西南北，我不知道，底下也没太阳，导航也不灵，我完全找不着北在哪里。"我们像洪灾中的落水者，奋力游向对方，却被风浪迷住眼睛。"你确定你那边是二号口吗？""确定啊，墙上有个大大的二。""可是我现在一路走，已经发现了不止一个二，你那边是大写的二还是阿拉伯数字的二？""阿拉伯数字的二。""我这边也是阿拉伯的啊,那你那边是二号出站口,还是二号站台,还是二号门店?""我看不出来,我都傻了,我就知道我现在很二。"虹桥火车站是全世界最大的迷宫,很多人从千里之外赶到这里,却在咫尺间迷失,我们后来能遇上,全靠缘分……不知走了多久,我口干舌燥,看到一个饮水间,想先停下来接杯水。贴墙站着一个人,像急流中搁浅的鱼,向另一方向张望,侧脸竟十分像你……(进门后我抱你,你不让我抱。你左右脚互相帮着把鞋蹬了,人矮下去一截。你在找卫生间的门,第一次打开的却是储藏室。这房间格局有些怪,到处是自作聪明实则给人添乱的小机关。你终于躲进卫生间,把所有能出水的设备都开到最大。我猜你可能在哭——哭得可真够铺张的;也可能没有,只是觉得应该用一种不相关的声音把我们暂时隔开一下。我等了一会儿,试着推门,竟推开了。你裸身蹲在浴室角落里,背对着我,揉搓双脚。浴室热气腾腾,淋浴在喷水,却没有喷在你身上,你处在这水汽以外的另一世界。我取下淋浴头,试试水温,然后向你后背上喷,上上下下,像在冲洗一株植物。你一开始抖了一下,然后慢慢舒动身子,膨胀开来,像被这热水浇灌活了。不间断的流水声总让人想干点什么,比如小便。然而此时"小便"是一个让我们羞耻的词,我即使有意也不得不先憋着。不如我也一起洗个澡吧,于是我把淋浴头插回去,把自己衣服脱了,和你钻进同一场雨中。我们开始做爱。水白白地流着,流了很久,直到马桶旁的电话突然响起,我拧着身子接起来,一个嗓门很大口音很重的服务员像小品演员一样在我们耳朵边上说:"是不是你的房间想要吹风机的?"——直到这时你才停下身体,大笑起来。)你还是擅自离开肯德基,朝你打听到的另一家肯德基的方向移动,从而成功避开了我——这地下世界里储存的肯德基数量远在你我预料之上。尽管有些恼火,但见了你,我还是伸手向你,要抱抱你,腰间却有一点被顶到——你两指伸直并在一起,像手枪一样顶住我的腰眼,提醒我,此时我们仍是秘密的关系,不适合在一万人的注视下拥抱。我把你肩上手上各种行李统统挪到我身上,带你去乘地铁,你突然被剥得两手空空,颇有些尴尬地跟着我走。我们和一万人走在一起,我不时回头看看你,确保没有丢掉你。我看到你的时候,我们就互相笑一笑。想和你说句话,一万人太吵,只能喊,心思细软不下来,也就不再说什么。自重逢以来,这是我们第三次见面,我感觉我们正加入一项规模宏大的事业中去,内心被一种集体主义的自豪感充盈,似乎什么都不在话下;又隐隐不安,安全感被瓜分干净,像在最喧嚷时预见到凄凉。刚才找你的时候我想好了,见到你以后一定要好好掰扯一下,理一理各自走过的弯路,总结出几条车站会客的经验教训,顺便好好吐槽一下虹桥车站的荒谬,然而真见到你了，我就把这些事全忘掉，只想快点带你离开这鬼地方，到一个没人的去处（这就是为什么我总是不能深刻地认知虹桥车站，过个一年半载，如果我再来虹桥接人，我又要被同样的标识绕晕）。我们是沿着标识地铁站的箭头走的，走着走着那箭头就不见了，地铁却没有出现，回头看，地铁箭头又指向相反的方向。我们的身边，这样被戏耍的乘客不止一个，好多人都扯着行李箱原地转圈，嘴巴张开着，现出一副傻相。我们再往回走，头一直抬着，每一个箭头都不敢错过。我们在众多雷同的岔路口中的一个发现了地铁站，刚才我可能回头看你时错过了它，此刻它像泉眼一般释放出大量新人口，我们绕过这股人流，转到进站口，这里人更多，自动售票机前个个排起长队，看得人绝望，所幸我事先给你准备了一张交通卡，所以可以直接进站，而进站口的人多到——所有人都后悔刚才不该把最高级别的惊叹词用掉，因为这里的人才真叫多，每个人第一眼看到这阵势都倒吸一口气，要鼓足勇气才敢加入进去。为了疏散乘客，进站口设有蛇形通道，然而安检处仍乱作一团，不得已几个穿制服的工作人员立在各个关隘处，手里牵起铁链条，一拨一拨放人。我们好不容易才挤进蛇形通道的入口，我怕等一下被挤散，就先把交通卡给你，你见了卡，突然想起一件事，"啊，差点忘了，"你说，"上车时太匆忙，没来得及取票，我想去取票。""非要取吗？现在挤回去可不容易。""非得取，回单位要交差。""走的时候再取。""不行，我回程订的是机票，高铁时间不合适。""哪个机场？如果是虹桥机场，那走时顺带来取票就行，虹桥机场和虹桥火车站很近。""我没注意哪个机场，等我查查看……"我们这样说话时，已被通道中的人一点点推向前，我们像一群半自动的人，随一条流水线蛇行，没有退路。"完了，浦东机场。"你查完手机后告诉我。"让我想想……"然而真的想不出其他选择，"这样，你身份证给我，我去取票，你先带行李进地铁站等我……"蛇形通道突然到了头，我刚接过你的身份证就被一股力量推拉过去，我待要回头找你，一条铁链横在你我之间。（上海的初秋，天空高阔，日光仍然漫长，我们拉起遮光窗帘，灭掉房间里每一个闪光的电器，昏天黑地地做爱。窗外车马喧嚣，听上去与厦门与济南甚至与我们的北方小城并无区别。我们在一块无法命名的、绝对抽象的空间中做爱，像是上一场与下一场做爱的一部分。我们对彼此的身体已无比熟悉，如同眼盲的人自动开启了另一套识别系统。我们也熟悉了这房间的布局，将所有家具、摆设和道具都用尽。我们常常很久都不说一句话，甚至不发出声音，以便更专心地享用我们新发明的一种语言。休息时也不闲着，我们点亮手机，伏在地毯上，一起研究床腿、桌脚或沙发扶手的构造，试图减轻它们被外力胁迫而扭动时发出的有规律的吱扭声。有时也像战壕里的人躲子弹一样，半蹲着，手伸高，偷偷把玻璃窗推开一道缝，以放进一些新鲜空气，冲淡一下屋内几近饱和的情欲气息。那几天我们都没太正经吃饭，吃饭变成一件纯功能性的只需匆忙完成即可的事。我们一遍遍刷牙。每天去上课时，你都坚持亲手把前一晚的垃圾带走，垃圾袋打个死结，扔到几条街以外，以确保里面那令人羞耻的内容不会落到宾馆服务员手里。空调一直开着，温度设为25℃，静音模式。时间似乎停止，除了外滩那一夜，我们绝少提及过去和未来。你好像并没有来过上海，上海是初秋还是深秋与你并无关系，你只是来过上海的一个房间，一个气温恒定、晨昏不分的房间。）你和行李箱在铁链的另一边。我想钻过去，工作人员坚决不许，想让你过来就更不可能，"有什么关系啦，等一等嘛，很快就放她进去了呀！"工作人员说。我跟工作人员交涉，那意图过于复杂，与眼前兵荒马乱的氛围太不符，工作人员都懒得听完，两个拉杆箱还有背包突然被你推过铁链，你说："你先进，身份证给我，我去取票，等下地铁见。"我说："取票要到楼上出发层，我怕你找不到。"你说："怎么会？身份证给我。""你挤都挤不出去！""身份证给我！"我把身份证递过铁链，铁链却被收掉，人们狼群一般涌上来，拉杆箱滑到别处，你的背包被人踢走，身份证也碰落在地上。我们蹲下来，四处打捞它们，我去捡背包，你去捡身份证，很多腿和脚踢打着我们，各种口音的咒骂声在我们头顶，我抓到两个拉杆箱时，你仍在那些腿中间寻找机会，刚要得手，身份证却被踢到一边。我把背包抱进怀里时，你总算像捂一只蚂蚱一样将身份证罩在自己两臂的势力范围内。我拖着所有行李靠近你，像逆流拖动一艘沉船，你终于将身份证握在手里，站起身来，我说："给我！我去取！"你似乎没听到，"或者我们先进站，进去再出来！"我又说，而你不理睬我，或者只是为了回应我的质疑，也弥补你之前的不听话吧，你像烈士一样挺身向前，往反方向挤去，我追不上你。你挤过蛇形通道的第一个拐角后转身，隔着人，向我指指天，指指地，像在发誓，你确信我懂了，或者说信了，就奋力向上游游去，再没回头。（直到今天我仍然无法描述你的样子。我曾试着描述你的局部，比如眼睛、牙齿、腿，然而你的总体形象于我仍是一道难题。微信好友通讯录里我将你的标签设为"唯一"——其他人则被标为家人、同事、客户、傻×……总之都是一个大类，只有你无法归类——按理说我应该用一套唯一的语言来描述你，然而这世上哪有唯一的语言？但凡能称作语言的，都至少要有两人使用吧，我因此迟迟不敢开口形容你，我一形容你，就部分地失去了你。外滩之夜我曾试图换种方式，用手机拍下你，那一夜人很多，我跟在你稍后面的位置，与你保持一段适合拍照的距离。你有时会在一处背景前停下来,很谦卑地说:"不知道这里拍出来怎么样?"或者"这里拍会不会太暗?"好像只要我稍有不同意见,你就立刻放弃这提议。更多时候我会突然唤你——我仍然不能在众人面前叫你的名字,只是有些无礼地叫一声"喂!"或者干脆就喊"回头!"——你一回头,我按下手机,希望抓拍到更日常的你。我平时不太拍照,所以总是没办法将你拍得很美,你不是那种喜欢在镜头前搔首弄姿的人,但你也在期待一次更得体的上镜,尤其在这样一个时刻,出自我手,然而我连这一点也做不到。我总是拍到你慌乱不适的瞬间。你检查照片时,我内疚和惶恐得很,似乎我没有尽心尽力。这样的不安又传染到你,使你在镜头前不够自然,又加上人多,你和镜头之间总是突然蹿进全国各地的老少游客,我们整晚都没有捕捉到足以对得起外滩夜景和你容颜的一个瞬间。"据说很多情侣分手是因为男孩没办法把女友拍得好看。"我对你说,"所以网上专门有这样的技术贴,'如何给女友拍照''女友摄影技巧十六讲'什么的。""那你真该去学一学。"你看过我拍的照片后,很认真地说。)你应该是左转再左转,然后接连乘坐两部如天梯一般高不见顶的自动扶梯后,才来到出发层的。顺利的话,这过程大概需要五分钟。你可能是出发层里唯一赤手空拳的人,所以你想过是不是有权越过行李安检这道程序？或者有没有专为你这种人安排的快速通道？你为此观望犹豫了两三分钟，最后还是乖乖排在了安检队伍的最末。你终究不是一个处处为自己争取权益的人，尤其在众人注视下。这期间，至少出现了三四组插队的人，他们拖着行李箱奔向队伍的最前端，一路上向所有人宣布"对不起对不起，我们要迟到了"或"让我先过去好吗？我还有十分钟！"人们放过了他们，也暗自多出一条经验：下一次我若迟到，也可以效仿此法。这让你的内心又有波动，或许你也可以临时扮演一个出格的人，从队伍中勇敢地站出来，去和那个制服人员说：让我先过去好吗？我只是去取一下票。然而这场景即使想象一下都让你脸上发烫，明明是一句实话，却比谎言更难说出口。你想给我发一条信息，让我稍等，这才发现手机不在你身上，手机在你的包里，包在我手里（我差不多也是在分别十分钟后才发现这一事实）。你最终用了12分钟左右的时间才排完这无用的队。出于惯性，安检人员本想斥责你（"所有行李都要安检！听到没有，双肩包也要安检！"），却发现你浑身上下并无可斥责之处，你站上安检台，张开两臂，从内到外连个让手持扫描仪嘀一声响的物品都没有。你只用半分钟就过了安检。接下来你才真正置身于虹桥车站的中心——如同全世界的中心——那浩瀚无边的穹顶，如好莱坞大片一般的全景视角，星群般闪烁变幻的电子屏，密密麻麻拖家带口仿佛已在此生活了亿万年的人群——几乎将整个宇宙等比例微缩在这候车大厅。你大概花了四十到五十秒来感叹这壮丽的景观，然后花三分钟四处打探张望，又花三分钟穿过一片光可鉴人的大理石地面，来到自动取票机前，再花八分钟排队、取票、收好证件——至此，自我们在地铁入口一别，三十五分钟过去了。（此时我坐在地铁站的网眼铁皮椅上，怀里揽着两个拉杆箱一个背包，掐指计算你的行程。如果将我们当作三维空间中垂直相对的两个点，此时，我在地下，你在空中，两点间的直线距离大概在三十米。回程的程序虽然简单，但考虑到这三十米间的结构之复杂，我预计你还需要十八到二十二分钟回到我身边。我们谁都没想到，等你湿淋淋出现在我面前的时候，已是一个半小时以后。）你一转身就遇到一个难题：你该从哪里出站？这里是出发层，好像离开这里的唯一合法方式就是被火车带走。可是我只是进来取个票啊，楼下地铁站还有人等着我呢。你回到刚才的进口，选一个面善些的制服人员询问，"对不起我想问一下……"那人正专注于逼一个乘客将兜里硬币钥匙掏个干净，根本没看你，或者她预见到你的问题将十分低级，因此不值得分神去回答。每一场咨询都有可能让咨询者露出卑微的痴呆相以及等不到应答的尴尬，眼前这么多人都忙于快些加入进来，更让你的诉求显得很无理。你想这样高大上的一个地方肯定会有一处醒目的出口，我又不是不认字，还怕找不到？你决计不再求助别人，你转身朝另一个方向走，你就这样错过了近在身旁的出口（那如刑具一般优美锃亮的出口，学名叫"不锈钢手动单向十字旋转门"，它就设在安检入口的旁边，然而与那一排规模宏大的入口相比，这出口太渺小太不起眼了，像一次意外造就的，像虹桥车站这位巨人身上的一处暗疮。我后来每次有机会经过那出口时，都要特别留意一下，也想过拍一张照片发给你，聊作纪念。最终也没有发）。你在一条错误的路上越走越远，满眼是图文标识，像老妈的叮嘱一样详尽、周到、不厌其烦，却没有一个是适合你的，你的高跟鞋踏在冷硬的地板上，脚后跟和脚前掌的痛一点点公开起来。你原本带了一双平底鞋的，但为了这次隆重的相逢，你特意在下高铁前换上高跟鞋，将平底鞋收进拉杆箱，然后将拉杆箱交到我手里。再走下去，你的腰伤也将毫不意外地复发，你真想找个座位坐一下，锤一锤腰，顺便往脚上贴几个创可贴，然而每个座位上都有人比你先到，并且看样子都打算长期驻扎下去，而创可贴在背包里，背包在我手上。你早就食言了，你向每一个你能搭上话的人打听，"你好请问出口在哪里？""你好我想去地铁站请问地铁站怎么走？""你好……"多数人和你一样无知，出于善意他们将头往天上象征性转一圈，表示他们替你找过了，天上并没有地铁站；少数明白人则给出截然相反的指示，前面，后面，往左，往右，几乎穷尽了所有方向，好像你在做的是一项民意测验："您喜欢往哪边走？""您认为出口设在哪个方向最合适？"你后悔不该放过入口处的制服人员，现在想再遇见一个制服却是万难，入口也越走越远，越远就越不甘心再回去。起初你还能大概估算时间，猜测此时那个等在地铁站的人应该开始着急了，应该开始胡思乱想了，应该要采取行动了……慢慢地你的时间概念也开始模糊，快慢、远近、上下、昼夜、春秋、离合、冷暖、爱恨，这些两两相对的工整概念都化为一体，眼前像一个首尾相接、永远也走不完的迷宫，那些横平竖直的、亮闪闪的高科技物件们昂贵而无情，更加衬托出你的窘境。最要命的是……最要命的是你想上厕所，厕所当然有，作为这块文明高地的一个重要象征，厕所简直无处不在，个个都是精装修，即使一眼望不到厕所，也能望见厕所标识与箭头，以及贴心的"前方20米"温馨提示，让尿频尿急的人充满希望。但是，每个厕所——准确讲是每个女厕——都排了长队，为什么这个世界到处都在排队？即使此处，那么科幻的、充满未来感的虹桥火车站，仍不能解决凡事都要排队的古老难题，甚至将这难题变本加厉——这里简直是一个排队胜地啊，而我总是排在每一个队伍的最末端。下高铁前你曾想先上一个厕所，已经准备去排队，这时他打来一个电话，告诉你他坐在车站肯德基等你，这电话干扰了你，挂断电话后你兴味索然，而且过道里站满了准备下车的人，门口的两个卫生间也一直显示有人；出站后你们忙于互相寻找，你生怕错过他，那件事自然就被搁置；见到他以后，你们几次从厕所前走过，然而你已经犯过错，不太好意思让他再等你，隐约也觉得一见面就上厕所有些不雅。现在你开始为这一次次的错失而付出代价了。如厕，这不大不小永远无法禁绝的焦虑的源泉，让你一出门就不敢多喝水，经常做噩梦梦到找厕所，几次发誓下辈子做男人也是因为对男人来说遍地是厕所。起初你认定目标，一定要尽快找到出口，找到他，再找厕所，后来你开始纠结究竟是先找出口还是先找厕所，两个出口合并为一个出口，再后来，你坚决将目标修订为先找厕所，不，只找厕所（所有这些举棋不定都在消耗你的时间）。只要给我一间女厕，一个配有干净垫圈的、虚位以待的小包间，我可以不要什么鬼出口，我可以什么都不要。你闯进你找到的每一间女厕，恶狠狠地看着那些排在你前面的人，"对不起对不起，我要迟到了……""不好意思，让我先去，我还有十分钟……"这样的经验如今也派不上用场，你将希望寄托在下一家，你只能让自己不停地走下去，靠剧烈运动来分散压迫感，然而运动又加剧了小腹的下坠感。从后面看，你髋骨夹紧，后背略往前倾，步幅细碎，像用整个身体提拉着某件重物同时又恭迎着某件圣物在走。你的额头、鼻尖、腋下、后背都渗出了汗，又被中央空调那统治一切的、精确到小数点的冷风冷却，凉飕飕贴满全身，而这凉意又进一步转化为尿意……你的尊严被一点点内耗干净，眼前的一切都在彬彬有礼地折磨你。这终究不是你该来的地方啊，你躲它二十年，还是未能躲过这一劫。（你带圆哥去中央台录节目那次，也曾遭遇过类似的劫难。那晚你们乘出租车经过天安门一带，遇上大堵车，你对司机提出要上厕所时，语气已分不出是哀求还是威胁，那位原本一路嬉笑的司机也严肃起来，意识到事态严重，他倒真仗义，也算急中生智，冒着被拍的风险从这块重兵把守之地逃脱，转进一条小道，七拐八拐来到一条黑乎乎的胡同，然后停下来，说车开不过去，要自己走过去。有一瞬间你怀疑这是不是一场劫财甚或谋杀，但是你不管了，即便真如此你也要先上完厕所，然后才有心思对付那凶徒——胡同尽头真有一间厕所，简陋得很，像那司机私藏的一处违禁场所——他简直可以把这作为卖点，广告词可以这样写：途中提供独家如厕体验，让你一路无忧畅享堵车——你后来下车冲进胡同时只带了圆哥，将包丢在车上。）你做了最坏的打算：大不了，这张脸丢在这里，然后买一张最近一班的返程车票，回自己的老窝去，从此与上海绝缘，与他绝交。这确实够残忍，也够荒唐，但说到底这不是什么要命的事,你没做错什么,也不好怪他或怪这座城市什么,这大概就是所谓"命"。你脸色煞白,呼吸急促,你冷酷地点评自己:这小半辈子,虽说没什么大成就,也没有让人不齿过,今日一劫,算给自己一个警醒——我不该有那么多非分之想,不该脱离日常的轨道,老天算仁慈,惩罚来得及时,点到即止,今日之后,我仍旧是我;对这段感情来说,今天也算一次检验,如果十分钟后我真的湿身、失态,我还有脸没脸见他?有脸,就是真爱,说明我敢在他面前撕下所有伪装,说明他的眼里容得下我的丑陋与不堪,反之,如果没脸……很遗憾,结论似乎已有了——我没脸见他。可是没脸见就一定不是真爱吗?这样草草逃掉会不会太遗憾?没脸见不正说明我们没有撕破脸,仍有所顾忌有所维护,没有沦为冷漠、破罐破摔与相互攻击吗……这一刻的动摇几乎让你失守,你不得不暂时停下来,手握紧一截冰凉的栏杆,像忍受悲伤一样抵抗那股由内而外的巨大压迫——竟有所缓和,你与那股邪恶力量似乎进入相持阶段,哪怕最后胜负已定,你至少为自己赢得片刻喘息,于是你继续走下去,索性不再问人不看标识,只管走,将所有方向都试遍,同时将刚才的假设游戏进行下去——如果此刻,等在地铁站的人是舍友,你有脸没脸见他?这极端情境下的假设真的让人清醒很多——如果暂且没有让人失去理智的话——结论是,有脸，甚至称得上欣然前往。理由？呵！我在他面前还有脸面吗？忍受的屈辱还够少吗？还少这一次吗？他哪一次不是把我逼到此等绝境？这一次会比发生在那两室两厅内的难堪时刻更甚吗？所以，不存在没脸见他这回事，只是——我不愿见他，不愿领受他夹带着嘲讽的安慰，即使我早已不在乎这嘲讽，也不愿在这样一场奇耻大辱后再追加一场嘲讽。那么，谁能担此重任？谁能站在前面无条件地接纳我？我爸妈？圆哥？小时最宠我如今早已过世的奶奶？……很遗憾也很可悲：世上可能并无这样一人。北京的出租司机只是一个幸运的个案，或者干脆就是一个庞大产业链的一环。哭或笑，都只有我一人。这一刻你几乎要主动放弃，腹下一股新势力正崛起，你及时想起生圆哥的那一夜，你也曾是一个勇敢的母亲，经历过生死大考。这让你重新振作起来。所谓好事成双，你竟同时看到了地铁站的标志，你已经很久不看标志了，那标志却主动撞上来，将所有假设都推翻，你用绝处逢生者的速度与心态跑上去，一面用手指灵巧地从裤兜里夹出交通卡——谢天谢地你没在绝望时丢掉它，并且无师自通地掌握了它的使用方法，你顺利通过闸机，跳上一列滚滚而下的扶梯，像第一次投奔爱情那样在人丛中奔跑，你检索着一张张人脸，要找到情郎的那一张，这一次你不会用二指并拢成枪顶在他腰间，这一次你要直接飞进他怀里，捏他，掐他，弄湿他——然而他不在这里，这里有那么多拖行李箱的人，没有一个是你的，他去哪了？他走了？他出去找你了？他怎么那么蠢，他不知道"站着别动"才是亲人失散时最该做的事吗？你就是这个时候哭。此前你一直忍着没哭但现在你再也忍不住了。你一哭就险些哭出全身的体液。你吓坏了地铁站的全体工作人员连同乘客。你的两侧人来人往，不知何处发起的一阵强风吹打在脸上，黑洞洞的隧道深处，一列地铁轰隆隆驶来。（虹桥综合交通枢纽于2006年底主体工程全面开工，2009年底竣工，是一座将高速铁路、城际和城市轨道交通、公共汽车、出租车及机场、航空港紧密衔接的国际一流的现代化大型综合交通枢纽。无论是乘飞机抵达虹桥机场，还是搭京沪高铁列车抵沪，都可以方便地换乘轨道交通、长途汽车、公交车或者磁悬浮列车，其中虹桥机场到虹桥火车站只有595米，步行仅需9分钟，地铁仅需3分钟。）"小姐，小姐你别哭，小姐你听得到我讲话吗？你是说你的朋友在虹桥火车站的地铁站等你？嗯嗯，我明白，那你找错地方了，这一站是虹桥两号航站楼站，也就是虹桥机场，你说你刚才在虹桥火车站？那很正常，从虹桥火车站是可以直接走到虹桥机场的，所以这里不是虹桥火车站，虹桥火车站在下一站。喏，你乘这一班地铁就可以过去，就坐一站……喂！小姐不要跑，马上关门了，等下一班吧！啊！当心！"

· 246 ·

（2009年我们吃了大半年的川菜。那一年我与她正恋爱，我常和她开玩笑，说谈恋爱无非"饮食"加"男女"，所以"男女"之外，我们一直在"饮食"，其中多半是川菜，终于在年底遭了报应：我急性咽炎严重到一度失声，她则在某一天半夜犯了急性肠炎，蹲在卫生间里出不来，肠鸣声惊天动地。我生平第一次调来一辆救护车，看她如濒死者一般被抬进去，然后我也跟上去，一路啸叫来到医院。人家很尽职地把她抬下救护车就不管了，我推着那种脚底带轮子的病床在医院内狂奔，用床头撞开一扇扇门，嘴里叫着"闪开闪开！"，只为了找到一个专业对口的医生。医生后来给她开了药，当场打上了点滴，她被折腾得奄奄一息，我们在输液室手握住手，发誓从此再不吃川菜，话音未落她又要去厕所，我搀起她往厕所走，一手高举着输液瓶，然而在女厕门前我第一次为难了——我从未进过女厕，不管以多么高尚的名义，而她也从未进过男厕——我生平第一次朝女厕里吼："有人吗？没人我进去了！"好在深更半夜，厕所里并没有人，我就扶她进女厕，把她安排在包间的马桶上，我站在她面前，手举着输液瓶，这时候她说："要么你站在外面吧，把门带上一点。"我试了一下，输液管有点短，门关不起来，还害她一只手举着，索性还是开了门，站进去。她后来说，她就是那时候决定嫁给我的。我们是在2009年底领的证，2018年夏天离的婚。）我们的相逢堪称完美,我在转了一大圈试过各种愚蠢的办法后决定用刻舟求剑或曰守株待兔的方式回到我们最初约定的地方,你也恰在此时花三分钟坐了一站地铁从虹桥机场来到虹桥火车站,你一下地铁就看到了我,虽然站台上那么多拖行李箱的人,但只有一个人不急着出站。我们像战乱中重逢的一家人,我带着我们的三个孩子——两个牵在手里一个抱在怀里——你浑身湿淋淋地找到我们,我们没有马上拥抱,我马上带你去了地铁站内的卫生间,女厕照例排队,我将你背包内一个披肩扯出来蒙住你头脸,将你带去男厕,我一手拉着箱子一手搂着你,用脚踢开男厕的门,对迎面而来边走边单手拉裤子拉链、满脸诧异的男人们粗暴地喊"闪开闪开!",然后直接将你塞进一个包间,关上门。我把守在门口,怒视每一个敢看我的人。(我们在那个模拟的小家里,度过了微缩的一生。)

70 小城

我们的周城有多小呢？我给你讲一个故事，你就知道它究竟有多小。这是一件真事：小学三或四年级的时候，有一天早晨到学校后，我的作业不见了，翻遍书包也找不到。那是前一天老师发的一张试卷，要求回家完成，第二天一早上交。我想起上学的路上，我和几个小伙伴一同走路来，半道上曾拿出各自的试卷，边走路边对答案，答案不一致，我们就争辩，争辩不成就打闹，这样追逐嬉笑了一路。我对老师说："上学的路上还在呢，可能被其他同学错拿了。"老师按我提供的名单，一一检查那些同学的书包，问他们有没有拿我的试卷，结果是没有。老师和同学都看我，我努力回忆，说："明明刚才还有的，我们互相换着看卷子，看着看着就没了，可能……可能被风吹走了！"老师说："刚开学时，三班有位同学暑假作业没交，说是暑假爸妈带他回姥姥家，回来的火车上，他趴在车厢的小桌板上写作业，突然一阵风吹过来，把暑假作业吹出了窗外——你们别笑——你跟着笑什么？人家坐的是火车，火车跑得多快？风多大？而且作业吹跑了也不可能让火车停下来去捡作业吧？可是你呢？你怎么来的？你走路来的，走路有那么大风吗？即使有风把你的试卷吹跑了，你又不是火车，你不会去把试卷追回来吗？"结果放学后我被罚留在老师办公室，做完那张试卷再走。我做完后交给老师，说："老师你看，我做的这么快，是因为昨天晚上我做过一遍了，还记着答案。"老师说："好了，别说了，你一直是好学生，老师出的题又不难，好学生当然做得快，而且好学生是不擅长撒谎的。不像那些坏孩子，又是坐火车被风吹跑了，又是坐船掉到海里去了，又是去山里玩被野猴子叼走了，也不知道他们家为什么总找那么危险的地方做作业——行了，你回家吧，下不为例。"我回了家，一晚上闷闷不乐。大概过了三天还是四天，总之是下一个礼拜了，又一个上学的早晨，我和小伙伴们走在一条新发现的路上——我们那时难得有家长自行车接送，总是几个人约着一起走路——风吹过来，地上树叶垃圾翻滚，一张纸裹在我的脚腕上，怎么甩也甩不掉，拿手扯下来，摊开一看，竟是我的试卷，一笔一画，我的笔迹写着我的名字，明明白白错不了——这就是我们的周城，小到一阵风把作业吹跑，一阵风又能吹回来，哪怕过了好几天，换了一条路线，那试卷还能万里挑一，回到失主手中。我们就在这块巴掌大的地方出生，长大，我在这块巴掌大的地方遇到你，又弄丢了你。

71 红白

我们犯了和哥伦布一样的错误,管我们每天上学放学的新路线叫"发现",其实那些路线原本就有,不是被我们发现了才有。现在回想起来,小学留给我最多的印象就是走路,好像我们每天什么都不干就是不停地走啊走。那是20世纪80年代中期,我家住周城西南角,学校在东北角,每天从家到学校再从学校到家,就是全世界最远的距离。家长虽然有自行车,但多数时间都不接送,只在一些特殊节点,比如入学第一天,考试或重大节假日一类的时间才肯出动;要么就是要迟到了,我央求他们载我去学校,一是速度快,二来也为壮胆——由家长护送和担保的迟到,似乎总比一个人责任要轻一些——家长即使答应了,也不停下手里的活,只说:"那你先走着,我马上骑车追上你。"我只好上路,边走边回头,不知道该走快一点还是慢一点。书包一下一下,拍打着我的屁股。和其他独生子女家庭比,家长骑车送我的理由更少一些,因为我们家的学生梯队搭建得非常好,可以很好地实现"传帮带":我上小学一年级时,我姐在同一学校上五年级,我小姑那时也住我家，上初中二年级。初中离小学还有段距离，但方向大体一致，因此每天早晨我们家的上学场面是这样的——我小姑气呼呼地拉着我姐，我姐噘着嘴，拖着哭哭啼啼的我，我们仨一个牵一个，按从高到矮的顺序出了门，奔走在周城的大街上。我是最矮的那一个，我小姑是急性子，又是练体育的，我哪赶得上这样一个初二长腿女生的步幅。因此这一路有一多半行程我都被拽得踉踉跄跄。到了电缆厂门前的岔路口，小姑终于可以甩掉我们，用运动员的步法朝另一方向跑了，这时我才完全落入我姐的手中。我姐也是个急性子，而且和我一样害怕迟到，而且她要把我送进教室后再爬好几层楼再穿过一个长长的走廊才到她的教室，所以剩下的这段路里，我又被我姐拖得跌跌撞撞。整个小学一年级我都在扮演一个拖后腿的角色，这种局面直到第二年才有所改观，那时我姐升初中了，去了我小姑的学校，然后又转到另一所学校，我小姑则不停逃课缺考直至辍学，然后待在家里眨眼就吃成一个胖子，没过几年就嫁给了一个长途汽车司机，再不是当年健步如飞的少女了。而这时我也多少长大长高了一些，我们的上学组就此解散，我开始尝试一个人贴着墙根走。起初家长为我指定了一些墙，确保我只要沿着这些墙走下去，就能安全、高效地走到学校，然后换到另一侧墙，就可以安全、高效地走回家。然而墙是死的人是活的，我后来就离开那些已被我用手指摸遍的墙，去找一些不一样的墙。我发现不少男孩都走在找墙的路上，很快我们结成了新的团队，每天雄心勃勃地要去发现新航线，尤其是放学路上，因为不用赶时间，我们常常将半小时的路走成一两个小时。我们绝不相信两点间最短的直线，总要找到最好玩的那条曲线，然后兜兜转转，走走停停，将那个巴掌大的周城走出全世界的感觉——那分明就是我们的全世界啊。我记得有一个时期我们厌倦了周城的几条主干道，每天不惜绕到市南关去走一圈。南关由一片瓦屋组成，类似今天的城中村，住在那里的人，说话口音和我们不太一样。南关是我们的新大陆，里面的路纵横交错，想重复都难，我们一次次闯进那里，将那些幽深的土巷走遍，导致那里的每一条狗都认得我们，远远地就朝我们吼。那里的人好像都沾亲带故，巷子里遇见了，张口就叫大娘婶子，连狗都像一家子，由一只万能的母狗所生，因此同仇敌忾，一个吼都吼。我们在狗叫声中跑起来，扬起的土比我们人都高，狗并不追我们，但我们需要一个假想敌，好配得上我们口中所说的探险。我们不怕迷路，只要大致朝一个方向跑，总能跑回柏油路，跑回柏油路我们就不怕了，感觉回到了自己的地盘。我们其实隐约期待一次迷路，因为听上去迷路是一件很迷人的事，而且大人责问我们为什么回家晚时，我们只消说一句"因为迷路"，或许还能赢得额外的疼惜。然而迷路这件事的诡异之处在于你必须真的迷路，你不能假装迷路，假装迷路会让这事的乐趣损失百分之八十至九十。（大概三十年后，我和你牵手回到南关的遗址——南关早就没了，南关的每一粒土都被改造、替换，变成税务局、欧亚花园、中国建设银行、婚庆一条街……一只狗都没有。我们当真有些迷路了，只能凭着记忆站在南关与市区的分界线上，努力让自己相信，那些土路，那些生活在土里的人，确实存在过。这一点你有更确凿的证据，因为你指着其中一个方向，说："我的初恋就住在这一片。"我仍然不能听你说"初恋"这两个字，因为你的初恋不是我。现在我知道了，是一个南关人。没准儿上小学时，我和你未来的初恋、我未来的情敌在那些土路上狭路相逢过。他高你一级，和我同级，你和他在高中时相恋，他牵过你的手，在我之前。你那时面上紧张，心里挺得意，想这个世界上有人对你这么好。现在，我牵紧你的手问你："他怎么对你好了？不就是牵牵手吗？"你说："也是啊，不过是放学路上牵牵手，牵到我家楼下就松开，看我上楼，就这样一下，我就觉得对我好了……"你们最终没有在一起，你家咱妈和南关人他妈，有点互相看不上。南关人那时全家都是农村户口。）有一天我们宣布南关已被我们征服了，要换一条线路。我们像一群缺乏耐心的殖民者，急于发现下一块新大陆，不肯在每一块土地上深耕。我们瞄准了城北一带。城北的路其实早被我们走遍了，我们重返城北，是要在没路的地方找到路。我们看中了酒厂。酿酒是我们这个北方小城的支柱产业之一，好多年酒厂都生意兴隆，门口一辆辆大车进出，把酒卖到东南亚，把周城的路压坏。因为这个酒厂，整个城北都弥漫着一股酒糟味，熏得半城的人都酸溜溜，醉醺醺，从卡车挂斗中抖落的酒糟一滩一滩有规律地摆在马路上，像卡车沿途排的粪。酒厂正门口的地上有一个巨大的工字钢地磅，专门用来称卡车载货吨数的。据说过磅员是个肥差，来送原料的人，常将十块钱人民币对折再对折，折成指甲盖大小，拿两指夹着，悄悄塞给过磅员，过磅员将刻度左右一动，就相差好多钱。这样一个重地，自然不准小孩随便进出，于是我们绕到酒厂后墙，那里有一棵树依墙而生，树身上净是疙瘩，天生就是用来攀爬翻墙的，墙的另一侧是酒厂的煤池，我们爬树上墙，再跳进煤灰里，一条新航线就算开通了。这航线有点脏，在南关那边顶多落个灰头土脸，酒厂这边，下去就成了煤黑子。这样也好，这样酒厂的人就认不出我们了，当我们是酒厂职工子弟。我们黑乎乎地在厂区里乱窜，不知道该先从哪里玩起，然后我们就发现了酒厂的大仓库，如同火车站候车大厅般广阔的仓库，专门用来储存地瓜干。我们那时也不知道酒厂为什么要屯那么多切成片晒干了的地瓜，一仓库一仓库的，堆得顶天立地，而且多数时间都无人把守，我们溜进去——天哪，那简直是我们的乐园，我们都疯了，一头扎进这地瓜的海洋里，然后爬到顶上滚下来，然后再爬上去，再滚下来。我们和这堆硬邦邦的粮食间那种一见钟情的亲热劲以及由于过分亲热而带来的破坏欲，只有成年男女四目相对赤裸相拥抵死缠绵的情景可媲美。（大概儿童对这种一堆一堆海量涌现的具有缓冲力的东西没有抵抗力，后来在一个游乐场，我把我的女儿扔在一堆五颜六色的塑料空心球中，她在里面摔倒又爬起，爬起又摔倒，玩了一个下午也不烦。那些彩球真好看，真干净，女儿玩了一个下午，身上也没有煤灰或地瓜干的碎屑。）那段时间流行一个电影《南拳王》，男主角练就了一种膝盖神功，一着急就跳起来往人身上跪，最后一个大坏蛋就是被他生生跪死的。我们看了都很向往，却苦于没有地方操练，眼看我乡下的表哥就要练成了（他家住在河边，河边全是松软的细沙和他的膝盖印），我们及时发现了这片地瓜干，马上意识到不能再这样玩物丧志，该好好用功了，于是我们三四个男孩每天下午都翻墙进去，从地瓜堆顶上往下跳，双膝着地，跪在低处的地瓜干上。膝盖真疼啊，可是想到一旦练成了，就比沙滩上练成的表哥要厉害，我们就咬牙坚持着，后来要不是酒厂的人发现了我们把我们赶走，那一仓库的地瓜干要被我们跪成粉碎，直接能拿去酿酒了。

（多年后那个月圆之夜，我和你也走过了那家酒厂。当然也是遗址，甚至遗址都称不上，因为它被清理得干干净净，我们几乎是根据头顶星星的位置以及我们体内深埋的一点方位感来确定的。站在那个被我们称作酒厂的无酒的地方，我忍不住要翕动鼻翼，闻一闻空气中是否还能嗅到一丝酒糟的酸腐味——有才怪，20世纪90年代这家酒厂关门了，据说是因为酒中大肠杆菌超标，在南方喝死了人。）我们被酒厂逐出，身上黑一块、白一块，黑的是煤灰，白的是地瓜干碎屑。我们下一个目标是市中心一片小树林，因为据说那里能看"死孩子"。记不清是谁先发现的这条航线，它就在市中心，我们经常经过，却从未进去过，里面荒草野冢，阴森可怖。那段时间下午放学后，按规定要排着队、唱着歌走出校门口，我们走出一段距离后，就伺机从队伍里逃走，避开同学耳目，向小树林集结。"看死孩子"是一件神秘和神圣的事情，所以我们严格限定团队的人数，只放最值得信赖的人进入。当时一个小男孩为了让我们带上他，苦苦哀求了一个星期，给我们各种贿赂，我们也没同意。我还记得他脸上的绝望，是那种被宣判的、永远无权过问某事的绝望。这样的绝望加重了我们的荣耀感。天色尚早，小树林里却已经暗沉沉的，偶尔一道光斜刺进来，照得人心惊，我们绕开地上灰突突的树叶、草冢、如人一般端坐的旧椅子，去寻找传说中的大土坑。坑还没找到，地上已经能看到一大卷一大卷白花花的卫生纸，洇着血，一白一红，触目惊心。我们闻到血的味道，预感"死孩子"应该不远了，但等我们真的看到时，还是被着实吓到了。它们粉嫩粉嫩的，是一团团人形的肉，被胡乱丢在洼地的土里，姿态各异，充满僵直的动感，好像它们是在努力爬出这个坑的途中才突然咽下最后一口气，成为一滩死肉的。卫生纸就更多了，有的垫在死婴身下，有的半埋在土里，一团团绽放开，颜色非红即白，像是从那些粉肉身上提取出的红白二色，婴儿则是红白二色之花结出的鲜果，待到颜色榨干，婴儿也就衰竭而死。我们被眼前这幅艳丽的画面震慑住，一个个定住手脚，动弹不得，想我们几个运气真好，有人给吃给喝，让我们长成手脚健全，人模人样，还各自练就一身神功，真是侥幸。其实我们险些就成了它们啊，我们可能就是它们……这样的震慑持续几天，几天后我们活过来了，就又相约去看它们，惊悚度不亚于上一回。我们因此成为同龄人中更失神、更心事重重的那几个，好像提前窥探到了生命非红即白的另一面。我们给那些死婴们取名字，张三李四，栩栩如生。一段时间不见它们就会多出几个，或少掉几个，或整个换一批。我们心照不宣，绝不在光天化日下谈及它们，我们从来就没有出声地谈过它们，只默默瞻仰，然后就互相壮着胆子逃离小树林，重返人间。那些用红白二色调和而成的粉嫩肉团，它们再也没机会长成我们了。（引产娩出的死婴属于医疗废物，一般由医院统一处理，方法无非焚烧，或者深埋。也有产妇和家属提出要自己处理，医院一般不许，这样做是为了安全，也是出于人道的考虑。80年代的周城医院没那么规范，处理得可能就有些简单粗暴……三十年后你我来到市妇婴保健院的高大门庭前，月光将我们两人瘦削的身影打进长长的门廊，我们像两具游魂，深夜造访故乡，要将每一条街每一处转角都重走一遍。你家咱姑是这家妇婴保健院的医生，至今仍在返聘，如果我们白天来，兴许能撞见她。所以你对这家医院有一些了解，能向我普及上述知识，当年我和小伙伴经常光顾的小树林，就在妇婴保健院的后墙外面，医院将死婴就近抛进树林，也是常有的事。那时的妇婴保健院简陋得很，可不像今日这般巍峨高耸。这一夜，我们徒步游走周城，妇婴保健院是为数不多仍原地健在，并且还发展壮大的一处建筑，这也正常：这些年里，这座县级市的产业结构不知升级换代了多少轮，没有一座楼一个单位能免于被拆除和淘汰，只有医院屹立不倒，只有生老病死万古不变。小时候你放学后常来这里找咱姑，咱姑没功夫带你，你就自己在楼梯上玩，在医院的小花园里玩，小小的一个人，蹲在地上，两只手闲不下来，嘴里唠唠叨叨。医生护士们经过，都会略停一下，逗逗你。他们都认识你，你长得像咱姑也像咱爸，咱爸咱妈抱你拍的那张照片在周城照相馆挂了好多年。你从没去过小树林，你穿着干净的校服，扎两个小辫，也烫过时兴的小卷发，是一个漂亮的洋娃娃，小树林不是你该去的地方。当你在医院里玩时，我正与你相隔一道围墙，在小树林里看死婴。我们那时还远远没到该认识的时候。如今我们牵手回到这里，小树林早就不在了，那些婴灵也早该转世为人，取了新的名字，再不记得彼此……我向你讲述我童年中的故乡，像在讲另一座城，找不出现时的凭据。不得不说你掌握了更多关于周城的人证物证，而我赤条条回来，更像一具游魂。我唯一的证据是你。）

72 云梯

小学五年级时,班里一些先富起来且腿够长的孩子已经开始骑自行车上学了,校园里常听到有人传颂:谁谁谁今天骑车来上学……我们这群步行的人,预感时代要变,心里慌得不行——然而自行车这铁家伙岂是好对付的?有一次,忘记因为什么,我家咱妈让我把她的自行车送到她厂里去,我颤颤巍巍地上路了,那是我第一次独立驱动一辆自行车出远门,方法是推着它——因为我不会骑啊,我要等到初一升初二的暑假里才学会骑自行车——那时我个头不高,瘦胳膊瘦腿,咱妈的二八自行车对我来说简直是庞然大物,我高举着两臂抓住车把,像抓住一头笨牛的两只尖角,要哄它乖乖上路,一路上这铁家伙东倒西歪,我搀着它,像清醒的人搀不住醉汉。经过一个菜场时,我还要驾着它左拐右拐,好躲开那些堵到路中央的小摊贩,我努力表现得从容和不耐烦一些,好让他们认为我是因为人多路窄才不得不推着车走的,只要一出菜场我就会骑上它一溜儿烟飞走。菜场闹哄哄,所有人都像在看我笑话,此刻我在他们眼中无异于马戏团里表演骑自行车的猴子——我还不如猴子，我表演的是推自行车。从我家到咱妈上班的厂子，多么遥远的一段路，我硬是凭着一股坚韧的毅力，零事故完成了任务。我把自行车交到咱妈手里，镇定地坐在一边小板凳上歇息，咱妈看看我，看看车，大概刚意识到对一个不会骑自行车的人来说，自行车就是个累赘。后来我去咱妈厂里的食堂吃了饭，回来继续歇着，咱妈又过来看看我，说："怎么你手脚还在抖？"（如今我们长成两个长长的人，深秋的夜晚，我们各穿一件短款大衣，把一对身体衬得更加修长。周城的路真是不经走啊，好像抬脚就能迈过去，我们只能慢下来，时时停下来说说话，好把这夜晚拉长一些。这小城，白天也匆忙、喧闹，店铺招牌满街招摇，模仿着北上广，到了夜里它现出原形，早早安静下来，路上人快要走光。这里人的生活，好像白天就过完了，所以不需要夜生活。路灯倒是一个接一个，兀自照着，市政府像是下了大决心，要造出一座不夜城，然而它到底不是个灯红酒绿的地方，有钱人早跑到几百几千里以外，剩下的老百姓，早早看透了自己和这座城的余生，到点儿就回家看电视睡觉。这里连高铁都不肯经过。这倒方便了我们两人的夜游，我们巡视着一条条街，像是占领了一座空城。轻薄的白雾氤氲不散，我们像两个深色的演员，走在一个长长的布满实景的舞台上，被一束束追光灯打亮。观众都隐藏在黑暗中。这是一座人口净流出之城，基本没什么新人,因此可以放心地认定,这里的人都是故人,我们的亲戚、发小、老师、同学,一多半都还住在这城里,他们不会消失,只会老去,并生出新的孩子——仍旧沾亲带故。他们可能就在路两边那些四方的小亮窗里,天色还亮的时候,我们可不敢这样手拉着手出门,倒不是怕他们八卦,主要是一旦撞上了,这剧情太唐突,不知道该从何说起。我们是抱着悄悄潜入,看一看就走的心态来的,不想被扰了清静。之前,我们在其他城市相见时,你我都已是半新半旧的人,如今我们回到了故乡,故乡也已是半新半旧的城市。这样的新旧碰撞太剧烈,信息量太大,时间却只有一夜。这让我们的这次造访更像是一次逆时空之旅,一路上我们都在感慨:太穿越了,太穿越了……)小学毕业那一年,我们几个男生已经走遍了放学途中所有能走的地方,再也发现不了新路线了。我想,这也是学校急着让我们毕业的原因之一吧,好让我们换一所学校继续探险。就是在这个时候,周城最高的一座楼落成了,是位于街心花园对面的一家大酒店,一开始我们都不明白,为什么一家卖酒的店要盖那么高?我们酒厂的大仓库也没那么高啊,后来才知道这酒店主要不是卖酒,是要住人的。大概从那时起,周城意识到了自己的偏僻与寒酸,所以要造出这样一座高楼,好接待远方尊贵的客人。以我当时粗浅的学识来看,盖大楼和种树差不多,不是一上来就往高了盖，而是先往下面挖，挖一大坑，然后不停灌水，施肥，培植种子，等很久，才见那钢筋水泥破土而出，一米一米长起来，终于枝繁叶茂，不可收拾。所以，我们上二三年级的时候，那楼就嚷嚷着要动工了，五年级时才看出点模样。高是真高，在此之前我们见过的最高的楼只有五层，而这酒店高达十二层！十二层，基本是在云彩的高度了，那远方的客人怎么上去呢？难道要一级一级爬上去？很快就有见过世面的人告诉我们，人家有电梯，人只要踩在一个梯子上，一手抓牢扶手，一手按一下电钮，梯子就通了电，噌噌噌把人往天上送，想送多高送多高。这实在太神奇，我们都盼着这酒店快些盖好，好去踩一下电梯。终于有一天，我们中有位神通广大的男生说，电梯安装好了，已经有人去坐过了。我们紧急决定，当天下午放学后也去坐电梯（此前我们已跟着大人去参观过，那酒店俨然成为一处不断生长的景点，引我们定期围过来，排队瞻仰它，心里默默培植着希望）。放学后我们辗转来到那家酒店前，酒店其实还没完工，底楼以上的部分都裸露着，露出难看的筋骨与脏器。但电梯装好了这一点应该不会骗人，不然那些楼顶上的工人是怎么上去的？那位男生就是这样反问我们的质疑的。我们决定信他一次。待要进到底楼大门里去，男生拦住我们，说："你们傻不傻，一楼大堂都是酒店的保安，会让咱们进去？"我们问：

"那咋办?"他说:"跟我来!"我们跟他来到酒店一侧,看到一架露天的楼梯——不带电的那种——曲曲折折贴墙而上,直达云霄,像是把原先嵌在室内的楼梯整个抠出来,架在这里。男生的意思,我们受点累,先沿这个楼梯爬到十二层,然后坐电梯下来,下来当然就落在酒店大堂保安的手里,但那时已经晚了,反正我们已经坐过电梯了,他能拿我们怎样?难道还把我们塞回去,让我们再坐上去?(就像我们把大人惹恼了,大人们常说的话:那咋办?又不能把他塞回娘胎里?)塞回去就更好了,我们就可以坐两次电梯了。我们听了,虽有些遗憾——我们理解的坐电梯当然是往上坐,越坐越高——但也提不出更好的办法。我们开始爬楼梯,体力不成问题,问题是我恐高,偏偏那梯子是镂空的,中间一格一格都空着,引我往下看,一看就腿软,最后几层真就是手脚并用爬上去的。十二层风大,吹着我们单薄的小身板,我们像刚学会走路一样互相搀扶着摸到顶楼边缘,张望我们的城市。我们的城市竟然这么小,这么不经看,一眼就看到了远处学校的操场,南关成片的黑瓦,酒厂的圆顶仓库,甚至看到了城乡交界的农田,我们用整个小学五年探索得来的疆域,现在一眼就看到了头。远处,巨大的云影落在地上,清晰地移动,而影中人浑然不知。大家都忘了重新考证我们与云彩的距离,因为云彩看上去还是那么高不可及,一厘米都没缩近。我们的另一项发现是我们的城市原来这么矮、这么丑，每一个房子的屋顶都很脏很旧，堆满破烂，我们把能看见的庭院都像头脸一样打扫得干干净净，唯独屋顶看不见，因此像床底、鞋底这些不见人的地方一样，成为肮脏的中心。我们都有点忧虑，造出这样一座高楼，本想向远方尊贵的客人展现高贵，不想只暴露了贫瘠。我们把视线收回脚下，看地上的小人，立刻就头重脚轻，身心失调，越是眩晕，越有一种要跳下去的冲动。风一阵阵鼓动我们，我觉得我们可能要死在这里，这符合我对人生终点的设想……这时候男生在另一侧喊我们："快点快点！电梯来了！"我们才想起来，爬这么高不是来送死的，是来坐电梯的。我们见到了电梯——根本不是一串连绵的软梯然后我们像一串蚂蚱被它串起来送往天上，而是一个黑洞洞的简陋的铁盒子，并且没有座位。我们被那个男生赶进这铁盒子里，刚站稳，门就无情地合上了，没有灯，我们和黑暗囚禁在一起，视线中只有一排数字从高到低亮着，男生很有经验地按下"1"，不想却启动了一场地震——大地猛抖一下，开始下沉，我们都吓得叫出来，属那男生叫得最响，然后我们又比赛似的笑起来，只没听到那男生的笑声。人直直出溜下去，内脏却升起来，堵在嗓子眼那里，胳膊像不会游泳的落水者四面挥动，想抓住某个熟悉和坚固的东西，然而所有东西都在等速下沉，连同这一块四方的黑暗，或者可能整个大酒店都在下沉。我们就死命抓住彼此，抓得肉疼。我们好像沉进海底一般沉了很久，比我们爬上去的时间还久，其间周边发出只有海底才有的那种空洞阴沉的呜咽声，像鲸。我想这会儿我们一定被送到了地下，不知道还能不能重见天日。这时候叮一声响，下沉令人难以置信地停止了，我们屏息等待一个最终的判决，手里抓着彼此的肉。只要能重回地面，只要能重回地面……我在心里发着这样的宏愿。我们后来是被地面上的保安追打出去的。（今夜薄雾氤氲，月光倾城，我们以此刻的身心来比对此刻的这座城，发现我们并无理由来嘲笑故乡。故乡也早已经不是故乡，只是故乡的遗址，我们是两个可疑的归乡人，像追踪一起陈年旧案一样，一路追踪到这里，希望找到更原初更本真的一些线索，借以确定彼此的身份，决定未来的去向。我们找到了吗？在一家商铺的大镜子前我们忍不住停下来，镜中的我们仍然那么年轻和好看，仍然那么般配，然而对眼前这桩大事来说，我们的时间不多了，我们要赶在这场夜游结束前给出一个说法，而这个城市又那么小，那么不经走。纵然往事连绵，还是要回到此刻，此刻刻不容缓。我们这样走走停停，既是贪恋眼前的相伴，未尝不是想给未来多一些机会。自重逢以来，这是我们的第四次相见，我们越走越远，终于回到起点……你后来告诉我，那一晚其实没有月光,一路照耀我们的是路灯,而那些挥之不去的氤氲之气,是雾霾。)

73 死婴

在周城妇婴保健院门前整齐大块的阴影下你告诉我,你也曾产下一名死婴。那时圆哥四岁,你和舍友关系已经时好时坏——坏的时候更多一些。你和圆哥睡了四年,四年里你们母子俩将那卧室经营成一个堆满卡通玩偶的粉红色空间,四年里舍友踏进这房间的次数不超过十次。你偶尔才和舍友同床,从不过夜,然而你怀了孕。既然怀了,就生下来?舍友似乎希望有一个女孩,婆婆虽一直期待你再生一个儿子,但至少也应该儿女双全。圆哥如果有一个妹妹或弟弟,应该也十分美好,尽管他更渴望一个姐姐("妈妈,你什么时候给我生一个姐姐?妈妈你快给我生一个姐姐吧!"每隔一段时间圆哥都要生出这样的非分之想,同别的诉求一样,他以为只要多求妈妈几次,妈妈就能帮他实现)。那就生吧,你这样想,但你并不喜欢,不管男孩女孩,只是觉得凭空做掉一个孩子,怎么说都不舒服。你和舍友讨论此事,此前你们已经很久没办法讨论一件事了,现在至少有了一件。在充分听取了外围的各种意见后,有一晚你们专程躺到一张床上,闭门商讨,要连夜拿出一个决议。那一夜舍友将分寸拿捏得十分精妙，让你想到一根细微的指针，一直在"生"与"不生"正中间的刻度上抖动，看似每一刻都有立场，每一刻又都不让哪一种倾向占上风，似乎他也不十分主张生；但理性上分析，生了又是一桩好事，于你于他，于所有人都是好事，但他又绝不坚决，一切视你的考量而定。整个晚上他就这样抖着，就等你一指头摁住它，将那指针固定在某个刻度上。正是在那一刻，你感受到了凛冽的寒意。你兴致勃勃地发起一场民意调查，纵使民意汹涌，真正要负责的只有你自己。连舍友都早早站好一个安全的位置，为自己留足了后路。悲哀啊。（要等到两年后一次大争吵中，舍友才振振有词地说出他真正的顾虑：他怕你。他从他身边所有已婚已育女性——他妈、你妈、他二姑、他表姐、他女同事，当然也包括你——中得出的唯一一个结论是：事情无论大小，一定要征得女方同意，最好直接就让女方拍板，否则男方将面临整个下半生都被埋怨的命运。你不知道该冷笑还是该咆哮："我是这样埋怨人的人吗？我们两个是我喜欢埋怨你多一些还是你喜欢埋怨我多一些？再说你既然这么怕我埋怨，为什么当时不说出来？"舍友拒绝再回答你的系列追问，他的理念似乎是，总要存一些话，留待下一次翻旧账时再说出来。这是你们总是吵架但每一次都能吵出新意的重要原因。）你决定生下来。（这是我的孩子，我要把他生下来,你们——那些笑眯眯的、一边酝酿回答一边紧急打量你的眼神以期获得一点提示免得说错了话的人们——看着办吧!)你将二胎的消息放出去,大张旗鼓地做起了孕妇,同时也是断了自己的退路。你马上收获了回报,事实上整个家族都为之一振,其中最明显的改观就是你婆婆,刚得知你怀孕的那几天,她成了这世界上最谨小慎微的女人。你和她同时在场时,她连每一次呼吸都像是小心调整过,生怕呼得太猛,惊扰了你的选择。而从前她眼里可只有她儿子,一家人吃饭时,只要儿子还没回来,她就狠盯着碗里的红烧肉,好像谁要动了她给儿子预留的那几个最佳肉块,她就要咬谁一口一样。待你终于做出那个决定,她的兴奋比所有人都露骨,她几乎是一路大呼小叫着、携带着全市人民的祝福与赞许跑来你家,并在门口卸下大包小包,似乎当场就要打响侍候月子的一场战役。她一面高兴,一面又仔细掩藏起其中惊喜以及曾经担忧的成分,以便让你明白,你做出这样一个决定是理所当然的,你怎么可能不做出这样的决定?你破例在沙发上多坐了几秒钟才起来,以享受这突然降临的礼遇,要知道刚结婚的时候,舍友可是专门教导过你,要求你在他妈降临你家时,第一时间从沙发上弹跳起来。你们结婚快十年了,你即使一万个不情愿,也已经将这条家规内化为生理反应,你曾恨铁不成钢地总结过:再荒唐的家规,从抵触到接纳，一个月都用不了。此刻你带着残酷的冷静审视婆婆：她由内而外地绽放着，她对你的好不是装出来的，她带着一种货真价实的悔改来到你面前，并将一直坚持下去，直到永远。你有轻微的眩晕与恶心感。你确定自己还没到生理反应期。尤其是，婆婆即使再掩盖，仍泄露了大量线索，你几乎能分辨出来，那一晚你和舍友彻夜长谈时，舍友的哪些观点其实是婆婆千叮咛万嘱咐要他转达，舍友将那观点照单全收，再层层裱糊，装扮成自己的观点。他像一个称职的议员，忠诚地代表着选民的意见。他根本就没有自己的意见！（"那怎么了？那又怎么了？一家人不就是要互相尊重互相顾虑吗？我听取我爸妈的意见，你也听取你爸妈的意见，怎么了？你敢说你哪个决定一点都没有考虑过你爸妈的感受？你和你爸一打电话一个小时你敢说你没受你爸影响？你敢说吗？"日后的那次争吵中，舍友一刻也没有抵赖就承认了此事，并不以为耻。"你还有脸说一家人互相尊重？那你尊重我了吗？你的眼里就只有你妈！"你回敬舍友。舍友说："我怎么只有我妈了？我和我妈这些年吵得那么凶你没看到吗？再说了，我只要尊重我妈一下，就一定不尊重你吗？我不是一直说由你来决定，由你来决定吗？你为什么时时刻刻总把你和我妈摆在一起，非要比个高低比个输赢出来？"你说："你和你妈就把我当成生孩子的机器，你看看你妈从前怎么待我的？我去你妈家吃顿饭,她从来就没给过我好脸色,从来都没给我夹过一筷子菜,哪怕做做样子。从第一次去就给我立规矩,立到现在立不完,最受不了她侍候你爸的那个样子,分分钟示范给我看,好像生怕你们家的家风失了传,圆哥都看出来我不愿意每星期装模作样去你妈家吃那顿破饭,我每次一去你妈家就胃疼你看不出来吗——可是一听说我怀了二胎,呵!你看她那个样子吧!你看她一天到晚乐成什么样?可是说到底,我不怪她,老太太想抱孙子也正常,我恨的是你,你妈的狗奴才,整天你妈你妈你妈,我从小到大没受过那么多的教训,全是你和你妈教训我,我和我爸妈打电话,聊的全是开心的事,他们从来不指手画脚……"舍友说:"那你知道为什么吗?"你说:"从来不替我做主……"舍友说:"我来告诉你为什么,你生圆哥那段时间我妈身体不好,要你妈来照看你一段时间,你看你妈那个样子,又是气候不适应,又是我们家的自来水有味道,又是惦记着你爸晚饭没人做,结果没待几天就回去了。你第二次住院,是,你妈专程来陪床,可你妈到的第一天就告诉我她陪不了几天,你爸等她回去——你妈眼里只有你爸!根本就没你!你承认吧!她根本就对你不负责任!什么事情都推得干干净净,她可是你亲妈啊,这些年你埋怨你妈埋怨的还少吗?不要以为我不知道!这些年是谁在照顾你?我妈虽然脸色不好看,我妈……"你哭了:

"我为什么要你妈照顾我?为什么要你妈对我好?你不能对我好吗?我想让你对我好……")舍友开始对你好了。他那段时间刚换了工作,新公司离家远,他早晨原本就要早起,现在又主动提前半小时起来做早饭。从前你简直很难见到一个完整的他,你们总是在早晨那犹如战乱般的气氛中匆忙打个照面,你连他当天穿了哪条裤子哪件衬衫都没印象,你们隔着卫生间的磨砂玻璃门互相交待一些事项。等你和圆哥洗漱完出来,你戴上眼镜,看清这新的一天时,他已驾车在高架上。晚上他下班晚,怕赶上晚高峰,因此宁肯晚些回来,你们说好晚饭自理(你怀疑多数时间他其实去了他妈家被他妈料理),你侍候圆哥吃饭、洗漱、做手工,母子俩靠在卧室床头上讲睡前故事时,大门吱一声打开,咣一声关上,一个男人进家了,伸头进来打个照面(不然你都不知道进来的是不是小偷),你们就算完成了一天的交接。周末你们偶尔也会出去和朋友吃吃喝喝一次,然而那属于一次社交,那种场合下他和一个酒肉朋友无异,甚至还不如一个酒肉朋友和你的交集多。因为人们总喜欢在酒桌上拆散原配,重新组合,意思是你们俩人一天到晚在家还没腻歪够吗,既然出来了不应该多和其他人聊聊天吗?殊不知这才是你和舍友可以腻歪一下的时间,却和一屋子杯盘狼藉在一起。更何况,只要你和圆哥同时出现,照看圆哥就是你的任务,好像你是专职保姆，有机会带你参加这样的饭局已实属恩惠，你更应该加倍做好本分——然而现在不同了，自从你们决定生二胎后，舍友每天从自己的睡眠中匀出半小时来做早饭，这期间他完完整整地站在厨房里，是一个百分百的老公，一个插翅难飞的老公。你珍惜这样的机会，总是随后就起身，赶到厨房里帮他拿拿放放，两人或侧着身，或背靠着背，说几句家常的话，互相看不到对方的脸，那声音却透出安稳，亲密，永恒。伸手踮脚取东西时扶一下对方，或者只是转身时衣角蹭到彼此，心里竟还有一丝悸动。就冲这一点，你想，这孕就算没白怀。有几次，他透露出新公司压力太大，或是因为他一手翻炒一手去够暖水瓶而显得手忙脚乱时，你心里升起爱怜，想从后面抱抱他，你多想趁他两手沾水时从身后抱住他，或者你两手端锅他在身后替你系围裙时顺势抱住你，你渴望这种毫无防备与招架之力的拥抱，这简直是你愿意留在这小厨房的唯一理由。有一次你已经轻手轻脚走到他身后，待要伸手，他在蒸锅的啸叫声中居然觉察到身后有人，好像脑后长了眼。他整个后背轻微地，然而又是坚决地僵了一下，像被断了电，瞬间变成一个死硬的、无处下手的人。（他外面是不是有女人了？身边人都这样提醒你，你再三思量，用此领域最有发言权者的语气说：没有。）慢慢地你悟出这早餐三十分的真谛：舍友堪称一个勤奋的人，他并不惮于更勤奋一些，但他只做事，不带感情色彩。所以是你想多了。或者按舍友的说法，是你要的太多了。有一夜圆哥发烧，你伸手向他额头，说，39.2℃（这些年你练就一手绝活，可以单手为圆哥测体温，误差不超 0.1）。你们立刻起身去医院，舍友把圆哥抱下楼，交到你怀里，然后去取车。这几年如果没有这样的突发事件，你很难在这个时段搭到舍友的车了，上车时你这样想。你是典型的"本本族"，驾照已换过一次，却从不敢开车上路，舍友因此理所当然将车据为己有，你向他申请用车，简直比在单位还难开口。这一夜，他将这家庭公用财产驾驶得如此专业，如此私人，像在享受驾车的乐趣。在医院他差不多只伸手接了一下病历，然后就像个专职司机一样等在一边，任你楼上楼下奔跑。你赌气式地不向他求助，而他嘴角紧抿，像在努力克制一个讥笑。此前一天你们刚就圆哥的养育与健康问题争吵过，未见胜负，在你看来那算得上一个纯学术问题，应该不伤及感情，然而今晚圆哥的高烧像是应声而至的一个例证，他赢了。此时他正谨守一个赢家的本份，看你一五一十地为失误买单。你气得要笑出声来。（"感谢你，我感谢你，我都没提示，你竟然能想起来那晚的前一晚我们吵过架，你竟然能看出两件事有关系，不容易啊——那你还气什么？还气得笑出来，你不应该惭愧吗？不应该自责吗？是，我是在看你笑话，可不光因为前一天的争论，是因为之前的无数次无数次的争论,这个问题我们可不是争论了一回两回了,你都忘了吗?我说过多少次不要再给圆圆报名参加什么自信心啊领导力啊什么乱七八糟的培训班,那帮人一看就是一帮骗子,又吼又叫传销一样打了鸡血一样,圆圆那天是被他们吓到了!而且那段时间正流感,那学校又在那么个鬼地方,不生病才怪!可是你听我的吗?这些年我说的话你听过一句吗?怎么网上手机上狗屁专家随便说句话你就听,我说句话,我哪怕学了专家的原话对你说——你也不听?为什么?")你后来也试着从舍友的角度去反观这些事,确实,他有些话不无道理,似乎也确有苦衷。你对他的关心也确实不够,他工作压力大,人近中年,一直未确立事业,他的收入已一天一天地比不上你。你确实从未因此介意,但他不。你真正不明白的是,以上这种种解释似乎都未触及根本,根本在于你好像不知什么时候深深地得罪了他,是那种出轨级别的,永远无法翻案的得罪。他努力想化解然而那东西已沉淀在体内成为身体的一部分,每当他蓄意悔转时,那部分就顽强地提醒他:不要这样,她不值得你这样。让你发疯的是,你不知道是在哪一天、哪一件事上成功得罪了他,当然也就无法避免再一次得罪,或许是一天又一天无数次的冒犯而不自知。作为回报,舍友最终将同情、怜悯、疼惜这些神经彻底切除,成为一具冰冷的人。你后来紧急住院后,有一晚曾对他客气了一句："明天还要上班，要不你回去睡吧，我妈在。"（你妈从两千公里外赶来陪床，已经陪了好几晚，出于礼节舍友也该陪一次了。）结果，他连客气都没客气一句，抬腿就走了。你在心里默默划上一条线，从此泾渭分明。一切都前所未有的清晰、明朗，再没有别的解释，你好像赤身走向一处多人沙发，向着一个空隙，沙发上的人抬一抬屁股，略做谦让，其实又都稳稳落回原位，那空隙一厘米都没变宽，你厕身其中，每一秒都像在忍受施舍。眼前这医院高大，肃穆，步调有序，每一步都导向一个刀具般冰凉的结果，那些依次排队上前慰问的人，心里大概有一个结论：这纯粹是一次欺诈性的怀孕，为的是检测一下周围人心，这本不可饶恕。可难堪的是，大家也都没经住考验，都露馅了，只是因为你以类似自残的惨烈方式收场（"四个动作容易流产，孕妈妈千万不要做！""一个动作立马流产！"你之前在网上读了不少这样危言耸听的文章，本为了预防，不想后来真的被你用上了），大家出于同情病号也保全自己的心理，才勉力维持一个还算温暖的画面，不将它戳破。而你此时无比清醒：从一开始你就在体内喂养一具死胎，却误将它当成新生。（你后来在周城妇婴保健院门前整齐大块的阴影下对我讲了此事。也许是医院，也许是我童年看死孩子的经历让你想到此事，总之你对我讲了，以分享一则案例的语气。这让我们的夜游暂时停顿下来,不知道接下来该往哪个方向走。)你爸来了,你爸坐了十三个小时的高铁,像个钦差大臣一样地来了。你和圆哥打车去高铁站接你爸,舍友照例未参加。看到你爸从出站口出来,提着大包小包,人群中找你,你就想笑,感觉他是刘罗锅与和珅的合体,耿直又狡猾的一个老头儿,只在你面前展露可爱,或者说这世界上只有你懂得他的可爱。(近日听闻我东南一带民怨沸腾,民不聊生,圣上体恤黎民,惦念苍生,特派老臣微服来访……自两年前那场流产事件以来,这是北方第一次来人。这从另一角度印证了南方局势的危急。)你们一路上都没聊到舍友一句,只聊圆哥,聊路上随机遇到的开心事,好像天下再没什么烦恼。他当然携北方的重托而来,然而在你家居留这几日,他几乎只字不提你和舍友的事,他像个熟练的外交官,晚饭后与舍友谈论朝韩局势与叙利亚停火协议,应邀去舍友爸妈家吃晚饭,互相询问三高数据,互赠礼物与客气话。更多的时间,他独自在家,替你们收拾房间(有一天上午门铃响,他以为修煤气的来了,按下接听,却迟迟无人应答)。你下班回家,他没完没了地教你腌制酱菜,给铁树换花盆,修理净水器管道,以及如何用一块引面做出蓬松可口的发面饼。你惊讶老头儿居然藏了这样一身本事,又不无悲凉地想,这算是对我的婚姻放弃治疗了吗?这是要抓紧教我一些生活技能以便独立应对漫长余生了吗？算了，想这么多干吗？享受这孩童般放松的日子才要紧。舍友那几天也真做得出，除了第一晚他破例早些回家与岳父共进晚餐外，其余几日，他每天将早出晚归做到更极致，好像他的事业已红火到六亲不认。你并不太愤怒，只觉得没面子。你爸坐在那里，即使一句话不说，也足够衬托出你的窘境：你爸是一个像泥巴一样瘫软和松弛的好老头儿，你可以随时去碰他捏他一下，不管你怎么碰他捏他，他都乐呵呵的，永远不烦不拒绝，最多懒洋洋一下，赖赖巴巴一下，而这其实也是他为了换一种新的方法来配合你。这是你理解的好男人。相比之下，舍友简直不是人。但前者只在此暂住，后者却据说要白头到老。这期间你妈差不多一天一个电话打过来，要与你爸密谈，你爸躲到另一个房间接听，却总把声音放到很大，让你们听到他的汇报："没事，挺好，呵呵，都挺好……回去再说……"你能想象你妈那边的恼火，她从四千里外派出中央巡视组，可不是要他报喜不报忧的。关于你爸来前你与舍友的那次大吵，关于眼前这场婚姻，关于未来（包括我），你已在心里理出一些头绪，只等你爸起个头，你就准备全说出来，说它个一天一夜。然而你爸不起头，只专心侍弄那几盆花。三四天后你妈也换了策略，电话铃声一天比一天紧急，要催你爸回家。你爸最终决定呆够一星期就回去，车票已订好。你提前就进入了离别的伤感，不敢想象当天车站送别的场景，如同小时候你爸送你上学，每天早晨都是一场生离死别，那时你觉得这事不公平，你爸送完你，转身就可以回到熟悉的家里，却把你扔进陌生的教室。如今你长大了，要送你爸走，可那个最离不开的人，仍是你。你爸终究是属于你妈的，她将他把控得牢牢的，因为这次千里探访，你几乎要欠你妈一份人情……你给你爸买了一条裤子一件衬衫，给你妈带了一套真丝睡衣，又加了几盒三七粉，早早收拾起行李。下一次见面不知何时，下一次见面，不知道这个家还有没有……临行那一天，你爸坚持要去一次花鸟市场，好为你们家的植物换些新的营养土，好像这才是你们家眼下最紧要的事。他不要你送，他说他和舍友说好了，明天一早搭他的车去。明天一早，两个男人一起出了门，早餐在桌上，你和圆哥在床上。你想象着，应该是等到车子驶上高架，舍友将前后车窗关紧，打开空调的车内循环系统后，两个男人开始了对话。事情也真怪，关于你的一场对话，你却不在场。想想也合理，综合两边、三个家庭、六个成人，唯一能平心静气说几句话的，可能也只有你爸和舍友这组关系了。（舍友与你妈讲不到三句话就开始互相斗气，也算丈母娘与女婿界的奇葩了。至于你爸与舍友——那一年你初到厦门，刚和舍友确定关系时，你爸也曾来过一次。他以出差的名义来，实则看看你，看看舍友。你还记得有一次你们三人一起去乘公交车,你搞错了线路,走了不少冤枉路。天气正闷热,大家都有些烦躁,当着你爸的面,舍友数落了你一顿,语气颇不耐烦。让你们都有些意外的是,你爸也罕见地发作了——对着舍友,他露出强悍一面,"作为一个男人……"你还记得那些重重的字眼。这是这些年来你爸唯一一次震怒。他好像一下就将怒气用光,从此专心扮演一个蔫老头儿,与舍友互相客气了很多年,似乎蓄意弥补当年的言重——总也补不完。这一次,如果不是事态发展到这等地步,他与舍友间那层裱糊多年的窗户纸,仍不会捅破。)这个上午你等了很久,你爸才打车回来,他像两年前你婆婆一样,在门口卸下大包小包的土,沉甸甸的,像这次谈话的成果。你留意着他的神情,有没有要说点什么的意思。没有,一点都没有(要再过一段时间你们才有机会谈起这次探亲——那时你爸已回到北方,你们通了一个电话——你爸像医生一样懂得尽量不去打扰这个家庭的常态,却无时无刻不在望闻问切。那天你把他送进闸机口,十三个小时的高铁后,他给出的是一份"病危通知")。他进门就埋头换土,给没用完的土分别贴上标签,好像今后真还有机会用似的。时间也紧张,你们匆忙吃过饭就去了高铁站。那天候车大厅的空调打得很冷,等车的人很多,有列车晚点,有乘客投诉争吵,广播里一遍遍说着绝情的话。你把咱爸送到闸机口,你们都没哭。

74 试飞

我是初一升初二的暑假里学会骑自行车的。那是我私人交通史上的一次飞跃,你能想到吗?当年那个推自行车走路都紧张到手脚发抖的少年,有一天也将那铁家伙骑得飞快。那一年家属大院拆迁,我家咱爸从单位领到一些租房补贴,我们家就搬到城西一处民宅,租住在那里。那是一个带院子的平房,房东住左半边,我们家住右半边。右半边更小一些,只有一个大通间,四口人睡在一张超级大床上,做饭就在门外厦子里。妙在那院子够大,房东一家忙做生意,没时间归置,就那样白白空着,我去了,那院子才真正繁忙起来。我就是在那个院子里第一次学会骑自行车的。那时我已经到北郊读中学(而你去了城南的中学,我们要再过几年才能相遇),路途遥远,班里男生一个接一个都加入了骑车的队伍,每天风驰电掣从我身边飞走,或是骑到我面前时一个急刹,问要不要载我,好像在调戏我。走路,再不是一件时尚的事了,我一个半大小子,姑娘一样坐在男生自行车后座上,有时那后座过于宽阔,我不得不侧坐着,双腿并拢在一侧,将书包抱在怀里,那样子，委实不够露脸。那时风气，公开努力是丢人的，偷偷摸摸反超才是本事（我干的最漂亮的事就是一个暑假长高了 10 厘米），因此假期里我们总要悄悄干点什么，好弥补上学期的劣势。那个假期我发誓要学会骑车，大人没功夫教我，我就捡起一辆破自行车，每日在那院里操练，像是闭门修炼某种神功，只等着有一天威震天下。那院子虽然还算大，但对初学骑车的人来说还是局促了些，不可能骑得很欢，我因此憋出一身畸形的车技——我只会转圈骑，而且专攻逆时针，车把一直往左歪着，如果换到顺时针，我就要撞墙或摔倒。然而不管怎么说，能把这大机器骑得团团转，也称得上我人生的一次质变了。咱爸那时有一个工友，被我称作叔叔的一个大高个，却是整个单位唯一不会骑自行车的大人，他的理由是——他常在遭人嘲笑时用夸张的语气把这理由说出来——"这玩意儿怎么骑？怎么能不歪？就俩轱辘，着地不够二指宽！""二指宽"从此成为他的绰号，他生得尖尖瘦瘦，脸比二指宽不了多少，别人就反问他："你长得像根杆子，怎么不倒哩？"他就说："别看我瘦，我有脚底板，脚底板有脚趾头和脚后跟，算两个点，两只脚就有四个点，四个点当然不倒。"别人继续逗他："那怎么你一只脚也能站住？"他略有些恼怒，急说："那我一只脚有五个脚趾头，加上脚后跟就是六个点，六个点怎么不能站住？"他就这样，多年来一直用朴素的力学原理质疑自行车这项伟大发明,从不肯亲身实践一下。在他看来,自行车最终总要歪倒,即使暂时不歪倒,也是走在歪倒的路上。我自小听大人讲二指宽的故事,想不出反驳的理由,因此也一直对自行车心怀恐惧,直到有一天我亲手驯服了一辆自行车,才大概明白这项奇迹的原理:固然自行车只有两个点着地,两个点按说是站不住脚的,然而奥妙正在行驶上,只要这车子动起来,它就拥有了第三个支撑点,这第三个点一直在移动和转弯中,骑车者必须一直骑,并时时微调车把,好追上这第三个点,一时追不上,就连人带车歪倒。我得出这结论,甚是得意,然而实践中我只能捉到车身左边的支撑点,对右侧的点毫无心得,因此我只会逆时针转圈骑。这是一个致命伤啊,这意味着我没法将我的车技大白于天下,因为一直转圈,永远骑不出这个小院。并且我只会"骑死驴",就是不会上下车,只能胜任途中,方法是先让车停靠着,我踩着椅子或屋前台阶跨上车去,单脚蹬地,丑陋地将它发动起来,然后就进入了如宇宙般永无休止的循环中,不知如何开始如何结束,只知道一刻不停地运转下去。直到骑不动了,歪倒在柴堆或墙上,或者被大人一把捞过去,强行摁住,总之都属于硬着陆。那年夏天,我大半个暑假都在那院子里转圈,等人把我救下来,我像一颗行星似的转了一圈又一圈,如果折合成直线,大概已经骑到了内蒙古。房东的瘦老婆回来了，看我在院子里飞转，已经到了人车合一的境地，她张着手，不敢上前招架，最后贴着院墙躲进厦子里，说："孩儿，晕不晕啊，我看着都晕！"

（十七年，我们围着华东六省一市转一整圈，又回到我们出生和相遇的小城。这样的安排太过圆满，怎么看都有告别的味道。如果今晚是告别，那这样的告别太叫人伤心，我们没有吵架，不是决一死战从此仇深似海的那种分别，我们好好的，仍然深爱着对方，仍在创造着属于我们的一个个"第一次"，却随时可能成为最后一次。这样的告别如果成真，可能就是永别。倒是那些大打出手后的分手，留足了复合的可能。今夜我们手牵手，沿着我当年上学的路线——也是成年后，你在长途车站接到我，我们一起走过的路线，也是很多很多重大事件的路线——重走，走向我第一次遇到你的地方。这一路上的故事太多了，每一脚都能踢到几桩往事，我们常常抢着说话，又常常陷进沉默。你家咱爸妈还住在这里，你家的多数亲戚都还在这里，今晚他们都识趣地早早躲在家里看电视，把街道和路灯留给我们。他们在等我们给出一个结论，而我们掉进往事中不能自拔，将最后决断的时间一拖再拖。我家这边，咱爸妈已经搬走了，但是我小姑还在——就是当年每天早晨拖着我上学的长腿女生，如今已早早做起了奶奶——你可知道我后来是怎么把自行车骑出那个院子，骑向外面的广阔世界的？这件事还和小姑有关。）那一年小姑已在家休学待业，青春叛逆，加上气球型体质，她很快将自己吃成一个胖子，后来因为和一位长途客车司机恋爱，她决定重回赛场，跑步健身，瘦回长腿美少女。然而那年代毕竟有些保守，全民健身时代还远未到来，为恋爱瘦身这样的事，更叫人说不出口。那些每日跑跑跳跳没个正经营生的，要么是体校的学生，要么就是社会上的不良青年——小姑于是盯上了我，有一天她专程来对我说："哪有你这样骑车的？你这样一直转圈会把车子骑坏，算了我受点累，带你去个地方吧，那地方最适合学骑车，你别怕摔，我扶着你。"小姑带我去了周城体育场，也就是她准备为爱瘦身的地方。说起来，我们的周城虽然在国家版图上如此不起眼，却意外在田径赛场上获得了存在感。不知道是不是和我们男女老少都爱走路的风气有关，那些年，周城连续向国家队输送竞走运动员，接连拿下奥运和世锦赛冠军，于是上面大笔一挥，拨下许多款子，造了这豪华的体育馆和田径赛场，以示激励。这赛场豪华得像是从天而降，与周城灰头土脸的背景太不相称，像是硬安上去的。亿万年后，如果后人将我们的周城出土，或许会像质疑埃及人造金字塔一样，将体育馆米色的马赛克外墙与赛场赭红色的塑胶跑道归结为外星来物。这让那些尚在温饱线上挣扎的周城人民错愕不已，人们扒着体育场的铁栅栏，张望这更高更快更强的新世界,指点跑道上那些扭着屁股疾走的人,不相信走路走得快也能当饭吃。然而这体育场既然降落在我们的周城,周城人民也不用对它太客气,很快,街头篮球少年们就将那铁栅栏折弯几根,弄出一个洞,连人带球钻进去。管理人员也睁一眼闭一眼,论起来,大家都沾亲带故的,而且奥运冠军好多年才出一个,那赛场多数时间都闲得要长草,来几个野孩子踩踩,倒也好。那洞越来越大,终于能塞进一辆自行车——如同今日的三环飙车少年一样,当年也有年轻人钻空子去那跑道上飙自行车——小姑和我去了,才发现我们来晚了,那赛道已十分繁忙,跑步的、骑车的、遛狗的,甚至放羊的都有。小姑教我如何把车子遛起来,我遛起来了,她就跟在后面跑,手抓住自行车的后座,生怕我摔倒,但其实没过多久我就撒欢骑起来,发现骑车就是一件很自然而然的事,就像风筝第一次从橱窗来到天空,一点小风就让我飞起来了。小姑又教我如何下车,如何顺时针转圈——当这个圈足够大,大到一个国际标准田径赛场那么大时,我发现顺时针还是逆时针就不那么重要了,我神不知鬼不觉就学会了往右转圈,而且很快就骑出体育场,到真实的路面上去和人较量。在正规跑道上练车,由前体育生陪练——在骑自行车方面,我也算得上科班出身了。小姑也有收获,她一开始跟在我的自行车后面跑,后来自己跑,越跑越瘦,最后嫁给了长途司机,然后就坐进小姑夫的长途客车售票员座椅上一动一动几十年,重新成为一个胖子。(我们这样放纵回忆,既为推迟决断,也是想借此确认自身,确认此刻——此刻我们是谁?我们怎样一步步变成了今天的你我?看上去,四十年来"我"马不停蹄,一秒不曾缺席地变成了今日的"我",细想想,又有很多断篇的地方,很多不可思议的逾越与质变,像宿醉或梦游中发生的事,让清醒的人不敢相信。我这样不厌其烦地向你讲述我的交通出行史,也不过是从一团乱麻中试着抽出一根线索,以导向此刻的我。轮子,蒸汽机,化学燃料,核动力……人类就是沿着这样一条线索越走越远,来到今天的。我们像刚确定恋爱关系的两人,从相遇那一刻起,一天天回忆相识相爱的过程,一秒钟都不肯放过,为那些险些错失的瞬间而后怕,而庆幸。而你我半生离合,这回忆自然就更漫长和琐碎些。这一次,我们飞机加高铁加汽车,从不同方向回到故乡,我的回忆却是从步行开始,从骑自行车开始,这中间的路途着实有些遥远,但并非不可讲述。你且等着吧。)

75 基因

小姑真是一门古怪的亲戚,她曾是最年轻的长辈,是长辈中的同学或校友,如今却是甩下我们而加速老去的同龄人,刚过四十五岁就当上奶奶。她身材庞大,抬头纹深刻,嗓音像吸毒的摇滚女歌手一样沙哑,这些年她和周城每一个坐过长途车的乘客都嘶吼过,和长途车站的每一位竞争对手都互相谩骂过。她嫁鸡随鸡,在恋爱的头一年就从长途司机那里学来全套的异地口音,让娘家人嗤笑多年,却并不能帮她赢得婆婆的喜爱,这些年她和大姑子小姑子集团一直不太平。因为树敌太多,她一次次回娘家搬救兵,她的众多兄弟姐妹都为她赴汤蹈火过,有的被她大姑子揪过头发,有的被争抢发车时段的司机踢过裆部,还有的被当地派出所捉去拘留,未及释放,她那边已经和敌人和好,互相道起歉来。她虽然总是嘶吼,但转眼就能很和善,与陌路人说起体己话来更是厉害,常常挎住人家胳膊,把人家肩头的头皮屑一粒一粒拈走,然后边热聊边走出好几千米而不觉("姐哎,这句话你可说到我心坎上去了……姐哎,这个事万年也不能怨到你头上……"她总对陌生女子这样掏心掏肺，让她的亲姐姐们愤恨）。她的丈夫，那个阴沉的冷暴力者，一直巧妙地使唤着她和她的家人。他善于快速挑起事端，然后在场面不可收拾时第一个躲进大巴，事后被谴责时就做出一副软弱相，背过身去又嘲笑人家只会打打杀杀，活该去干那堵枪眼儿的事。他总能在一片人仰马翻中全身而退。这些年他只精心伺候他的大巴车，他先是按"替老换幼"政策从父亲手里继承下这项职业和手艺，在市场经济到来时又随父亲来到周城，成为第一批个体司机，如同大航海时代各国海盗争抢航线一样，他们在这块荒蛮之地杀出一条血路，为把周城人民带去远方而抛头颅洒热血（历史将会正确评价他们，此刻我的眼里只有偏见）——他每日驾驶大巴在周城与省城间往返两次，次次不空手，这条人人艳羡的黄金线路，高峰时可谓日进斗金。他将自己定位成一位戴白手套的专业工作者，将行政、后勤、外交、战争都交与家人，这就是为什么他至今仍保养有方，头发像郭富城一样整齐和分明，而他老婆却老得像他妈。他重新定义了小姑，从外貌、口音到价值观，这让小姑的娘家人又恨又嫉又怜，将她视作一个不能割舍的叛徒，一个无法倚靠的有钱人，受伤时（比如在拘留所时）几次喊出要与她断绝关系，下一次她蒙难了，又甘心被她召唤。作为家族首富，小姑如今每句话都要提到钱（"你在上海混得挺好？一个月混多少钱……不离不行吗？她黑了你多少钱……以后再找，千万别找离婚带孩子的，再有钱也别要……我对咱大哥咋不好？每次去都提着五六十块钱的东西……我怎么没付够二哥的工钱？他那年替我卖票少了三张票钱我也一直没问他要……咱娘活着时在他家打个吊针，注射费都是我出的，三十八块钱发票我到现在都留着呢……哎哟不是我不借你，我们手上也没现钱，钱都让你妹夫存成死期了，一年光吃利息都吃不了……你把俺垫的四十块钱给俺！"）。人们发现，她和传说中有钱人的做派或曰资本主义精神一样一样的：阔绰而节俭——她家的大巴车已更新换代过几次，她却从不肯在自己脸上投资一分钱，她过去从不用护肤品，只在2015年后才开始接受儿媳的礼物，往那张老脸上搽一些油脂，一面抱怨物非所值、羊毛出在羊身上。小姑和小姑夫几十年在路上，在省城的次数比省委书记都多，却始终是个往返者，从未在周城以外的地方置业（小姑夫精通省城各大标志性建筑的方位，因为大巴进城后他总要根据乘客目的地及时指点他们在何处下车，但他自己却很少有机会光顾那些地方。只要离开既定线路，小姑夫在省城的高架上开车还会迷路，并且至今没办法将私家轿车精确地停进那些方格子车位中），当身边有能耐的人都迁去大地方后，小姑一家仍然留在周城，她最远且几乎是唯一的一次旅游也不过是到了青岛，第三天就因痢疾返回。她几年前才从婚后单位分的鸟笼子公房中搬出来，搬进稍大些的商品房中，用上地暖。她倒是早早给儿子买好三房两厅，在周城最高贵的地段，把儿子名字写上房产证，把这套钢筋水泥的重物绑在儿子脚后跟上，让他插翅难飞（她的儿子历经逃课、辍学、离家出走去烟台，去河北当兵，去陕西学厨师，去青海贩卖藏獒，终于回到周城的三房二厅成亲，次年产下一子）。小姑最近一次成为家族焦点是因一起暴力事件（其实每次都是），她家和她二哥也就是我二叔家起了冲突，把我家咱爸也牵连进去，基本逻辑和从前历次冲突都差不多，即：回娘家搬救兵——共事中产生利益纠纷——反目成仇大打出手……只不过这次情节格外严重，是一次总账式的清算，并且与外人无关，是纯粹的家族内斗。（我曾试着从原生家庭的角度与咱妈分析小姑的人格养成：她是六兄妹中最小的一个，后来者、多余人、童年时险被遗弃和饿死的女娃，这样的身份观根深蒂固，让她总忘不了示好与表忠心，尤其在"外人"面前，以弥补和挑战自家人的冷落——最终却落得里外不是人。当她眼见亲哥和亲老公扭打成一团时，她哭喊道："我死了是不是就好了？我死了吧，快让我死了吧！"）整个事件持续近半年，动用黑白两道，祖孙三代，造成共计三人住院（其中一人接受手术），两人被拘留（其中一人因病豁免），一人逃难外地至今未归。未来十年内，两家是无望和好了，倒也清净（那时我官司未了，咱妈在上海陪我，我不在家时，她常打长途电话回去，一打一个多小时，两边调停，口干舌燥。我有时突然开门进来，见她站在房间正中，像指挥家一样舞动单手——另一只手握着手机——像要调和一支声势浩大然而各吹各的互相不配合的交响乐团。我在家时，她小心藏起北方的消息，专心与我分析官司事项，手机一响，她就一惊。那时我想，谁能有幸从各自眼前这万千纠葛中脱身呢？谁都不能）。关于小姑我要补充的最后一件事竟与你也有些关联——这历史悠久的小城，谁跟谁都脱不了干系——2001年前后，小姑一个人在家洗头（她只能趁两个车次之间的间隙跑回家快速洗个头，吃个饭，头发不干就跑回车上，卖票，招揽乘客，并与其他车主对骂），她只穿贴身小褂，弓腰撅屁股，头插在脸盆里，泡沫才打在头发上，她闭着眼睛，听到一个男声轻轻地呼唤："小姑，小姑。"那声音像从地缝里钻出来，她从后背到后脖颈起了一层鸡皮疙瘩（那时我已经去了上海，另一个叫她小姑的人也远在他乡，她被一个完全陌生的声音唤作小姑）。她披上外套，四处寻不见称手的东西，就抄起她家夹蜂窝煤的长长的铁筷子去开门，想想又觉得欠妥，就回身夹起一块蜂窝煤，假装是添煤的途中来开门。她把门开了一道缝，门外站着一个圆圆脸的小伙子，个头很矮，头发乱糟糟，看样子已经等得有些不耐烦，此时则努力做出好久不见的样子，说："小姑？"小姑说："你是谁啊？"他说："小姑，你不是××的小姑吗——他提到我的名字——我是他同学啊。"小姑说："啊……我……你找他有事？他没在家。"（我没在小姑家已经好多年了，高中时我确实曾有一年多寄居在小姑家，然而那是五六年前的事了。）那人说："小姑，我知道，我不找他，他不是去上海了嘛，我们是高中同学啊，原来天天在一个学校上学，还一起踢球，刚上大学时他还来我的学校找过我……"小姑说："你找我有事？"他说："没事没事，我就来看看小姑，小姑我那时就听他说过，小姑在长途车站，我今天坐长途车来的，刚才在车站打听了很多人，才找到小姑家，小姑家不好找啊……"小姑此时已放下铁筷子准备开门，忙乱中那链式安全锁却怎么也打不开，这期间那人一直在门外絮絮叨叨，好像聊天已正式开始。小姑见他短期内不像要走的样子，就说："那谁，我家这个门平时不走，锁都锈住了，我一会儿要出门上班，你要有事找我，要不就绕到前面去，从院子的大门进来？你要没事……"那人赶紧说："怎么绕？"小姑就站在门里给他讲解路线，头发上还滴着水，那路线有些复杂，因为那年长途车站正在整修扩建，院里成了大工地。那人就在外面耐心听着，不说有事，也不说走。（你猜到了吗？此人正是我们的高中同学，准确地说是你的同班同学，我和他不在一个班，所以不太熟，但是你读大一那一年，我去你的学校找过你一次，他也在。你们大学仍是同学。那天中午我们三人一起吃了一顿饭。那是我和你平生第一次吃饭，他买的单。）他后来真进了小姑家的门，坐在小姑家的沙发上，脸对脸看小姑狼吞虎咽吃午饭，一面继续述说着往事，就好像他是小姑花钱请来说书助兴的艺人。小姑一直等他提一项具体的诉求，她好干脆回绝他，然而他没有，只是一次纯粹的探望与叙旧。其间小姑两次让他吃饭，第一次他坚决不吃，说吃过来的，小姑不小心又让了一次，结果他挪过旁边的饭盒就吃起来。饭盒内容简陋，没什么好菜，他倒一点也不在意，吃完还要抢着刷饭盒（小姑后来只好去外面给小姑夫又买了一份饭）。他就这样，几乎是半强制性地和小姑建立了联系，其后几年他又来过数次，所幸小姑忙得很，能把她堵在家里的机会也不多，多数时候小姑正在车场四面张罗，他从天而降，小姑每次都把他忘了，他也不恼，每次都从"我是他同学"开始讲起。有一次小姑有所醒悟，就说："你要坐车吗？下次你坐车告诉我，线路合适的话，我把你送上去。"周城汽车站的大巴多数为私人承包，关系好的车主，都会互相"送"亲友免费乘车。他听了，立刻说："好啊，我正要去……"他说了一个地方。小姑掐指一算，不是特别合适，但还是通过站上另一个人将他送上车。然而据说那车开出去没几步，他就突然想起什么事，要司机立刻停车，放他下去，好像他就是为了免费体验一下似的。（小姑曾专门打电话向我求证，我核对了名字相貌细节，确定是他，但记不起什么时候向他讲过小姑的事，我向小姑客观评价了我和他的交情，叫小姑下次可以不用理他，小姑说："是，他那年是掏钱请你吃过一顿饭，可是我现在也回请他了，回请了不止一顿了，有一年……"）有一年车站领导班子换届，小姑一家请新领导吃饭，刚招呼众人落座，他来了。北方传统，来客总要让吃饭，赶上饭点儿，总要客气一句，结果小姑一开口他就答应了，洗把手就坐进座位里，酒后与领导们海聊，鸡零狗碎，男盗女娼，知道的还真不少。领导也摸不透这人底细，以为是小姑知己的朋友，特来陪酒的，也就对喝起来，直喝到称兄道弟。要等到几年之后，那领导已调到别处，小姑有一次在车站与领导的老婆遇到，那妇人于万人丛中将小姑指认出来，特意抢上一步，捉住小姑两手，说："妹妹，你是不是有个侄子叫××？哎哟我可找着根儿了，那天我正在厨房里摘菜，他来了，站在我家窗户底下喊我：嫂，嫂，是我……"（然而他并非这小城独一无二的传奇人物，因为这里不乏此类人，他们长时间失踪，又周期性降临，趁你在家洗头或摘菜时呼唤你，你打开门窗，他立刻化身你的至亲，要求加入你的生活。他每次都打着"探望"的名义来，每次都两手空空，那相貌与眼神也让你无法从他身上贪图些什么。他倒机敏得很，你哪怕把门窗开到最小，他也能从中发现机遇并顺藤摸瓜，将目标人堵在家里。他并无具体的请求，然而总让你感觉他在放长线钓大鱼，他这样无欲无求的时间越久，你预感自己要支付的这条鱼就越大，你想过冷脸将他一次性回绝，又怕事后会有罪恶感，想自己是不是太冷漠？太有悖北方人的待客之道？这过程中，他大概得过一些小恩惠，但从未借机将自己做大，只是不断地要挤进来，贴上去，粘在一起。他代表了这小城的一种基本生存逻辑。只是他将这逻辑践行得过于露骨，终于到了人人喊打的地步。）多年后我与你聊起这位老友，本以为会让你吃一惊，不想你存了更多有关他的故事（他这个人，在每个人面前出现时都无比诚恳，怕就怕这些人背后串联起来，拼图一样，将他拼成一个笑话）：你与舍友结婚后，曾一起参加过一次高中同学聚会，这样的场合，自然少不了他。他将你和舍友看在眼里，笑吟吟的，好像藏了很多话未说。一段时间之后，在厦门，舍友接起一个陌生的手机号，是他。他劈头就说："这不是家里人想去鼓浪屿玩嘛，旅游旺季，订不到宾馆，你给找个地方住呗，三口人，挤一挤就行。"舍友说："我们刚结婚，房子还在装修，现在在我妈家住着，晚上睡觉也只能挤一张小床呢。"他说："你们怎么不结婚前装修，人家都结婚前装修,那现在装修的怎么样了?我倒不在意,大夏天的,又不是冬天,地上扔张席子就能睡。"舍友说:"地上睡着装修工人……"他遇上舍友,也算棋逢对手,两三年内他们再无联系,然而两三年后他又冷不丁打来电话(最让舍友受不了的是他那种理所当然甚至还略带些不耐烦的口气,所以第一次通话后,舍友就将他的号码存起来,标为"别接!",然而他早换了新号码),又是类似的一场对话。舍友算是很小心的人了,可是防不胜防,人总会不小心接到一些不想接的电话。舍友最后一次接他电话是六年前,这时候大家多少都成熟了些,懂得寒暄了,电话接通后,那人说:"过年回来吗?回来给我打电话,聚一聚,你可很多年没回来了。对了,我最近……"舍友说:"我现在就在周城。"他惊到了,说:"什么时候回的,也不说一声。"舍友说:"昨晚刚到,我姥爷去世,我正在葬礼上。"听筒里鼓乐齐鸣,女眷们哭天喊地,听上去舍友没有骗他。他受惊的程度超出舍友想象,竟将多年修炼的礼节客套一朝忘尽,嗫嚅一句就将电话挂断。舍友因此获得一段长达六年的清净。(但是于我而言,这些都不是他最大的惊人之举。多年后你我重返周城,一夜走遍往事,那一夜,我们聊他的时间并不多,毕竟他在我们的故事里只是个小角色,我以为已将他说尽,不想你还留了一个。你大概犹豫很久要不要对我说,终于,当我们站到母校中学门前，看到那些如我们当年一般大小的孩子们下晚自习后蜂拥出校门时，你说了最后一段故事——那一年你在济南，我不在，你未婚，那人托你们的高中班主任，辗转给你带来一句口信，只有一句话：我们，有没有可能？在这方面你算见过世面的，然而还是惊诧良久，想不到身边竟还潜伏了这样一位伺机提问者。你和他高中同班三年，大学同班三年，毕业后他回周城，你在省城，相距一百五十公里。你的回信仍通过那班主任原路返回：没有。）那几年，舍友与你争吵，上升到族群攻击时，就拿这位同学做例证，以证明周城人种低劣，品行近乎无赖。问题是，舍友算哪里人呢？这真是一个难回答的问题，它几乎包含了你们婚姻的全部机密：起初舍友和你我一样，生养在这小城，高中时我们同校，他和我同一级，十八岁考上大学，去了厦门，从此定居。然而这标准履历他们家可从不承认，他们祖籍福建，一直自称厦门人，因为一些不可抗的历史原因，他们家流落到北方小城，落草为寇一般，与这群乡巴佬为伍。很多年他们家都抵制北方的包子面饼，大葱大蒜，然而你要他们拿出一道厦门菜或者哪怕南方菜，他们也拿不出什么，他们像一组抽象的前朝遗老，维护着一个虚无的故国。他们甚至很多年都没去过厦门。舍友生在这样的家庭，小学第一天入学他就是另类，因为他明明生着和我们一样的鼻眼，口音却奇怪，是普通话与方言的一次变异组合,我们称之为"撇腔拉调",是滑稽演员才用的说话方式。他的父母自他学龄前起就用土法秘密培训他的口音,如今将这成果公之于众,似乎他才是他们家来历不凡的铁证。这可害苦了舍友,他一定没少沦为周边人的笑柄,然而孩子的语言适应性极强,入学没多久,他的发音就被本土化了。(搋、扽、谝、哕、撂、扛、潲、爩、劖……北方预备了一整套凶狠冷僻的动词,靠它们来指认同类,你哪怕稍有一个发音与他们不同,也立刻招来孤立与嘲笑。甚至连"碗"这种新华字典规定的名词,周城也叫出了地方特色,舍友有一次去同学家吃过一顿饭,回来一张口就被父母训斥:"跟谁学的'大碗'?咱家哪来的'大碗'?记住叫碗,碗!")他的父母觉察到了,待他放学回家,他们关起门来,狠狠地矫正他,使那口音更加怪异。因为缺少影像资料,如今这口音已失传。也真难为了他父母,他们像一对远离现场的考古者,凭着手上一星半点的出土物,试图重建他们的母语。舍友处在两个语种的拉扯下,日渐沉默起来。他想,只有当他不说话时,他才不被两边人都排斥,变得合群一些。他们家家教极严,整个小学期间,家里的黑白电视只有一档节目对舍友开放——那是一档围棋教学节目,差不多也是最不需要彩色电视的一档节目,通篇就是一位老先生站在一面竖起的棋盘前,将一颗颗镶了磁铁的棋子啪啪啪钉在棋盘上,同时乏味地讲。舍友的父亲喜爱这节目，他自己倒不喜欢下棋，只是觉得指尖拢在一起拈棋的样子着实高雅，与周城人有足够的区分度。他逼舍友一放学就坐在电视前，一集不落地看，暂时没有棋盘和棋子，他就帮儿子在纸上画一张局部棋盘，然后用铅笔画圈落子（空心为白子，实心为黑子）。舍友乖乖地学，慢慢竟有些痴迷，不但在棋盘上做笔记，嘴里还嘟嘟囔囔，一句句复述老师的话。没有人知道他的真实动机——他并不在学下棋，他在学说话，学电视上那位老先生的普通话。他不敢太大声，也不能不出声，就将那些字眼一个个咬在唇齿间，将那些美妙的音节和声调刻录进心里。（日后他在武侠小说中遇到了类似的情节：少侠一面被师父师娘训诫，一面与江湖各路游侠切磋，实则夜夜不眠，月下独自修炼；他假装吞下坏人献上的毒药，实则趁其不备，将毒药偷吐掉。他等着自己一鸣惊人的那一天。）那年代，县城里连语文老师课上朗读课文都用土话，普通话离周城太遥远了，只是电视人的特定发音，相当于一种能听得懂的外语，老百姓听听就好，万万说不来。舍友抓紧这唯一能听到纯正普通话的机会，秘密地学下去，那围棋节目也真争气，一集集播下去，总也讲不完。20世纪80年代中期，聂卫平还未被授予"棋圣"称号，围棋热暂时还未波及周城，大人们偶尔下下象棋，男孩子们热衷玩军棋，女孩子们则用四个军棋棋子配上一个沙包,将它发展成另一项运动(俗称"拾子儿"),整个周城或许并无另一人会下围棋,舍友学了这屠龙之术,却从未有机会实战。他扬名立万的时刻要等到初中,入学才不久,他偶然被老师点到朗读课文,他意识到时机到了,拿出多年深藏的本事,一开嗓就把老师震住——多么雅致的口音!老师教书多年,头一回遇到这样的学生,立刻将舍友引为知音。这语文老师颇有些旧式文人风范,爱喝点小酒,常在午后赤手红脸来到教室,摇头晃脑读课文占去大半节课,导致来不及分析上星期的试卷。他重鲁迅而轻朱自清,每逢鲁迅文章他都格外庄重,将课上得充满仪式感,讲《孔乙己》时他恨不能长袍加身,化身孔乙己本人,单是开篇第一句"鲁镇的酒店的格局,是和别处不同的"他就能讲半节课,只为说明句中三个"的"字为何缺一不可。讲《藤野先生》时,他换上一身工整衣服,进来后一言不发站上讲台(平时他总要和后排男生嬉笑一番待铃声响完才磨蹭上台),左手背后,右手执笔,顶天立地写下"藤野先生"四个大字,用的是行草,"藤"字草头那一横曲折绵延,横贯东西;再屈膝弓腰,换上小楷,在四大字的右下角恭敬写下"鲁迅"二字;然后退到教室后排检视,再回到讲台,将"野"和"迅"的笔锋略做修饰——这一番折腾后,他才长舒一口气,第一次正眼瞧台下,好像刚发现下面还坐了一屋学生。这样的文章,

303

他好像舍不得让别人来读,总要亲自读,读到"还要将脖子扭几扭,实在标致极了"时,他实在得意不过,也将脖子扭几扭,读得神采飞扬,好像这几句是他写的一样。课间翻作业,遇到书法好的孩子,他就一副被吓坏了的样子,先是"嘶"一声深吸一口气,然后发出一连串民国文豪才会发出的"哎呀呀",接下来就捧着那孩子的作业本,直通通奔向座位。不知道的还以为那孩子惹毛了他眼看要挨一顿打,结果却看到老师半蹲在过道,两肘撑在学生桌上,整个上半身倒悬在作业本上方,与学生一笔一画分享(事后同学们怀着崇敬的心情争相观摩那学生的作业本,发现满纸荒唐:才上初中居然敢违反规定用黑墨水——规定只准用蓝墨水——因此黑乎乎一片,每个字每个字都粘连着,大开大合,写错的地方也毫不客气,直接涂成乌黑一团,简直比醉酒的王羲之还要狂放)。然而在朗读方面他就不那么乐观了,这老师是周城仅有的敢在现实中操两种语言的人——他课上朗读必用普通话,对学生也同样要求——后一种情况简直是自取其辱,因为学生们一旦当众站起来,不但普通话蹩脚,连土话也快忘记,他眼中的美妙文章被读成奇形怪状,他后来不得不打断他们亲自朗读,实在是因为没人能让他满意——尽管他的普通话也十分可疑。可以想象,这老师发现舍友时是多么高兴,好像他的事业终于有了传人,于是他经常点他的名,让他站起来朗读课文，读到紧要处，老师还要插话进来，与学生一唱一和，分出角色，整堂语文课俨然成为他们师生二人的对手戏。同学们也算有福了，不但从此逃脱掉被点名的风险，还可以欣赏这现场的真人演绎，比读死书有意思多了。（多年后舍友母亲回周城参加外甥女的婚礼，酒席上一个头发斑白的红脸汉子格外引人瞩目，他第一时间就将自己灌醉，然后就离开规定座位，小丑一般在各酒桌间蹿来蹿去，与所有人交杯——直到看见舍友母亲，他突然像京剧演员似的端起身段，疾走几步，双手捉住那被吓呆的老妇人，用老生念白的腔调朗声道："你，你你你就是那谁他妈吧，我，我我我是他亲——老——师——啊！"那是舍友母亲平生第一次听到"亲老师"这个说法，她将这当成一则笑谈，回厦门后，她献媚式地与社区舞蹈队多位姐妹分享这喜剧人物，无不引发大笑。那红脸的前语文老师，当时已提前退休在家，实则因网上发表不当言论、与历任教务主任不和、酒后上课、课上公开讥讽市双拥办副主任的儿子等劣迹，被责令暂离教席。可喜的是那场婚礼次年他就被召回讲台——市里有一个新疆支教名额，为期三年，选了他。他后来去了红旗坡的阿克苏第十一中学三级部，三年后未归，至今未归。据舍友母亲讲，那天婚礼的后半段，因为这"亲老师"的红包归属问题，男方女方各派出家人代表展开合议，结论不明，好像他两边都有些关联，又都不太靠得上，不知是谁邀了他来。似乎为了对这样的质疑表示反抗，待远亲们散尽，现场只剩下主办方时，亲老师伏桌大哭不止，无人能劝。）却说舍友当年，因这一口稀缺的口音成为语文课上的红人，再后来，他代表学生在学校升旗仪式上发言，在地市两级教委督导组莅临检查时发言，他成了主席台的常客，他那高贵的口音经由学校大喇叭和西北风的传播与放大，在操场上空久久回荡，俨然某种天外之音，让那些尘土中的孩子们第一次感受到了远方的召唤。那时节，被称作"南蛮"的第一批南方人已悄悄潜入这小城，他们身材瘦小，眼神机敏，用奇怪的口音为我们介绍手里的新货色：录音机、折叠伞、花衬衫、太阳眼镜……我们才发现，只有那种口音才配得上这些新玩意儿，在这些物件面前，我们的土话——原本那么叫人痛快的一种话——第一次失语了。紧接着，港台流行歌和四大天王铺天盖地地来了，那真是周城遭遇的最大一次入侵，如同花果山迎来了天兵天将，人人都举手投降，投身到那畅快的视听中。舍友就是在这种背景下得宠的，从前他是遭嘲弄的对象，如今他改头换脸，被归到更高尚的人群中，而且与那些南方来的大舌头相比，舍友说话更好听些，是一种可以模仿的时尚。从初中到高中，舍友一直是学校的红人，人们经常看到这样的孩子，因拥有一项天赋而被推定为样样都行，班干部、三好学生、升旗手、军乐队队长、各种场合下钦定的才艺展示者与学生代言人……这些荣耀的身份全都慕名找到他。周城教育系统需要一副好听的嗓音,以证明我们也能和大城市对话,那些发言稿没有一个是舍友自己写的,全都是多方修改层层审定的结果,他只负责在会前拿到一份定稿,用第一人称将它读出来,并在读的过程中提供一点"感情色彩"。他做得非常熟练,甚至已经养成了这个行当的职业病——如同那些著名演员卸妆后的表现:舍友一旦回到台下就金口难开,似乎他使用的是一种受保护的声音,因此不肯轻易示人;而且他冷漠得很,好像他的感情在台上用光了,如今只剩下一张白纸——他原本生得白白净净,体态纤弱,走路轻飘飘,像是生怕带起风,他上下楼梯时的姿态,甚至带有一丝女性的扭捏与娇媚。只有在台上,在话筒前,他突然被撑得满满的,像被某种神性附体,成为人人敬畏的对象。(我这样回忆舍友时,几乎忘了他的另一重身份:他是你的丈夫。同理,当你每天面对着你的丈夫,并将他命名为"舍友"时,也几乎想不起他曾玉树临风,当年是很多女生的偶像。这多么不可思议啊,你有时会暗忖,一个人怎能如此脱胎换骨?而这一切又发生在悄无声息间。我始终没有勇气问你,你与舍友是怎样走到一起的,只知道读高中时,你的追求者太多,明的暗的,遍布各个领域,光鲜如舍友,也没有明显优势。你们的结合还要等到多年以后。）作为当时台面上的人物，舍友在中学生的硬通货——学习成绩——方面并不太突出，只是勉力维持着他这种身份学生所必需的不太丢人的标准。他的高考目标和别人不一样，不是那些或耀眼或普通的大学名字，而是一个遥远的省份，叫作福建。考回福建，这是一个从学龄前就已确定的目标，像指腹为婚一样不可违逆。当年舍友的父母经历各种失败后，意识到离开这小城的办法只有一个：考回去。因此可以刻薄一点说：为了考回去，他们生了一个考生。这像是一场漫长的复仇，舍友是这盘大棋中一颗制胜的棋子（他想起小时在电视上学到的一种围棋绞杀技巧：征）。他们算是如愿以偿，舍友后来考上了福建的一所大学，他们全家喜气洋洋迁过去，开始做回厦门人，这盘棋终于胜利收官。（在你看来这恰恰是悲剧的开始，厦门人可没打算将他们当作同类。尽管百般抵抗，他们家还是被结结实实地塑造成了北方小城的居民，但又比一般外地人更迫切更理所当然地想变成厦门人，最终变成一家子无法定义的人。舍友那一口过于标准的普通话——曾让他们全家骄傲多年，并帮他赢得中考加分——如今也成了障碍，因为普通话太标准的人太没有地方特色了，到哪里都像外地人，像电视机生的，而且是中央一台生的。当年他在电视前躲开了一套屠龙之术，学到的也不过是另一套无用之功。大学时他已经优势不明显，等参加工作，他惊觉自己好像要再学一门新语言。他受够了，他再也不是当年守在电视机前苦学的少年，他既不喜欢本地人，也不愿与北方小城再有瓜葛——他像个骗子，哄抬起他的身价，然后有一天突然被告知：你并不那么值钱。从前他一直是一个颇有观赏价值的人，他站在或坐在那里，即使不说话也很难被人忽略，如今人们慢慢发现他好像并不特别实用，再后来，他连那观赏价值也没有了。他胖出去，眉眼散漫开来，他穿着上一代人的时兴货，留那种理发师问都不用问直接下手就剃的发型，他变成一个平庸的人，因为自小养成的沉默与自闭，他还缺少了平庸者的易于接近——这个时候，你嫁给了他，被他召唤去厦门，你以为你嫁给了当年台上的翩翩少年，却不想这旧日形象连当事人都不想再承认，你嫁给了一家子无法定义的人，他们被本地人当作外地人，却在你面前以本地人自居——可能也只有在你面前还能装一装本地人了——因此带着施恩与收留的姿态看你上门。其实他们有什么呀？他们牛什么呀？你一遍遍自问，在周城时你家境比他们好太多，他们不过比你早几年搬来厦门，论职业论人脉论扎根之深，他们现在已经不如你。他们唯一的优势不过是一本可疑的族谱，一些失联多年、后来匆忙接续上、如今每年过年才见一面、一见面就像运动会似的忙于一年一度的互相攀比与鄙视的所谓亲戚，谁比谁强多少呢？五十步笑百步的事情，还好意思说出口？你的婆婆——你在这桩婚事中怨怼的焦点——有一年因老父亲去世，屈尊回了趟北方小城，然而从她对老爷子那点可怜遗产的争抢上看，她对小城可不是那么冷漠，简直称得上一腔热情。那争抢最后升级为一出闹剧，她们老姐妹俩在高速公路上吵得兴起，居然勒令司机停车，两人一左一右从车上下来，站在应急车道上撕打起来，只为打得更尽兴些——怀里还抱着骨灰盒。后来惊动了交警大队出面才收场。在那场著名的撕咬中——被好事者手机拍下，地方有线电视台曾予以45秒钟的播报——无论招式还是腔调，舍友母亲与她那同父异母、坚决以北方人自居、与南方人划清界限的姐姐有何区别？有何区别……日后，你和舍友互相争执，上升到族群攻击，舍友企图援引例证时，你也拿出这最新和最亲近的案例反驳他。有一刻你惊鸿一瞥，意识到这不是你俩谁对谁错谁优谁劣的问题，这是你们共同面对的一道无解的题。你们最后吵到精疲力竭，只剩下大口的喘息。）
这一夜路灯胜过月光，雾霾充当了人造的氤氲之气，你我走在周城的街上，争相贡献着往事，又双双沉默，不知道是为旧日还是今时而默哀。这些年里，周城的热心人一次次递上申请，希望将这县级市升级为地级市，或者至少求得一截高铁，每每被各种力量平衡下来。它一面顶着与实力不相称的名分屈辱地活着，一面加紧叠床架屋，往自己身上穿金戴银，在看得见的层面上拼命装点自己，以期早日获得上锋的青睐，这过程从未停止过，如同你我。也因这多少有些变态的比拼，它其实正在内部腐坏着，像一炉火，支撑那熊熊火势的每一根柴，其实都烧乏了，烧透了，变得通体透明，火棍一拨，可能就会坍塌而灭。每一根废柴下都压着一个人一场旧事啊，我们的回忆因此总也不见收场，这一夜我们忆起了多少人？岂止上述几位？（比如我们还聊起你的一位邻家妹妹，生在周城的一个考试之家，三姐妹全都考上大学，被市教委连续重奖，传为佳话。这妹妹则一路读到博士，如今早早罹患癌症，化疗期间仍每日趴在床上敲打电脑——医生嘱咐她不准仰卧——她的短期目标是今年的三篇CSSCI，远期目标则是工程院院士。比如你小学的同桌，一位像猫一样只会发出微弱求助声的秀气女生，如今出落成某化妆品区域经理，培训总监，每日在微信朋友圈滚动推送："女人就要富养自己……""抱怨像一剂毒药……""你值得被温柔以待……""女性领袖高峰论坛火热报名中……""清华大学教授预言××调养品将对人类健康做出巨大贡献……""精华油不是精油！精华油不是精油！精华油不是精油！重要的事情重复三遍……"还有当年住我家楼上的哑巴兄弟、我姐的初中同学日后的周城钢化玻璃大王、你幼时邻家叔叔收养的孩子日后官至局长如今逃亡在外……）我们是上述所有人的综合体。这小城到底厉害啊,它被压制在这庞大国度的角落里,其实也自成一个王国,对它的臣民们生杀予夺,像我们的再生父母,哺育我们,也拿捏着我们,手把手将我们塑成今日的模样。我们是它的叛逃者,我们曾以为是它成功的叛逃者,其实,不过是它终生的奴仆。

76 拾遗

这样一个小城,所有人和事都相互勾连着,没有所谓独立与巧合。21世纪第一个月,你我刚确定恋爱关系,你放假在家,我乘车从济南回周城见你,你第一次以恋人身份接我的那个长途汽车站,那个日后经常在我梦中萦绕的地方,正是小姑的家。(这也不奇怪,这样小一个县城,难道还有两个长途汽车站不成?)那时我家咱爸妈已经搬走,房子租出去,我回周城,周城其实已没有我的家,我只能住在小姑家,这也就意味着我一下车就到家了,她家的房子就在车站大院里,站在阳台上能看到候车厅的发车牌。你在车站接到我,就问我家在哪,要送我回家。我没法回答你,就说先送你回家。你家在周城的另一端,这样我们可以多待一段时间。你始终不知道,我将你送回家后就沿那条对角线又返回长途汽车站,将这县城连走两遍。(十七年后你我重走周城的那一夜,我也打算寄宿在小姑家的,白天已经把行李箱放过去。那时她已搬到新家,离长途汽车站也不远。这些年我回周城次数有限,每次都是有大事才陪父母回去。所谓大事,无非婚丧嫁娶。回去基本都住小姑家。我们仍固执地认定这里有我们的家——回家乡而住宾馆？没人能接受这样的假设，这些年我们总共只在周城订过两次宾馆，具体用途后面再讲——小姑也每次都热情地迎到门外，我们才爬上一楼，就听到她在五楼已经开了门，楼梯间自上而下回荡着她沙哑的嗓音："快来快来！刚装了地暖，别提多舒坦，反正钱也交够了，恨不能把你们都接过来住住！"她已是半退休状态，因此不那么忙了，可以整晚抓住我的手，追问我的收入、离婚、财产分割等各种细节，我们一面烦，一面又贪恋这"家"的感觉。直到最近我才辗转听到她其实另有抱怨——那学话的人将她的语气神态模拟得惟妙惟肖："外面混大钱的人，有些事怎么也不懂？他不懂，我哥我嫂也不懂？那年回来是参加他姥娘葬礼，住在我这，结果他们一走我就住院，肚皮底下割下这么大一个瘤子，血流一海碗。他去年回来是参加他五奶奶葬礼，又住我这，结果他们一走我感冒发烧连挂三天盐水。不是不欢迎他们，可是不干不净的这些事，也不知道个避讳，让人说不出道不来……下次再有这种事，我出钱让他们住宾馆！"）因为不通火车，长途汽车站成为周城唯一的交通枢纽，周城人的远方，总以这里为起点，这些年发生在此地的聚散离合，应该不少。我要说的另一件巧合是，我与前妻婚后旅游，去的就是厦门，你家周边那些街，我们来来回回不知走过多少回。至少有一回，我幻想在游客或本地人中巧遇你。我那时并不知道你在厦门，我这样想，只是出于多年来养成的习惯——每到异地，总幻想遇见你。然而遇见你又能怎样？你那时应该刚生完圆哥，或者正怀孕，而我新婚，你我正处在人生轨迹相距最远，最不可能发生交集的时期，我却从你家楼下走过，以一个新郎兼背包客的身份。(其实这仍然没什么奇怪的，厦门本是一座旅游城市，我结婚的那个季节正是厦门的旅游旺季，去厦门度蜜月的人本就不少，看看那满街的人就知道——那一年我们见到很多在街头拍婚纱照的靓丽男女，新娘们提着裙角，抹着浓妆，顶着大太阳，奔赴一个又一个外景地，即使路人也好像来参加婚礼的宾客，带着事不关己的喜气洋洋。我们好像走在一场遍及全城的盛大集体婚礼中，又像是我们自己婚礼的延续。看上去，那几天遇到的所有新娘都一个样子。现在，七年过去了，大家都早回归了自己的本来面目，不知道那些新人们如今怎样。我们是离了婚。)还有，正是在厦门的那几天，前妻怀上了孩子。(那几天我们把孕前保养什么的忘得干干净净，每天吃海鲜喝啤酒。我们后来称呼女儿为"海鲜啤酒娃"。)在上海，这样的巧合也不是没有，还记得吗？你来上海时，有一晚我们去外滩玩，后来走累了，就在那些殖民时期的高大建筑间随便寻一个台阶坐下去，一罐一罐喝啤酒，其间我偶尔抬头看了一眼，想这大上海还真不大——我们坐在浦发银行的门前台阶上，我买房贷款的银行正是这一家。我们在它门前一罐一罐喝啤酒时，我还欠它 50.7 万元本金，以及更多的利息，正常情况下我要到退休才能了结我与它之间的恩怨。与此同时我还在一场官司中，这官司的重要任务之一就是分割这房产，为此我每隔几个月就要上法庭重申一次（"这套房子是我婚前独资购买——这是当时的购房合同和贷款协议复印件——婚后迫于被告压力将被告名字加上房产证，被告随后即与我分居并提出离婚，根据上海市中级人民法院……"）。这些年，我与这间高贵门庭的交往史大致如下：当年买房办贷款抵押合同时来过一次，婚后房产证加她名字办理贷款变更协议时来过一次，判决书下来后为了去掉她的名字需要再办一次贷款变更，又来了一次——一次比一次尴尬，最后一次她百般推脱，将办手续的日期一拖再拖，与上一次她的积极主动全然不同。简言之，这些年我三次登上这银行的高大台阶，每次都带着全新的身份，在它的客户洽谈室里填下无数表格，签下无数名字，与它订下一项项命运攸关的协议（每次我都想到李鸿章）。因为好几年才来一次，每次来都以为以后再也不用来了，所以我总是记不住它的位置，每次来都找不到它，找不到车位——然而这一夜，我们随便往台阶上一坐，就坐在它的门前。夜幕下它一面被路灯照出如食物一般暖香的橙黄色调,另一面则陷入金属质地的黑暗,显出与工作日完全不同的样貌。我们坐在那快被千万人踏破的台阶上,试图聊一聊我们的未来。我们没有聊出什么结论。我骗了你。(要等到很久以后我才在微信上向你坦白:我骗了你。我曾反复检讨,在欺骗最初发生的那一瞬,我究竟隐藏着怎样不可告人的动机?我把离婚、把她,想得过于简单了,以为事已至此,就是个手续问题,潜意识里也希望我能快些以清白之身迎接你我的重逢,于是我轻飘飘地脱口而出,好像这样一句话能立刻引来你的怜悯与犒赏。那一天——我已经将那一天永久标记在我的日历中——我与你网上重逢的那一天,我其实正要与她去离婚——这世上还是有巧合的——于是我对你脱口而出:我离婚了。以为不过把一个既定消息提前半天公布而已,同时也是不想把事情搞得太有戏剧性。不想她一面假意与我协商,一面加紧做好手脚,待万事俱备后,突然提起诉讼。婚没有离成,我却掉进一场官司,官司又旷日持久,你告我我告你,越陷越深。你只当我已离婚,又因一些历史遗留问题而与前妻再起官司,所以常劝我趁早收手,殊不知我已收不了手。事实上,直到我们坐在浦发银行台阶上那一夜,包括后来我们回周城的那一夜,我都还在官司中,当然也还在婚姻中。我不得不用一整年的系列的谎言来维持第一个谎言。许多次我快要坚持不住了,想对你坦白,又想不如再等等,也许下个月再开庭,我就能赢回一个自由身,下次开庭却又将我打入诡辩与死无对证的深渊……我们坐在浦发银行门前那一夜,官司正惨烈,房产纠纷已转向关于女方财产转移的激辩,子弹打光,已是刺刀在握,刀刀见血的肉搏。人已疯狂。我以为她百密一疏,已被我拿到铁一般的证据,却不想生活的真相与司法真相间,隔着千山万水,婚姻如万米深坑,天知地知你知我知的事,等于没发生。真有种叫天天不应,叫地地不灵的绝望。所有这一切,我对你只字未提。在这场官司的前期,你问我进展,我还会酌情对你讲一些,但是这一夜,案情已复杂和黑暗到难以转述,我更加没心情在你面前再现法庭上的厮杀与你死我活,那涉及人性最丑陋最深不可测的一面,我处在人生最晦暗无助的时刻,正是在这个时候——你从上海回厦门后没几天——你向我提出了那个著名的问题:我们可以在一起吗?)我要讲的最后一件巧合发生在周城,那天下午我在周城开了一个房间,用的是上海的身份证,号码却仍是本地的。那是我从小姑家出来后遇到的第一家还比较像样的酒店,老远就看到它的金字招牌与高挑的楼身。我拐进酒店所在的院子,迎面一排二层小楼,碎白马赛克,恍惚有些眼熟。登记证件时我突然想起来:那一年我结婚，上海、周城办了两场婚宴，周城那一场，就在这家酒店，一进门的二层小楼里（我们去过的每一个地方，我们都会再去一次）。那一年为了我结婚，我爸妈不惜违约把租客赶走，将我们家老房收拾一新，置办成新房，又在这家酒店订下酒席，并开了两个房间——那是有史以来我们家第一次在自己的家乡订宾馆，为的是迎接远道而来的儿媳及亲家——我意识到自己重回旧地，甚至有可能住进他们当年住的房间，一时呆站在那里。然而前台服务员已将我的身份信息扫入系统，将房卡递过来——这是我们家第二次在自己的家乡订下酒店。我进到房间，一股遥远又熟悉的湿气扑面而来，像是储存了多年。我打开窗，开了空调换气，想这人生真是无比荒唐。桌椅，地板，床单，都是那种标准的、放之四海而皆准的样式，我坐在床沿上，努力想弄清楚我此刻坐在哪里。我想起刚才在酒店的大堂时，看到墙上挂了一幅世界地图、一幅中国地图，前台扫描仪总出故障，我踱到墙边看那地图，那真是一组谦卑的地图，我在上面找到了北京、大连、济南、上海、厦门、百色、果洛、休斯敦、约翰内斯堡、乌斯怀亚……唯独没有周城。那一刻，我的脑子里，一个陈年的意象嵌进此刻（每一刻都包含着另一刻），两个地点重叠，我被自己的发现震惊在那里。这时候敲门声响起。（我后来向你坦白真相时，实在说不出口，就给你发了条微信。你久久不回信，我将手机拿在手里，不时点开看看，然后，就在我的眼睛盯着对话框时，你的回复到了，眼睁睁地，一次性地全到了，第一时间就被我看在眼里，想躲都躲不开。你给了我一个终极性的判定。）我打开门，放你进来。

77 死生

咱姐打电话给我:"方便吗?给你说个事情。"我听她语气庄重,就从一群人中出来,心里做好各种准备。她说:"咱五奶奶病危,怕是不行了"——我松一口气——"我在想你是不是该回老家一趟?按说呢,一个五奶奶,不回来也行,可是咱大爷前几年去世时你没回来,已经有点不合适,这次再不回来,说不过去——我是女的我去不去倒无所谓。"我说:"马上又要开庭了。"她说:"知道你那边也是一堆烦心事,可也不能天天钻在里面,时间不冲突的话,回来一趟也好,就当换换环境——虽然也不是什么好环境。"挂了电话,我给你发消息:挂职的事确定了吗?去哪里?你回我:刚确定,回周城。我说:什么时候出发?你说:下礼拜一报到,这周末就回去。(这一天距离我们的生日已经很近了,年初我们曾相约一起过生日,然而日期越近,这约定就显得越不现实。这一年来,我们不但没能从各自生活中挣脱出来,还有越陷越深的趋势。尤其是我。更何况,我还欠你一个答复,以我现在的状况,我暂时还给不出这答复。然而,想要见你一面的冲动胜过了一切。）我马上给咱姐打电话："姐，我回去。"（你从上海回厦门后，有一天逛商场，看中一件墨绿色的羊绒衫，你买下来，叠进行李箱的深处，预备冬天时亲眼看我穿上。然而深秋将尽，严冬一天天迫近北方，我们的下一次相见还遥遥无期；也做过最坏的打算：就让它一直藏在行李箱的夹层里，被你带来带去，成为行李的一部分。你留意着上海的气温，一天天冷下去了，有一天你突然发狂，将那行李箱的密码锁不停搓转，设成一个随机的数字。你定下一个狠毒的计划：等这新密码被你忘了，这件衣服，这个人，这段感情，就永远封存在这黑箱里，成为一起事故的核心机密。一星期后你试着背诵那密码，已经有些不确切了，仍有迹可循。再过一段时间，你将自己沉进单位的财务报表中，淹没在海量数字中，不允许自己回忆那密码，确信已将它从脑中彻底抹掉。微信上，你和我仍每天联系，谈论眼下与未来。未来仍然五五开。你将那黑箱视作邪恶科学家的秘密实验，实验结果表明：我不怕你，我可以忘了你……然而这实验突然宣告破产——你接到我马上也要回周城的消息后，立刻带上钳子改锥螺丝刀去储藏间，要收拾那奶白色的黑箱，结果并没有大动干戈——密码只有三位数，你随便试了几下就听到咔嗒一声，箱子开了，拉开夹层拉链，羊绒衫完好如初。）我中午12点一刻下高铁，车站高大明亮，与全国任何一个城市的高铁站都一样，站外却显出本地独有的荒凉与破败。我一出站就被几个黑车司机围住，我不理他们，他们就跟着我，很贴心地吓唬我："这里没有出租车，滴滴叫车加价也要等半小时，走出去的话，最近的一个站牌也要走四十分钟——还拖着那么大一箱子。"我后来被其中一个司机带到他的车前，才发现车里已塞满人，只有驾驶席还空着，但是司机指挥所有人先下车，然后经他一番排列组合后，所有人竟然都坐进去了，包括司机。后备厢也满了，箱子不比人有弹性，怎么也排不开，就让车厢后盖开着，司机拿一根绳把后盖连同箱子都拢在一起，就这样满满当当地出发了，我左右各抱一个民工模样的小伙子。我把手机搁在右边小伙的胸口上，给咱姐和姐夫打电话，他们前一天就和咱爸妈赶到了。今日出殡，姐夫等上一个流程走完，抽空开车来接我，午饭都没来得及吃。咱姐也暂时没事，现场又脏乱，连个坐的地方都没有，就和姐夫一道来接我，顺便也出来透口气。这是离农村老家最近的一个高铁站，也要一个半小时车程，没有直达车，为了节省时间，姐夫让我先打车出站，到高架下匝道口等他。我们把时间掐算得很精确，我刚下来车，姐夫的车就到了。上了车，咱姐递过一袋油饼，说："没时间专门吃饭了，你车上吃两口吧，我和你姐夫也是路上轮换着吃的，不然来不及——两点出殡，就等你了。"（近些年，我和家人常在这样慌乱肃穆的背景中匆忙相见，我们已经到了每隔几年就有一位亲属去世的年纪，我与家乡的联系也因此多起来，甚至规律起来。此前很多年，当大家都还健康时，我们差不多都已经忘了彼此。这样的场合并没有太多悲伤，只是一种突然被大事召集起来，千言万语都只能暂且服从于眼前大局的感觉。）我们很快就开上了一条非铺装路，车子颠得厉害，我想喝口水，杯子举到跟前，水却喝不到嘴里去，索性拧上盖子，油饼也不吃了。"不回来不知道，回来看到这些事，想想都吓人——你知道五奶奶怎么死的吗？"咱姐一路上和我说话，"八十几的人了，还一直在地里干活，自己做饭，自己洗衣服，身体其实挺好，但是人谁没个小病小灾不想动弹的时候？有一天就躺倒了，话也不利索了，咱大姑是本村的，叫医生来给她挂了两天盐水，也不挂了，说是血管老化，打不进去，然后就躺着，一直躺着，好像得了什么不治之症似的。有那两天盐水，子女也算尽了心了，治过了，传出去也好听了，然后就让五奶奶不吃不喝这么干躺着。上礼拜，大姑的闺女小艳回来，屋里没别人，小艳就拿出从青岛买回来的钙奶饼干给五奶奶吃，你猜怎么着——五奶奶坐起来，自己拿着吃的！一只手还接着，怕饼干渣掉床上，一包钙奶饼干吃下大半包！还喝了杯水！这是要死的人吗？"咱姐坐在副驾上，身子拧回来，情绪激动地说着，"我们是前天中午到的，一进门——呵！人家已经把五奶奶穿戴整齐，从床上抬下来，摆在地上，一进门的地方——这就是要等死的节奏啊！可是我看五奶奶的样子，明明还活着啊，摸摸手还热乎乎的，怎么就不治了？我……"姐夫腾出一只手，要拦住咱姐，咱姐把他的手打回去，"我看五奶奶嘴都干得起了皮了，趁他们没注意，我用勺子盛了水倒在她嘴唇上，你猜怎么着——你开你的车你老拦我干什么？他人都回来了我不能跟他说说吗？——五奶奶马上嘴唇一吧嗒，咽了！我想她这是渴了啊，想再喂她水，结果——咱大姑二姑三姑四姑，这四大姑——可都是五奶奶的亲闺女啊，看到了，全扑上来，拦着我，说这样不行啊，现在可不能喝水啊，呛着她——是，五奶奶是呛了一下，可是你就是让一个大活人这么躺着喝水他也呛啊！然后咱大姑还教育我，说知道你是好心，心疼你奶奶，可是你常年在外头，家里事不懂，这种时候可不能灌水，万一呛了，或者没喝进去，水滴嗒在衣服上可不好，衣服都是新换的，湿不得，这都是有讲究的——你听听，她可真讲究，她亲娘都快渴死了，她却想着别弄湿了她娘的寿衣——为什么？你问我为什么？我现在说给你听，你听过就算，千万别有什么想法，这种事，轮不到孙子孙女说话，何况还不是亲的，等下你到了现场，该干吗干吗，穿上孝服戴上孝帽，扮演好你的角色，不懂就跟在几个堂哥后面，他们干什么你干什么——好,我现在告诉你为什么,你想啊,这道理不是很明白吗?四个姑,四个叔,五奶奶的八个好儿女,七个在外面打工,接到消息全回来了,再加上那些女婿媳妇孙子孙女,站了满满一屋,难道让他们再回去?打工的打工,上学的上学,都是从全国各地请了假花了钱飞机大炮的赶了远路回来的,难道让他们过俩月再请一次假再回来一次?所以这件事只能有一个结果……说到这里我都不想说他们了,你知道吗?我看到他们这些人的嘴脸我都恶心,他们全都喜气洋洋的,还互相说说笑笑的,什么不容易啦,尽了孝啦,跟那谁比算挺好啦,都八十好几啦……是,我们是离开老家多年了,不懂家里规矩了,可是见死不救这是哪门子规矩?何况还是自己亲娘!"咱姐坐回副驾,喘息几下,又回过头,"我就故意和大姑聊天,问五奶奶的情况——她其实也不避讳——五奶奶从躺下到死,在床上躺了整整十九天,除了小艳偷给她吃的那点饼干,十九天没吃没喝,所以五奶奶怎么死的你知道了吧——活活饿死的。"(当晚我睡在小艳的床上——大姑拉着我的手,执意把我推到小艳的床上,小艳只请了一星期假,出殡当晚就赶火车回青岛了。"不是我吹,小艳现在可像城里人!小艳是咱村最讲究的孩子,她的床,全村找不到第二个这么干净的了,"大姑说,"我知道你也是干净人,乍回来,受不了脏。正好小艳走了,你别去你叔家睡,让他们去，你就睡在小艳床上，换了别人，小艳也不愿意，也就你。哈哈哈，我们前年才装了暖气，可暖和哩！"）小艳的房间冷得要死，节能灯开关不知道为什么不在这房间内，在另一间卧室里，我摸黑披衣起来，摸到暖气片，暖气片冰手，大姑白天哭喊了一天，嗓子都哑了，晚上又张罗吃喝，这会儿刚睡着，我不想再叫她起来维修，估计一时也修不好。我后来不知从哪里又翻出一床棉被，一股霉味，死沉死沉的，像浸透了水，我把它抱起来，铺天盖地地扔到床上，然后钻进去，像钻进一床棺木。我让脑子保持清醒，借以发热取暖。我只把头和一根手指留在被窝外面，和你聊天，用的是大姑家的 Wi-Fi（此前大姑把电话打给正在火车上铺睡觉的小艳，问到了 Wi-Fi 密码）。那晚我有特别多的话要和你说，可是我手指冰凉，打字都来不及，通话又不方便（你隔壁有一个室友，你不想被那人听到。我们在暗夜里交换密语，好像又回到了大学时代），我的手机刚好新下载了一个语音输入的应用，于是我对着手机说话，手机将我的声音转成文字，那文字干巴巴的，省去了声调和语气，一行行发送给你，然后就等你无声的回复。我们好像在用两种语言，谈着同一件事情。那应用不太好用，可能也因为手机的缘故，我必须大声说，以近乎喊的方式，有时还要重复几次它才反应过来。大姑家在村头的野地里，四下岑寂，人和狗都睡熟，我也就大了胆子，将那些话喊出来。那些话，平时即使在你耳边喃喃低语我都不好意思说出口，此时却被我用普通话喊出来。那应用只能识别普通话。（你爱我吗？你爱我吗？你爱我吗？我对着手机大声逼问，好像急需要一句回答来取暖。）如果这野地里游过一只孤魂野鬼，该会被这样不合背景的声音吓到，那声音只有提问，没有回答。（第二天晚上在周城，你问了我同样的问题。如今我们都不愿意轻易回答这问题了，无论是否，那答案都显得过于简单粗暴。）第二天一早我们一家五人在村头的土路上集合。早晨雾气蒙蒙，看不清出村的路，我们五人站在白雾中，脚底是碎石和细沙，我们像是沿一条长长的河床走到这里。咱姐问我："我听咱妈说，你不想和我们一起回济南？你想去周城？咱妈不想让你回去你知道吗？你那么多年没回去了，人生地不熟的，也没个地方住，你自己回去干吗？或者我们陪你回去？"我说："不用。"咱姐说："你去周城有什么事？"我说："……没事，我自己回去就行。"几个人互相看看，都有些犯难，姐夫说："要不这样，把咱爸妈送到高铁站，让他们坐高铁回济南，这几天都累了，回去洗一洗歇一歇。我们三个开车去周城，没车不方便，有车就都好说，你去哪办事，我们就把你带到哪，你办好事情，我们可以在周城住一晚，明天一早再回济南。"咱妈对姐夫说："这样不好，你们到了周城，少不了要去看看你小姑他们，不去不合适，去了就要吃饭喝酒。尤其是你去了，他们要拿你当客人好好招待，双方都麻烦，那么多人，晚上住也是个问题。不如这样，你们一车回济南，该上班上班该开工开工，我反正没事，我和他坐长途汽车回周城，我现在就给你小姑打电话，今晚就住她家。"咱姐问我："你准备在周城待多长时间？最晚什么时候回上海？"我说："后天开庭，我明天必须回上海，我还约了律师明晚见面。"大家就静默一阵，然后咱妈说："什么重要的事？非得回周城吗？"我说："非得。"大家又静默，然后姐夫对我说："你姐不好请假，我再请一天假没问题，要不这样，咱俩开车去周城，他们都坐高铁回济南，有车怎么都方便，我路也熟，也不怕开夜车，你办好事，我随时送你去高铁站。"我再次说："都不用。真的，你们就把我带到长途汽车站，我自己坐车去周城。"咱爸一直没说话，这会儿也站出来对我说："你要理解你妈的心情，你妈从你那里回来以后，很久没见你了，也想和你多待一会儿，听你说说那边案子的情况。要不这样，咱们三口坐长途汽车回周城，你姐和姐夫……"他还没说完，咱妈咱姐就摆手打断他，咱姐说："大冷的天，又不过年不过节的，长途汽车你以为好坐？要等很久，路上还要卖人，卖来卖去的，折腾到晚上能到周城就不错了，你们三个够折腾的吗？尤其你们两个老的，真要这样，那不如把车给你们，我们两个坐高铁——不行，那怎么把车开回济南呢？"我走到一边去，他们的声音仍传过来。雾始终环绕着，我好像站在虚空中，这是哪里？这是我的故乡吗？姐夫突然拍大腿，说："正好一车五个人，我们一起去周城，再一起回济南不行吗，中间把他放在高铁站？"咱妈说："可别可别，你们都有工作，他一个人回周城，咱四个人陪他，太复杂，依我看……"雾中跑进来一个人影，是大姑，她喘着气向我们求助。原来昨晚有个男客喝酒喝到烂醉，大家都以为他被带回家了，不想今早发现他还一个人躺在自己车里，人虽然被唤醒了，但是脸上身上发出密集的红点，想开车送他去镇医院，发现会开车的人都走了，就剩下我们家了，问我们能不能先出个司机送那醉汉。我于是对姐夫说："你去送他吧，用他的车，等一下我们到镇上会合，我昨天留了一个黑车司机的电话，我马上打给他，我拼车去周城，你们开车回济南，就这样！"我把姐夫推给大姑，招呼其他人上了车。咱爸见我往后备厢里搬行李，就过来帮我，说："就回来这两天，带这么大一个箱子干吗？——还这么重！装的什么？"（我后来还是穿上了墨绿色羊绒衫，却没有把我黑箱子里的东西给他。那箱子后来又被我原封托运回上海，花了不少钱。因为它太重了，几乎就是我的体重。）车门一关，我们又静默。这些年，能让我们这个原生家庭紧密地、排他性地聚在一起的，常常是一辆车，开在路上的车。咱姐问我："知道怎么走吗？"我说："我不知道——你们知道吗？"我回头问咱爸妈。咱爸妈说："大致有点印象，也不确切了，前些年修路修得厉害，最后路没修好，方向倒是修没了。这些年一直住济南你姐家，回来的少，更不记得了——导航吧。"导航是林志玲的声音，嗲嗲的，一路上听她用那声音报出那些充满乡土气息的地名、路名，感觉非常穿越。偶尔地，咱妈会突然说："这条路，这条路你俩还记得吗？那年你三岁，你姐七岁，我和你爸爸骑自行车带你们走过。"那条路一闪而过。咱姐突然捅我胳膊，喊："快看快看！医院医院！爸妈你们快看那家医院！"她转向我，"你知道吗？——我估计这车里就你不知道了——哈哈！你就出生在这家医院里啊，你看到了吗？"（我在开车，没看到。我生在农村，三岁去周城，十八岁去济南，二十二岁去上海。今年四十岁。）我后来是左边抱着我的箱子，右边抱着一个周城人回到周城的。

78 初见

如果我们此刻告别,我们就将永别。此刻我们走在周城的夜里,离你当年的家越来越近(后来你们家搬到了东部新城的湖区,这个家租给了别人)。这一带是我的敏感地区,我每次靠近这里,体内都会嗞嗞冒出火星。我自认为掌握了这里的全部记忆,不想你仍保存着我不知道的事。比如你说,我有一次来找你,晚上,我们约在你家楼下一处黑影里,忘记为了什么事,我看上去很狂躁,不断用脚踢着路边的树,一些很轻很痒的东西从树梢抖落下来,掉在你的头和脖子上。"你不记得了吗?"你说。我不记得了,至少在你提起前,我不记得自己曾有那么暴力的一次,但你说了,我相信那是我在那个年纪能做出的事(而今晚离我的生日还差五天,离你的生日还差十天,五天之后我虚岁四十,十天之后你也将四十。我们正处在中年的前夜)。这使我觉悟:我可能只说出了一半的真相。"那你还记得吗?也是在这条路上,也是树底下的黑影里,我们有了第一次身体接触,"我说,"我们互相推后背,我推你你推我,推了很久,总是没办法告别。"你反对我用"身体接触"这个词,但还是配合着我,模拟着当年的互推。头顶枝叶纷乱,不知道还是不是当年被我踢过的树。"这里以前有一家公用电话,我在这里给你打了最后一个电话。""这里拐进去有一个菜市场,你当年上学的必经之路,我在这里堵过你。"我们走过这片往事的高发地带,互相搀着胳膊,像两个涉水而行的人。"到了。"你指着三楼一对门窗说。这座楼多数门窗都是黑的,这一对门窗里却是灯火融融,像是专为你我而设的。可恨我从未有机会走进这团灯火中。与这个家捆绑在一起的还有一串电话号码,我记得是7打头的,而你笑我,说当年这个城市的电话号码都是7打头。我们都背不出那个号码了,不然我一定要打过去试试,或者把它设成我的银行卡密码(自2000年我从学校领到人生中第一张银行卡,直到现在,密码一直是我们两个的生日——只在闹离婚期间短暂地更改过)。我们从你家楼下出发,沿着咱爸当年送你上学的路线,经过一个上坡,拐进一个废弃的菜场,再穿过几条小路,就到了我们的中学。我们到的真是时候啊,正是最后一节晚自习下课的时间,学校的电动伸缩栅栏门外等了很多家长,保安们严阵以待。我们也加入进去,想看一看那些从明亮教室中冲出来的、高考在即的少年。我说:"我们像不像一对家长?如果我们当年动作麻利一点,那我们的孩子现在也该上高中了。"你攥起拳头打我,我们都笑,笑着笑着就庄重起来——孩子们出来了,一个个大张着失神的眼,似乎比我们当年要成熟些,他们出了门就自动分流,被归到各自家长的手中,一一带走。并没有哪一个孩子来到我们面前,将手交予我们,叫我们爸爸妈妈。我们庄重地等着,眼里有了泪。(我们读高中时,哪有什么家长接孩子放学这种说法?每次放学都像一场集体的刑满释放,谁愿意刚逃出老师的虎口就落入家长的手心呢?我们骑着自行车呼朋唤友呼啸而去,那样的狂欢只属于我们,大概只有如你一般的娇娇女,才会每晚劳动咱爸接送。咱爸也实属无奈,学校到你家,那么近的一段路,却埋伏了那么多男生,前后左右地围堵你。于是有一段时间咱爸每晚都接你放学,他早早来到校门口,天神一般立在校门正对面的马路牙子上,将方圆几里的小妖们吓退,乱人丛中,将你准确地收入囊中。你们总是走路回家,并排着,隔开一点距离,像在互相赌气。你木木的,两手结在身前,乖乖跟着咱爸走。无数次,我骑坐在自行车上,一脚踩着脚蹬子,一脚蹬地,慢吞吞滑行着,尾随着这一对背影,不敢超到前面去。谁能想到,多年以后我会和那女生一起称呼那个男人为"咱爸"?)我们一直等到学校走没了人,仍望着远处树丛掩映下一栋一栋次第熄灭的教学楼,那教学楼也早翻盖过多次,不是当年的样子,我们只能盯着夜空里某个记忆中的点,说:那是你的教室,那是我的教室……

我们因为站得太久而显得形迹可疑，保安一直盯着我们，我们是等到他忍无可忍要上前问我们话时才离开的。"接下来往哪走？"你说。我左右看看，就带你往左边去。"如果放学后不追你，我就走左边，左边路宽，人少，车子骑得开。"我这样向你介绍。"哎，真没想到……"刚迈出几步，我们就同时发出感慨，然后又互相谦让，"你先说你先说。"我先说："我没想到的是，当年那么多男生围追堵截你，最后却是我在陪着你——你呢，你想说什么？"你看着我，眼神如此温柔，我们不得不停下来，短暂地抱一抱。"不告诉你，"你在我耳边说，马上又改口，"以后再告诉你。"（我是你身边那支拥堵队伍中的普通一员，而你多年后客气地纠正我："不不不，你不是普通一员，你是里面学习成绩最好的一员，那时候只有成绩不好的坏孩子才在路上追女孩，一般像你们这种成绩好的，哪有时间搭理我们。"我说："可惜放学路上的围堵队伍并不按成绩来排名，不然我能排得更靠前点。"你想一想，正色道："其实你确实是很特别的一个，你的眼神告诉我，你有很多话想说，但是因为我的原因，让你没有机会说出来，后来想起来，会觉得特别遗憾，也觉得特别对不住你。"你总是将事情怪在自己身上，在每一组关系中都扮演相对负疚的一方。我还记得高中毕业前夕班里流行留言册，大家各自备一个精美的本子，互相写下祝福，发誓终生珍藏，那些留言有原创的，也有从歌词、名人名言和文学名著中摘录的一些应景话。我自然也有一本，你虽然低我一级，还不到该留言的时候，但我还是把留言本交到你手上，战战兢兢等你一句宣判。你的留言肯定是原创，因为只有你我能看懂，我还记得其中一句，"虽然得罪了不少人，但总觉得亏欠你最多"。四年后我们刚恋爱时，我和你探讨这句话的含义，你说："因为你是好学生呗，感觉我当时耽误了你，比耽误其他人更不应该。"十七年后我们热恋时，我重提这句话，你又给出更深的解释："你太纯粹，用情太深，同样的伤，放在你身上会格外重。"我不喜欢自己这种易受伤型体质，尤其不愿因此而让对方更负疚；至于纯粹，用情深，如果算褒义的话，我不知道自己是否当得起这样的词。你对我的认知中，始终包含了"崇拜"的成分，对"好学生"给予了过多美好的想象。这是让我担心的事。高中时，你曾将一张高三学生成绩单交给咱妈，指着排在显赫位置的那个名字说："喏，就是他。"咱妈看了那排名，立刻很重视，你还不忘在旁边补上一句："个子很高，足球踢得也很好哦。"咱妈听了，一时放松了警惕，似乎在众多的沿路伏击者中，此人可以网开一面。后来我第一次打电话到你家，报上名字时，咱妈显出很熟络的样子，好像早就在等这样一个电话。那还真是一个相对简单的年代，仅凭考试成绩单而不是财富排行榜什么的就能决定一个人的排名。然而最终,这一切都被颠覆了,你最后给我的评价是:你是我所有天真美好的终结者。)我们来到一个十字路口。"接下来往哪走?""你说吧,这一次听你的。"你带我往东部新城走,那是一条新修的大路,在我们的记忆之外。路灯黄澄澄的,将整条路照得整齐而壮观。自从我家咱爸妈搬走后,我很多年没回过周城,这期间,这座县级市扩充了何止一倍,我的记忆仅限于内城或曰老城,而东西南北四座新城才是它今日的荣耀。这一次你们单位下基层轮岗挂职(1980年厦门设立经济特区,全国各地相继在厦门成立政府办事处,21世纪初你刚到厦门,就是在周城驻厦门办事处工作,托了咱爸的关系。2011年办事处撤销改制,转为经济技术合作与招商引资中心,与周城仍是合作共建关系),你选了家乡,也为了顺带看看咱爸妈,但是你并不住在爸妈家,宁肯住单位分配的宿舍,然后隔几天应邀回家吃一顿晚饭,拎着水果,像一个远房亲戚。你带我走的这条路就通往那间宿舍,你和另一位同事合住的宿舍。宿舍并不太远,半个小时就可以走到,我们于是不断离开这条主干道,将路走得曲曲折折,需要赶路时就走大路,需要拥抱和接吻时就去小道。我们在探索一座新城,如同我上小学时那样。"接下来往哪走?"我们轮流发出这样的疑问,事实上并未得到实际的回答。("我们把往事都走完了。"你后来说。"是啊,"

我说,"只能往前走了。")你谈到这次同宿舍的同事,比较意外的是竟然是位男士,你们合住两室一厅,每人一个房间,共用一个厅,为期一个月。你不等我反应就赶紧解释:这边对接单位和厦门那边都没想到你居然不住在爸妈家,临时给你排宿舍,一时协调不开,只好这样安排。还好是个憨憨的大哥,每晚忙于考博背单词,想早点逃出这财会行业的苦海。"而且卧室的门也很牢靠,上下两把大锁,放心吧。"你看我表情惊恐,就这样安慰我。尴尬还是不可避免的:你安顿好后,咱妈有一晚来看你,说是要替你收拾收拾,不想她一见到那男同事就打开了话匣子,"哎哟,家里闹离婚,还要带孩子还要出来挂职,她可不容易呢,你们可要多照顾她……"你在旁边想捂咱妈的嘴都来不及,一个月的临时同事,八竿子打不着的一个人,犯得着这样自曝家丑吗?这些年她总在外人面前示弱,以为这样就能换来同情和帮助,又在家人面前维持着一套顽固而莫名的原则。你跟她的不和与此有关。(从前我对咱妈的了解仅限于当年电话中听到的只言片语,后来你陆续给我讲了许多她的事,让我慢慢对她有了看法。在你的婚事中,她总是给予最低限度的援助,并用同样标准要求咱爸。你与舍友虽有诸多不合,但在舍友与岳母互不买账这件事上,你倒颇能理解。咱妈曾不止一次撺掇你离开厦门,调回周城工作——如今你倒真的在考虑这种可能,这次回乡挂职一个月，也算彼此试用：你是否还能适应周城，以及周城是否还容得下你——你当时暗自吃惊：她不知道调回周城意味着什么吗？亲妈这是在鼓励我离婚吗？后来，等她看出你可能真要离婚时，又早早摆明姿态：纵使你在特殊时期万般无助，她也不会坐十多个小时火车去厦门帮帮你，至少陪陪你，她喝不惯厦门的水。你离婚后，她不会帮你凑钱买房子，也不会帮你带孩子，甚至暗示真到了那一天你其实可以放弃孩子。她不满意你的婚姻，又似乎对离婚妇女有种深刻的歧视，即使这妇女是她亲闺女。我们共同分析了她的四到五种动机，尽量从善意的角度，也有恶的猜想，感觉仍不能真正理解她。你此番将圆哥托付给舍友，千里回乡挂职，过家门而不入，也是深有苦衷。）接下来去哪里？我们在一个陌生的路口停住，不用说出口，这问题也已明摆在面前。此刻我们像两个赤条条的人，二十多年前我们离开家乡，奔着地图上那些显赫的地名而去，我们算是成功地扎根了，然而两场失败的婚姻几乎将我们打回原形，它对我们的羞辱和揭露如此入骨，胜过任何有形无形的败局。我们只身回到周城，躲开白天的喧闹，躲开每一场同学或亲友聚会。如今他们都谙熟并胜任各种规则，是各自领域内的成功人士，那领域即使只有十平方，他/她也在十平方里称王称霸。我们用异地的身份证在家乡宾馆开了一个房间，在房间的床上拼死抚慰对方，快要用尽生平力气。等到天黑透了，我们退掉房间，用一整夜的时间，沿熟悉或陌生的街道回溯往事，也快要将往事说尽。"累了吗？脚疼吗？腰行不行？要不要坐一会儿？"一路上我问你多次，你总是摇头，像是生怕停下来。我们先后去了咱姑工作的周城妇婴保健院，去了酒厂和南关遗址，去了我当年练自行车的体育场，去了你我刚刚私订终身后、你坐在栏杆上接我的长途汽车站。路灯彻夜明黄，雾霾渐渐散去，天迟迟不亮，我们走在人生最长的一个夜里。（要等到上高中后，我才独立拥有了一辆自行车，我每天骑它六个来回，快要将它驯化成身体的一部分。起初我总是稍绕远一些，走学校东面的一条土路，那条路处在城乡接合部，人烟稀少，适合飙车。一年后我放弃那条路，转走学校西侧那些曲里拐弯的小路，全是因为你。多少次，我将车子急刹下来，改用单脚蹬地，一下一下撑船一样滑动着车子，只因为看到了你。你是整个高中为数不多仍坚持步行的人。我不敢超到你前面去，不想就这样错过你，隐约也对自己骑车的背影不够自信。我默默跟着你，看你一脚一脚地走，像是对走路这件事毫不介意。你不背包，好像手里也不拿什么，就那样纯粹地走，手无寸铁地走，似乎什么人都可以将你中途掳走，然而于我却是如此难以接近。我一路都在期待这次奇遇，为此每天掐算时间，控制车速，规划路线。可真遇上了，我又怕你，我窥伺你如同水生动物第一次窥伺一只陆生动物。你穿蓝色校服的背影，像是我终生都无法逾越的一个界标，我只能像个残疾人一样蹒跚地，歪歪斜斜地跟着你，希望学校再远一些，路再长一些，再给我些时间，我总能想出一套万全之策。）今夜我何尝不是如此？（你好，你是某某某吧？我知道你在哪个班……你好，我是某某，我比你高一级……我设想了种种开场白，不知道哪一句才配得上这场伟大的相遇。你好，你坐上来，我带你一段吧……也想过这样问你，你或许同意，或许不同意，你多半不同意，你最好不同意，不然我没法想象你"嘭"一声跳到我自行车后座上之后我是不是还会骑车。如果你不坐我的车，那我也下来，和你一起走吧……这是我能想到的相对较好的一种场面，有那辆大自行车握在手里，挡在你我之间，我那颗狂跳的心或许能稍稍平复一下。）天快亮了，我们在你的宿舍楼下告别，泪流了满脸。你从我们的身体中间抽出一只手，用手指刮我脸上的泪，刮湿一根手指，就换一根手指，用完一只手，就换一只手。你用比我年长十几岁、早已饱经世事的神情为我擦泪，而我哭得说不出话来。你不让我擦你的脸，甩甩头，泪和头发就粘在一起。我剧烈地抽泣，身体如濒死者一样抖成一团，你只好把脸贴在我的脸上，让我闻到你，我才能稍微平静一些。我们换了好几个告别的地点，从小区门口到宿舍楼下拐角处，再到此时的楼道口，都告别不了。我想我们还可以有一小段路可以走，就叫你冒险打开楼道口的防盗门，送你上楼梯。楼梯很窄，很陡，我们前后搀扶着，蹑手蹑脚地爬，怕惊扰了门内的人。你的宿舍在三楼，我最多最多只能送你到二楼半，就是二楼到三楼中途转弯的那个平台，你的室友同事每天早起背单词，用电磁炉煮面条，你不愿被他撞上。我们在二楼半的平台上拥抱，要将那告别的仪式重演一遍，等我终于要下楼时，你又追下来，怕我开不了底楼的门。底楼的门很容易就拧开了，你跟出来，我们又要告别一次。确定是爱你的，确定是爱你的，确定……我们像盲人一样互相摸着脸，嘴里喃喃说着，确定着这件事，好像这是我们唯一能确定的事。头顶上，小区的路灯不知道什么时候灭了，远处传来新一天的第一声汽车轰鸣，天准时破晓。（我骑车上去，急刹在你身边，你扭头看到我，我们互相都被吓到了，我终于把自己逼到了非要开口对你说点什么的地步，我于是抬腿从自行车上下来，像从一条飞速流逝的河中跳出来，对着你说了一句话。我忘了我说的什么，但那是我对你说的十万句话中的第一句。）

图书在版编目(CIP)数据

花言 / 姬中宪著. — 南京：南京大学出版社，2022.5
 ISBN 978-7-305-25095-8

Ⅰ. ①花… Ⅱ. ①姬… Ⅲ. ①长篇小说－中国－当代 Ⅳ. ①I247.5

中国版本图书馆 CIP 数据核字(2021)第 239938 号

出版发行　南京大学出版社
社　　址　南京市汉口路 22 号　邮　编　210093
出 版 人　金鑫荣

书　　名　**花　言**
著　　者　姬中宪
责任编辑　陈　卓
书籍设计　周伟伟
印　　刷　南京爱德印刷有限公司
开　　本　787×1092　1/32　印张 11　字数 232 千
版　　次　2022 年 5 月第 1 版　2022 年 5 月第 1 次印刷
ISBN 978-7-305-25095-8
定　　价　59.00 元

电子邮箱　Press@NjupCo.com
网　　址　http://www.njupco.com
官方微博　http://weibo.com/njupco
官方微信　njupress
销售热线　025-83594756

版权所有，侵权必究
凡购买南大版图书，如有印装质量问题，请与所购图书销售部门联系调换